KB236138

좌우는 있어도 위아래는 없다

박노자의 북유럽 탐험

좌우는 있어도 위아래는 없다

박노자 지음

한겨레출판

반세기의 금기를 깨고
한국 군사주의에 행동으로 맞선
오태양 님께 이 책을 바친다.

차 례

노르웨이의 첫인상
—일상적인 '진보'와 어두운 그늘

노르웨이에서 무엇을 '참고'할 것인가

이 책 첫머리에서 꼭 이야기해야 할 것이 있다. 나는 노르웨이의 현실과 한국의 현실을 비교해서 '선진성'의 '모범'을 들먹이며 한국인들을 질타하고 '계몽'할 의도가 결코 없다. 역사적 차원에서 이야기하자면, 침략을 당해 강제로 '변화'를 겪은 서구 밖의 세계와 침략으로 치부한 서구를 비교한다는 것 자체가 무리이기 때문이다. 노르웨이와 제국주의적 침략이 무슨 상관이냐고 물어볼 사람도 있겠지만, 1905년에 와서야 독립을 찾은 노르웨이가 직접 침략하지 않았다고 해서 서구 국가들의 범죄사(犯罪史)와 전혀 무관한 것은 아니다. 당시 한국과 노르웨이의 관계, 곧 제국주의 침략으로 두 쪽으로 갈라진 지구에서 두 나라가 각각 어디에 서 있었는지만 보아도 쉽게 납득할 수 있는 문제다.

1890년대에 처음 조선에 들어온 노르웨이 사람들은 한국의 근대적 지식인들을 매판화 · 친미화하는 데 앞장선 미국 선교사들의 보조원(노르웨이 계통 미국인)이었다. 그때 인천과 원산 등 개항장에서 살고 있던 몇 안 되는 노르웨이 상인과 해관(海關) 관료 등은 불평등한 조약 체제 속에서 악명을 떨치던 '치외법권'을 향유하는 등 초법적인 특권을 누렸다. 세계의 양분화 과정에서 두 나라가 서로 너무나 다른 위치에 있었다는 사실을 이것만큼 가시적으로 보여주는 일도 없을 듯하다. 그리고 역사의 결과인 지금의 현실을 보더라도, 1인당 국민소득이나 국토면적, 국제체제에서 차지하는 위치 등으로 볼 때 노르웨이와 한국을 단순 비교한다는 것은 무리다.

예컨대, 보편적 인본주의를 중심으로 한 노르웨이의 민족의식을 예로 들어 한국 민족주의의 지나친 '배타성'을 질타하는 것은 이치에 맞지 않는다. 남의 군대에 짓밟혀 남의 나라 무기를 억지로 '사주어야' 그 남의 나라의 대북(對北) 도발을 일시적으로나마 막을 수 있는 남한의 반(半)식민지적 상황에서는 진보적 사고방식을 가진 인물이라 해도 평화로운 노르웨이에 비해 훨씬 강한 민족의식을 가질 수밖에 없기 때문이다. 굳이 단순 비교를 하려면, 독일 파시스트 군대에 점령당한 제2차 세계대전 당시 노르웨이 사람들의 심정과 미군에 점령당한 지금의 남한을 비교해야 할 것이다.

나도 남한의 민족의식이 보편적인 가치 중심으로 발전해 가기를 간절히 바란다. 하지만 극단적 종속이라는 객관적 상황이 어느 정도 호전돼야, 상황의 반영인 사회인식도 획기적으로 바뀐다는 사실을 직시하지 않을 수 없다. 노르웨이와 한국을 직접 비교하거나 무조건적·맹목적으로 '모델'을 제시하는 것이 불가능하기는 다른 분야에서도 마찬가지다.

그렇다면 왜 굳이 이 책을 내고자 하는가? 주된 의도는 외세의 군사적 지배와 국내의 군사주의, 국내외 자본 등과 힘들게 맞서고 있는 국내의 뜻있는 이들에게 일종의 '참고자료'를 제공하여 노르웨이 민중운동의 경험, 노르웨이를 포함한 북유럽 나라에 뿌리를 내린 사회민주주의의 명암, 국제적 착취체제의 구성 등에 대해 좀더 자세히 알리기 위해서다.

위에서 이야기한 대로, 두 나라의 객관적인 상황이 서로 판이한 만큼 노르웨이의 경험을 한국에 그대로 적용하기는 어렵다. 그러나 노르웨이에서 어느 정도 성과를 거둔 '밑으로부터'의 군사주의 전복과 해체, 평등의식의 보편화, 일상적인 '국제성'과 개방성의 확립 등은 넓은 의미에서 '참고'할 만하다. 물론 대체복무제 도입, 복지체계 구축, 인종주의 근절 등을 이룩하기 위한 노르웨이 시민들의 투쟁—엄청난 시간과 노력, 희생을 감수한—은 한국에서는 여건이 다른 만큼 상당히 다른 모습으로 나타날 것이다. 그렇다 해도 노르웨이 민중의 투쟁에서 '참고'할 부분이 전혀 없지는 않을 것이다. 또다른 의미에서, 노르웨이의 '주류' 좌파인 노동당의 현실 안주와 체제 편입, 제3세계 착취라는 현실과의 타협 등도 타산지석으로 삼을 만하다. 여러 가지 의미에서, 비록 역사와 현실은 서로 다르지만, 노르웨이를 포함한 북유럽 나라에는 유익하게 참고할 수 있는 일이 적지 않다.

자신의 부를 과시하면 안 되는 사회

이 책을 내가 어떤 심정으로 썼는지 독자들이 쉽게 이해할 수 있도록 노르웨이에서 살면서 느낀 첫인상들을 간단히 소개해 보겠다. 처음 몇 개월 동안 나는 이 나라의 진보성과 개방성, 높은 사회적 의식 수준에 감탄하곤 했다. 그러나 초기의 흥분이 가라앉은 뒤, 나는 노르웨이가 이룬 번영과 평화의 '이면'들을 알게 되었고, 초기의 감탄을 다시 한 번 재평가하게 됐다.

노르웨이에 온 첫날부터 오슬로 시내를 헤매야 했던 내 눈에 가장 먼저 띈 것은 자동차보다 자전거가 훨씬 더 많이 보인다는 사실이었다. 특히, 대학교에서는 학생·직원·교수가 너나없이 거의 모두 자전거로 출퇴근했다. 자동차가 있어도 이를 매일 끌고 나가는 사람은 극소수에 지나지 않았고, 체력이 약해 자전거를 못 타는 사람은 거의 전부 대중교통을 이용했다. 무엇 때문에 이처럼 자동차를 기피하는 것일까?

일차적으로 매연이 환경오염을 일으킨다는 뚜렷한 의식이 보편화한 것을 꼽을 수 있다. 사실, 오슬로의 공기가 서울과 비교가 안 될 만큼 깨끗하고, 수돗물도 안 끓이고 그냥 마시는 것은 이러한 환경의식 덕분이다.

두 번째 요인으로는 부(富)를 과시할 필요도 없고, 과시해서도 안 된다는 평등 지향의 분위기를 들 수 있다. 자신이 중산층이라는 사실을 만천하에 알리기 위해 되도록 비싼 자동차를 산다는 이야기는, 이 사회에서는 과거 70년 전에 일어난 사회민주주의 개혁 이전 일로 들린다.

세 번째로는 자전거로 충분한 상황에서 자동차 기름을 돈 들여 산다는 것 자체가 근검절약에 익숙한 노르웨이인들에게는 괴이한 이야기로 들린다는 사실이다. 광고와 같은 세뇌수단을 통해 시민들에게 자동차 구매를 사실상 강요하는 자동차 제조업체가 노르웨이에 없다는 것도 한 가지 이유가 된다.

30~40년 전만 해도 한국에서 흔히 볼 수 있었던 '가난해서 어쩔

수 없이 타는 자전거'가 아니라 '스스로 선택하여 타는 자전거'. 얼마나 낭만적이고 진보적인가. 학생들과 함께 자전거를 타고 출퇴근하는 대학교 총장의 모습을 보면, 신분과 부를 과시하지 않는 사회에 끌리지 않을 수 없다.

그러나 한 번 생각해 보자. 근검절약에 익숙한 노르웨이 사람들이 그만큼 저렴한 가격으로 너나없이 사는 자전거를 과연 어디에서 생산하는가. 상표야 대부분 유럽 상표지만, 생산은 중국이나 인도네시아 등지에 있는 하청공장에서 한다. 그중 발달했다는 해안지역(광둥성 등)에서조차 한 달 평균 80~100달러밖에 못 받는 중국 노동자가 아니라, 한 달에 최소한 1,000~1,500달러가 넘는 임금을 받는 유럽 노동자가 자전거를 생산했다면 가격이 지금처럼 저렴하지도, 자전거 타기가 지금처럼 보편적이지도 않았을 것이다.

문제는 노르웨이 대학의 총장이나 학생이 타는 자전거를 만드는 중국 노동자가 자식들을 대학에 보낼 수 있느냐다. 노르웨이와 달리 대학과정이 유료(有料)인 주변부 국가 중국에서 80~100달러밖에 못 버는 사람이 자녀를 대학에 보내기는 쉽지 않다. 자녀를 대학에 보내기는커녕 80~100달러로는 아이들을 제대로 키우기조차 어렵다. 해안지역의 경우 분유값만 한 달에 10~15달러 가량 들기 때문이다. 나아가 노르웨이와 달리 심하게 오염된 공기와 물을 마시며 사는 중국 노동자로서는 건강한 아이를 낳는 것부터 문제가 될 수밖에 없다.

결국 평등하고 쾌적한 환경에서 중국산 자전거를 타는 노르웨이 사람들은 불평등하고 오염된 환경에서 살아가는 중국 노동자의 '강요된 희생'을 이용하는 셈이다. 그 생각을 하면 자전거를 타고 다니는 낙원이 조금 달리 보일 수도 있다.

오슬로 시민들은 자전거로 가기 어려운 거리면 보통 지하철, 버스, 전차 등 다양한 대중교통 수단을 이용한다. 그런데 놀랍게도 검표제도가 거의 없었다. 대표적으로 지하철역에는 검표기가 아예 설치되어 있지도 않다. 매표 여부를 검사하는 매표소 직원들도 전혀 안 보인다. 자동 매표기에서 표를 사서 스스로 한 번 찍고 바로 승차하면 된다. 차 안에 검표하는 사람들이 드물게 나타나지만, 노르웨이에서 몇 개월 넘게 산 나도 그들을 몇 번밖에 못 보았을 정도다. 무임승차를 계속해도 벌금 물 일이 거의 없는 상황인데도 절대다수의 시민들은 무임 승차할 생각을 전혀 하지 않는다. 오히려 열차를 놓치면서까지 자동 매표기에서 꼭 표를 찍는 '작은 의인'들을 쉽게 볼 수 있다.

이러한 일이 어떻게 가능할까? 여기에서 나는 "남의 것을 훔치면 천벌을 받는다"고 믿는 대다수 노르웨이인들의 종교적 심성을 넘어 "공익에 해를 끼치면 절대 안 된다"는 시민사회적 윤리를 읽는다.

검표기가 없는 오슬로의 전철역. 그런데도 절대 다수의 시민들은 무임 승차할 생각을 전혀 하지 않는다.

국가가 시민의식의 성숙을 믿어 매표 여부를 확인하지 않는 것은, 노르웨이 사회 내에 국가와 시민 사이의 '상호 신뢰'가 어느 정도 깊이 뿌리내렸는지 보여주는 단적인 예다.

한국에서는 이와 같은 국가와 시민 사이의 '신뢰'를 엿보기 힘들다. 국가에 대한 의무—병역이든 세무든—는 언제나 기피와 혐오의 대상이다. 그러나 과연 그것만 가지고 한국인들을 질타할 수 있을까? 노르웨이에서는 국회와 지방의회 같은 시민사회의 정치기구들이 대부분의 행정 업무를 맡은 지 이미 거의 200년이 되어간다. 그리고 노동당이 최초의 내각을 만들어 기초적인 복지제도를 정비하기 시작한 지 거의 70년이 지났다. 열차를 놓치는 한이 있어도 표를 꼭 찍는 노르웨이 시민의 모습은 바로 국영 지하철공사의 적자를 자신이 내는—그리고 자신의 의사를 나름대로 충실히 대변하는 국회의원과 시의회 의원들이 관리하는—세금으로 메워야 한다는 의식의 반영이다.

그러나 식민지 지배와 독재통치를 경험한 한국 사람이 국가나 공공 시설에 이와 같은 애착과 신뢰를 보일 수 있을까? 노르웨이 국가는 사회 전체로 역할이 확대된 대형 '복지사무소'로 기능해 왔지만, 식민지적·반식민지적 성격에서 벗어나지 못한 한국에서는 국가가 전 사회적 규모의 병영을 운영하는 군 지휘부라는 이미지를 띠어왔다. 제국주의의 침략을 비롯하여 식민지 엘리트(이른바 친일파)의 권력과 폐습을 제대로 청산하지 못해 생겨난 국가와 '통치 대상자' 사이의 커다란 갭을 좁히려면 몇십 년에 걸친 민주주의 성숙 과정과 사회민주주의를 지향하는 민중세력의 국정 참여 확대가 필요할 듯하다.

교수 월급과 맞먹는 버스 기사 월급

노르웨이 사람들은 지하철과 함께 버스도 많이 이용한다. 한국 사람들은 대부분 '버스' 하면 승객이 가득 찬 '만원 버스' 가 덜컹덜컹 돌진하듯이 질주하는 광경을 떠올릴 것이다. 나도 한국에서 버스를 탔다가 운전기사의 난폭운전 때문에 이리 밀리고 저리 밀리면서 "아니, 저 기사 아저씨가 화가 났나? 왜 운전을 이렇게 신경질적으로 하지?" 하고 원망스럽게 생각한 적이 많았다. 그리고 나말고도 '한국 버스' 를 타본 많은 외국인이 기사들의 불친절에 적지 않은 모욕감을 느낀다. 나는 개인적으로 운전기사라는 직업 자체가 워낙 고된 노동이라서 부드럽게 운전을 하거나 승객들에게 예의를 차릴 여유가 없다고 믿었다.

그러나 노르웨이에서 버스를 몇 번 타보고 나서는 그 생각이 굉장한 단견이라는 사실을 확인할 수 있었다. 노르웨이 운전기사들은 운전도 부드럽고 여유 있게 할 뿐만 아니라, 승객들에게 길을 자세히 가르쳐주기도 하고 외국인에게 유창한 영어로 노르웨이 이야기도 해줄 만큼 직업과 고객 서비스에 충실하다. 한국에서는 생각하기 어려운 일이지만, 여기에서는 모르는 장소를 찾아갈 때 기사들의 설명과 충고에 의존할 때가 많다.

이러한 차이가 왜 생겼을까? 고유 윤리나 전통은 둘째 치고라도 유럽보다 한국에서 주객 의례가 훨씬 더 발전했다는 사실을 상기하면, 더욱 신기하게 느껴지는 일이다.

내 생각으로는 이 점이 바로 '자본 중심' 인 자본주의 사회와 '노동 · 소비자 중심' 인 사회민주주의 사회의 기본적인 차이인 듯하다. 돈도 없고, 돈으로 사는 교육도 제대로 받지 못한 운전노동자가 천

노르웨이의 버스 운전기사. 자기 직업에 대한 긍지가 대단하다.

시받고 살아야만 하는, 한국과 같은 '자본주의의 정글' 과 달리, 노르웨이에서는 운전기사의 노동을 사회적으로 매우 귀중하게 여긴다. 기사 자신들도 승객의 생명을 책임지는 사람이라는 책임감과 자부심이 대단하다. 잔업이 없는 것은 두말할 필요도 없다. 월급도 대학교수나 정부 공무원과 대충 비슷하거나 약간 많다. 어렵고 위험한 노동의 가치를 사회가 그만큼 인정한다는 것이다. 그리고 사회의 이러한 인정에 기사는 예절과 자기 직업에 충실한 직업정신으로 보답한다.

만약 한국 기사들이 노르웨이 운전기사들이 받고 있는 사회적 존경과 보수를 받았다면, 과연 지금과 같이 버스 안에서 신경질적인 반말소리가 들리겠는가? 의식만이라도 '노동 중심' 의 사회를 이루지 않고서는, 노동자에게서 자존심과 타인에 대한 예절을 찾기는 어려울 것이다.

다시 말해 버스 운전기사가 자기 직업을 자랑스럽게 여기는 사회가 되려면, 운전기사의 권익을 대표하는 민중적 정치세력의 세 확대와 국정 참여가 반드시 필요하다. 결국 일상적 예절이라는 것도 사회·정치적 권력관계를 그대로 반영하는 것 아닌가. 정치적으로 자신의 권익을 제대로 대변할 수 없는—즉 보수적 매스컴의 기만으로 인해 노동자의 권익 표방과 무관한 보수정객들을 각급 의회에 보내는—노동자가 어떻게 인간의 존엄성을 지킬 만한 월급과 사회적 위치를 획득할 수 있겠는가.

노르웨이 지하철역이나 버스 정거장 근처에서는 보통 신문, 잡지 등과 간단한 음식을 파는 작은 상점을 찾아볼 수 있다. 신문이 놓여 있는 곳을 볼 때마다 나는 놀라움을 금치 못했다. 규모가 작고 시내와 아주 먼 상점에도 보통 소수만 보는 공산당 신문이나 영국, 독일, 이탈리아 등지에서 발행하는 다양한 신문이 꼭 진열되어 있었다. 인접 스칸디나비아 국가인 스웨덴과 덴마크의 신문이 보이지 않는 데는 아예 없었다. 보통 원어민만큼 잘하는 영어 외에도 유럽 언어(독일어, 프랑스어)를 하나쯤은 더 구사할 수 있는 일반 노르웨이 사람들은 이렇듯 지리적·문화적·이념적으로 아주 다양한 자료를 통해 세계에 대한 정보를 접할 수 있는 것이다.

물론 노르웨이에서도 몇몇 상업적인 보수 일간지의 열독률이 가장 높지만, 다양성이 보장된 이러한 분위기에서 보수언론들이 왜곡보도로 노골적으로 혹세무민할 가능성은 상대적으로 적다. 일반인들이 평소에 이념적으로 이질적인 신문이나 외국 신문을 읽는 것을 상상하기도 어려운 한국 사회를 생각하면, 한국에서 국제 정보 고립의 시대가 아직 끝나지 않았다는 느낌이 든다.

그러나 나는 노르웨이 말을 어느 정도 익혀 한국보다 훨씬 다양한 스칸디나비아 매체를 자세히 읽기 시작하면서 한 가지 이상한 점을 발견하게 됐다. 스칸디나비아를 포함한 서구를 불평등한 무역·투자·금융 관계를 통해 경제적으로 뒷받침하고 있는 서구 밖 세계에 대한 정보는 양적으로도 별로 많지 않지만, 내가 눈으로 직접 본 현실을 그대로 반영한 것도 아니었다.

예컨대, 공산당에서 발행하는 신문들, 노르웨이 노총(LO)에서 발행하는 신문과 잡지, 진보단체에서 발행하는 잡지나 소식지가 아니면 대우 노동조합의 파업이나 한국통신 비정규직 노동자가 1년 넘게 벌이고 있는 투쟁 등 한국 노동운동 관련 기사를 보기 힘들었다. 노르웨이산 석유 대금의 일부로 설립하여 운영하고 있는 국영 '석유 기금(Petroleum Fund)' 같은 노르웨이 자본이 이미 한국의 증권을 사는 등 한국 노동자들이 생산해 내는 잉여가치 수취에 적극 참여하면서도 말이다.

또 한국보다 노르웨이 자본을 훨씬 많이 투자한―그리고 당국의 탄압이 훨씬 더 가혹한―중국의 노동운동에 대해서도 한국의 보수 언론만큼이나 침묵을 지키는 것을 목격할 수 있었다(공산당 신문들과 진보단체의 소식지는 예외다). 세계에서 가장 악질적인 군부정권 중 하나로 꼽히는 미얀마 당국의 가혹한 범죄에 대해서는 그나마 자료를 꽤 찾아볼 수 있었지만, 지난 6년 동안 미얀마에서 수입하는 물량이 두 배로 는 사실이나 수입 물품 중에 노예노동으로 생산한 것이 많다는 사실을 적어도 '주류' 보수 일간지에서 볼 수 없기는 마찬가지였다.

결과적으로, 진보매체를 정기적으로 읽지 않는 상당수 노르웨이 사람들은 자전거를 타고 깨끗한 공기를 마시면서 마음껏 쉴 수 있는 노르웨이라는 '작은 천국'이 누리는 부(富)의 원천이 무엇인지 잘 모른다는 이야기가 된다.

한국에서 태어났다는 원죄만으로…

교수와 학생이 서로 대화하면서 자전거를 타고 다니는 모습과 버스 운전기사들이 승객과 여유 있게 담소하는 장면을 매일 지켜보면서, 나는 한 가지 생각을 떨쳐버릴 수 없었다.

만약 그들이 그 행복의 대가를 누가 어떻게 치르는지 알게 되면, 바깥세상에 대한 그들의 의식과 태도가 크게 달라지지 않았을까? 제3세계의 외채탕감 운동이나 제1세계의 부를 좀더 정의롭게 지구적으로 재분배하기 위한 운동에 적극 참여하지는 않더라도, 적어도 현대자동차를 살 때 그 자동차를 만든 공장의 비정규직 노동자들이 어떻게 생활하고 있는지 궁금해 하지 않았을까?

사실 서구인들의 안락한 생활을 뒷받침하는 세력 중 하나인 한국 민중이 도대체 언제까지 반(半)봉건적 자본주의라는 멍에 밑에서 신음해야 하는가. 노동자와 서민을 천시하고 약자를 괄시하는 사회의식을 민중의 정치세력화와 이에 따른 생활·의식 개혁을 통해 하루빨리 근절할 수는 없을까. 노르웨이의 여유 있는 노동자와 똑같이, 아니 사실 훨씬 더 많이 고생하고 있는 한국의 노동자들은 왜 노르웨이가 아니라 한국에서 태어났다는 원죄만으로 인간적 존엄성을 빼앗겨야 하는가.

하루빨리 그들에 대한 처우와 그들을 바라보는 사회의 의식을 개선하지 않는다면, 우리는 역사의 컴컴한 터널 속에서 해방의 새벽을 몇십 년, 몇백 년 동안 기다려야 할 것이다. 파업하는 노동자들

을 발가벗겨 수색하고 곤봉 세례를 가하는 시대, 비정규직을 현대
판 '천민'으로 대우하는 시대, "부자 되세요"가 사회 전체의 유일한
관심사가 되는 시대를 하루빨리 종식시키기 위해 일하는 모든 이들
에게 이 책이 조금이나마 도움이 됐으면 좋겠다.

2002년 6월 오슬로에서
박노자

1부
또다른 세계, 북유럽

북유럽을 가다

노르웨이 대학 '무질서의 질서'

내가 오슬로 대학교에 처음 왔을 때 맞닥뜨린 여러 어려움 중 하나가 학생과 교수를 구별하는 것이었다. 한국 같으면 나이가 어느 정도 있어 보이고, 양복을 잘 차려 입고, 귀족적이며 높은 신분일 것 같은 얼굴 표정을 짓고 다니는 사람이면 틀림없이 교수다. 그리고 차림과 태도가 이와 같은데 얼굴 표정이 훨씬 더 오만해 보이는 사람이면 틀림없이 '대학 실력자'다. 또 그 사람에게 거의 90도로 절하며 명령투의 '말씀'을 유심히 받들어 듣는 젊은이를 일단 학생으로 보면 무방하다. '귀족'과 '백성' 사이의 상하 질서—그리고 '귀족' 계급 안의 권력관계—가 한눈에 들어오는 참으로 편한 세상이다. 이러한 세상에 상당히 물든 내게 노르웨이 대학의 풍경은 처음에는 너무나도 불편하고 이질적이었다.

첫째, 여기서는 교수도 학생도 똑같이 양복을 입지 않는다. 오히려 강의라는 노동을 해야 하는 교수일수록 행동하는 데 불편한 양

제자들과 함께 숲 속을 맨발로 걷는 환경학과 교수.

복을 피한다. 여름에는 반바지와 반팔 와이셔츠, 겨울에는 스웨터를 입고 강의하는 것이 다반사다. 즉 '의관' 으로 '상하' 를 구분하는 것이 불가능하다.

둘째, 나이도 좋은 잣대가 못 된다. 상당수 교수가 30대인 데다 학생 중에도 30대와 40대, 심지어 50대 어른이 많기 때문이다. 노르웨이 대학은 입시 경쟁도, 학비도, 나이 제한도 전혀 없을 뿐 아니라 배움을 찾는 이들이 언제든지 마음대로 들어올 수 있는 '열린 배움터' 다. 게다가 20대 후반의 박사 과정생들이 교수와 똑같은 연구실을 제공받고, 교수 월급과 맞먹는 장학금을 받는다. 즉, 나이만으로 '윗사람' 을 찾아내기 어렵다.

셋째, 얼굴 표정이나 행동거지, 남을 대하는 태도만 봐도 '교수님' 을 당장 구분해 낼 수 있는 한국과 달리, 노르웨이 교수는 학생과

28

누가 교수고 누가 학생일까. 서 있는 사람이 사범대 교수이며, 앉아 있는 이들이 학생이다.

의 신분 차이를 절대로 강조하지 않는다. 학생을 만나면 서로 악수하고 인사한 뒤 웃으며 세상 돌아가는 이야기를 몇 마디 주고받는 등 교수의 체통을 내세우려 하지 않는다. 특히 현재 노르웨이어에는 존대말이 사실상 존재하지 않는다. 상대를 부를 때도 똑같이 이름만 부른다. 그러다 보니 서로 인사하는 장면을 옆에서 보면, 동료 사이인지 사제지간인지 전혀 구분이 되지 않는 곳이 노르웨이다.

결국, 노르웨이에 들어온 지 몇 주일 만에 나는 누가 학생이고 누가 교수일까 하는 궁금증을 아예 버렸다. 여기에서는 비록 명목상 사제 관계라도 동료 관계와 본질적으로 아무 차이도 없다는 것을 이해했기 때문이다. 그리고 대학교뿐만 아니라 노르웨이 사회는 어디에서나 형식상의 상하 구분보다는 실제적인 '만인 평등'이 앞선다. 바로 이것이 스칸디나비아 사회민주주의의 튼튼한 심성적 바탕이다. 그리고 이 심성적 평등 지향성을 받쳐주는 현실적·법적 장치가 학생들의 만만찮은 권력이다.

사실 스칸디나비아 학생은 한국 학생과 달리 단순한 '교육 소비자'가 아니다. 나는 이곳에 교수로 오기 전에도 이러한 사실을 한 번 느낄 수 있었다. 취직하기 위해 면접을 보러 오슬로에 갔을 때였다. 나를 심사한 해당 학과의 인사위원회 위원 세 명 중 교수는 한 사람뿐이었다. 나머지 두 명은 학과의 학생회장과, 박사 과정생을 대표하는 학생이었다. 학생회장과 박사 과정생 대표가 여성이라는 점, 교수와 똑같은 발언권을 행사한다는 점을 알고 나서는 "정말 다른 세상이구나" 하는 놀라움과 동경을 느낄 수밖에 없었다. 그러나 선임 여부가 취직 희망자의 시범 강의를 들은 학생들의 반응에 크게 좌우된다는 사실을 알고 나서는 또 한 번 크게 놀라지 않을 수 없었다. 학생들이 교수를 뽑는 데 적극적으로 참여하기도 하고, 교수에게 거침없이 불만사항이나 요구사항을 말하는 것이 노르웨이식 제도다. 한국에서도 이와 같은 임면 제도를 부분적으로나마 도입했다면, 임면 부정이나 교수직 매매라는 한국 대학의 '풀리지 않는 화두'가 어느 정도 풀리지 않았을까 싶다.

노르웨이 대학교에서 학생은 교수, 행정 직원과 함께 학교 운영의 3대 주체 중 하나를 이룬다. 대학교 학생회는 예산·인사·연구 발전 방향 등 크고 작은 학교 일에 교수협회와 똑같은 권력을 행사한다. 학생회장의 사인 없이는 주요 안건을 처리할 수 없다. 마찬가지로, 학과·학부 차원에서도 학생회장과 학생회 간부는 교수들의 강의계획서를 심사하여 학생들이 불편하게 느낄 만한 사항의 삭제를 요구할 권리를 지닌다.

지금도 기억에 생생한 사건이 하나 있다. 강의계획을 짜면서 담당 과목의 세미나 출석을 필수화하려고 할 때였다. 참고로 말하자면, 노르웨이 대학교에는 원칙적으로 '출석' 개념이 없다. 다니고 안 다니고는 전적으로 학생 본인의 판단에 달려 있으며, 전혀 다니

학교 운영에 막대한 영향력을 행사하는 '학생 국회'의 공식 설명서. 앞면 제목은 "질문이 있는가? 학생 국회에는 대답이 있다"이다.

지 않아도 독학하여 시험을 보고 점수를 받을 권리가 있다. 다만 세미나 형태의 수업인 경우에는 가끔이라도 꼭 출석하라고 '강력하게 권고하는' 교수들도 있다. 노르웨이에 온 지 얼마 안 돼 이런 사정을 잘 이해하지 못한 나는 기존 강의계획서보다 한걸음 더 나아가 과목 전체의 4분의 1을 차지하는 세미나 출석의 필수화를 시도했다. 결과는 물론 낭패였다. 내 강의계획안을 학부 학생회가 거부한 것이다. 결국 나는 "학생의 출석을 유도하려면 행정적 장치를 동원하기보다는 세미나를 흥미 있게 진행해야 한다"는 학생회의 논리를 받아들이지 않을 수 없었다. 노르웨이에서는 교수를 학생이 선임할 뿐 아니라, 교수는 법이 보장하는 '무료로 공부할 권리'를 당당히 행사하는 학생을 위해 존재하기 때문이다.

사회 전체의 심성으로 보나, 학생들의 '참정(參政)'을 완벽하게 보장하는 교육법으로 보나, 노르웨이 학생은 교수와 동등한 '동료'의 위치를 차지한다. 그러다 보니 학교의 '정치' 뿐만 아니라 진정한 사회·정치 문제, 여러 국제운동에 대해서도 비판적인 관심과 참여도가 높다. 오슬로 대학교의 공식 총람을 처음 보고 나는 학교에서 보조비와 사무실을 배정받는 학생 동아리에 '국제사회주의자 동맹(IS)'과 마르크스주의 학습협회 등이 음악·연극 단체와 똑같이 나열된 것을 보고 깜짝 놀랐다. 한국 같으면 탄압받아 마땅할 '위험 단체'들이 여기에서는 버젓이 학교(즉, 국가)의 돈을 받고 있다니……. 역시 다른 세상이라는 말밖에 나오지 않았다. 더욱이 학생들의 사회과학 학습을 지금까지 해당 교수들이 적극적으로 주도하고 지지해 온 사실, 학생들에게 가장 인기 있는 축제가 바로 인종주의 반대 연주회나 미얀마와 티베트의 민주·민족 운동 지지 축제였다는 사실을 알게 되었을 때, 내가 무슨 생각을 할 수 있었겠는가. 진정한 자유인은 남의 자유와 직결되는 세계 전체의 사회문제에 관심을 쏟지 않을 수 없다.

한때 완전히 박탈당한 자유와 가난 때문에 운동에 눈을 떴다가 이제 형식뿐인 민주와 상대적인 부(?)에 안주하고 만, 노르웨이 사람이 상상도 할 수 없는 '일상적인 권위주의'를 참아내다 나이가 들면서 거꾸로 명령조·반말투의 '어르신네'들을 조금씩 닮아가는 한국 학생들을 정신적인 면에서 진정한 자유인이라고 할 수 있을까? 왠지 내 머릿속에 때리는 마름(소작지를 관리하는 사람)은 싫어하면서도 밥 잘 주는 '상전'은 받들어 모시고 잘 따르는 전형적인 머슴의 모습이 떠오르는 이유는 무엇일까.

물론 '말 잘 듣는' 아이를 '착한 아이'로 부르는 가정과 머리 길이까지 규정하고 체크하는 학교를 거쳐 대학에 들어온, 집과 학교에서의 '체벌'이라는 일상적이고 합법적인 폭력 속에서 자란 아이들을 탓하고 싶지는 않다. 그들을 유사(類似) 근대적인 권위주의 체제의 '로봇'으로 만든 것은 폭력과 훈육의 사회다. 다만, 어른이 된 그들에게 기존의 사회적 관계에 대한 반성을 기대해 보고 싶을 뿐

이다. 극소수이긴 하지만, 한국에도 학생의 존엄성과 권리를 찾기
위해 고심하며 고생하는 학도들이 있다는 것을 분명히 기억하고 있
기 때문이다.

'체통'이 없는 사람들

한국 사회에 남아 있는 강력한 유교적 유습 중 하나가 '체통'을
중시하는 관습이다.

'체통'이라는 개념은 의미가 다양해 여러 방법으로 해석할 수 있
지만, 실제로는 직업·관등·연령의 위계질서를 의례적·일상적
언행으로 드러내는 측면도 있다. 예컨대, '웃어른'이 지위와 연령
이 낮은 사람을 먼저 찾아가면 '체통'이 서지 않는다고 여기는 것
이 한국 사회의 상식이다. 마찬가지로, 유교의 그릇된 식민지적 해
석이라고 볼 수도 있지만, 개인의 발언권도 이 '체통' 때문에 상당
히 제한당한다. '웃어른'의 말을 대놓고 반대하는 일을 부정적인
의미가 강한 '말대꾸'로 여기는 사실을 부정할 수 없을 것이다. 그
래서인지 학술대회에서도 발표자와 토론자의 연배와 지위를 안배
하는 데 특히 주의를 기울인다. 그리고 실제로 문제가 있는지 여부
를 떠나서 '웃어른'의 허물을 지적하는, 체통을 거스르는 행위를
보수적인 한국 학계에서는 '배은망덕', '반역'으로밖에 인식하지
못한다.

2000년에 일어난 '이명원 사건'—한 원로의 표절 사실을 밝혀낸
젊은 학자 이명원의 정당한 지적에 학계가 발악적으로 반응하고 나
선 사건—의 문화적 본질은 바로 보수적으로 해석된 '체통'의 개념

이다. '웃어른'의 학설이 아무리 일본과 미국의 통설을 '재탕 삼탕' 한 데 지나지 않는다 해도, 감히 '체통'을 건드려서는 안 된다는 것이다. 하기야 본격적으로 건드리면 문제가 된 '웃어른'뿐만 아니라 그의 '제자'로서 현재의 사회적 위치를 누리고 있는 많은 '가신'의 자격까지 위협받게 될 테니, 단순히 '체통'의 문제라기보다는 '체통'과 '밥통'이 뒤섞인 문제로 봐야 한다.

노르웨이에서 내가 감지한 것은 수평적인 관계에 있는 개개인의 존엄성은 잘 지키는 반면, 수직적 관계를 전제로 하는 '체통'이라는 개념은 애당초 존재하지도 않는다는 사실이었다. 내가 이 사실을 느끼기 시작한 것은 오슬로 대학에 부임한 지 2~3일 지나서였다.

연구실에 앉아 있는 내게 느닷없이 전화가 한 통 걸려왔다. 전화한 사람은 '인문학부 학부장'이라고 자기를 소개했다. 나는 조금 당황했다. 내게 이미 익숙해진 한국적 관례대로라면, 젊은 신임 교수인 내가 직계 상사이자 연배가 훨씬 위인 학부장을 먼저 찾아뵙고 '인사를 드리는' 것이 부임의 당연한 절차였다. 그렇게 하지 않고서는 상하의 위계질서도, 이 질서를 의례화한 '윗사람'의 '체통'도 서지 않기 때문이다. 한국의 이와 같은 현실을 생생히 기억하고 있던 나는, 재빨리 학부장한테 "가서 인사하겠다!"고 말했다. 그러나 상대방은 이러한 반응에 매우 놀란 듯 "왜 옵니까? 5분 내에 내가 당신 연구실로 찾아가겠다"고 대답하고는 전화를 끊었다. 나는 내 귀를 의심했다. 러시아에서도, 한국에서도 상사가 나이 적은 부하를 먼저 찾아와 인사하는 일을 한 번도 보지 못했기 때문이다. 그러나 5분 뒤에 백발이 성성한 학부장은 정말로 나타났다. 학부장과 처음 만나는 자리에서 나는 '인사를 드리는' 것이 아니라 학부의 행정부가 내 연구에 어떤 도움을 주면 좋을지 물어오는 학부장의 실무적인 물음에 대답해야 했다.

그 자리에서 내가 이해한 것은, 노르웨이 사람에게는 직위의 고하와 무관하게 '아랫사람'의 의례적인 복종을 전제로 하는 '체통'이 있을 수 없다는 사실이었다. 상사도 '체통'을 유지하기 위해 부하를 '불러서' 경직된 언행으로 '위엄'을 세울 필요가 없고, 부하도 형식적인 상하관계를 염두에 둘 필요가 없는 것이다. 둘 다 형식적인 위계질서에서 벗어나 효율적으로 일에 전념할 수 있으니 진정 자유롭고 행복한 일 아닌가.

노르웨이 사회가 '체통'의 굴레에서 완전히 벗어났다는 사실을 또 한 번 체감한 것은, 아시아 인권 문제에 관한 토론회의 공고를 읽어볼 때였다. 발표자 중에 전 국무총리 본데비크의 이름이 보였다. 대학교의 평범한 월례 토론회에 지금도 정계의 거물로 꼽히는 전직 국무총리가 참여한다는 것 자체가 내 눈길을 끌었다.

그러나 그것보다도 발표자 이름 밑에 적힌 토론자의 이름과 직위, 소속이 내게 많은 충격을 주었다. 1년 전까지 국정 운영의 총책임자였던 본데비크의 발표문을 놓고 토론을 벌일 사람이 바로 20대 박사 과정생이었기 때문이다. 정치계의 명사가 학위도 지위도 권위도 없는 젊은이의 지적과 질문을 겸허하게 들어주는 것은, 러시아에서도 한국에서도 상상하기 어려운 일이다. 하지만 노르웨이에서는 이와 같은 일을 당연하게 여긴다.

'체통' 개념이 없다는 것은 교수의 강의를 평가하는 방법에서도 확연히 드러난다. 한국에서는 일반적으로 학생들이 무기명으로 답안지에 기입하는 데 반해서, 노르웨이에서는 간담회형 중간 평가를 효과적인 방법으로 여긴다. 즉, 학생들이 수업 방식의 장단점을 어느 정도 파악할 수 있는 시점에(보통 개강 한두 달 뒤에) 교수와 학생, 학과의 학생 상담 직원이 한자리에 모여서 거침없이 교수의 수업 방식을 비판하고 요구를 하는 것이다. 비판과 요구의 내용은 부실한 강의 내용과 일관성이 결여된 과제, 학생 참여를 유발할 만한 유인의 부족 등 각양각색이다. 예를 들어서, 내 강의에 대해 동양사 전체의 거시적인 분석이 부족하다고 지적할 만큼 학생들의 비판은 구체적이고 상세하다. 교수의 의무는 학생들의 이런 비판을 최대한 수용해서 남은 학기 동안 미비점을 보완하는 것이다. 아울러 이 자리에서 학생과 교수가 시험 방법에 합의하기도 한다.

나는 수요자의 반응을 직접 들려주는 이와 같은 제도가 매우 효율적이라는 사실을 금세 이해했다. 하지만 한국적인 습관에 젖어서 그런지 나도 모르게 학생들이 강의 내용을 샅샅이 분석하고 비판하는 것이 불만스럽게 느껴지기도 했다. 이 불만을 한 동료에게 털어놓자, 그가 이렇게 말했다.

"고객이 옷을 맞추려고 재봉사에게 왔다고 상상해 보세요. 옷을 이것 저것 입어보게 해서 고객이 무엇을 원하는지, 곧 고객의 요구가 무엇인지 알아내지 않고 제대로 된 옷을 만들 수 있겠어요? 고객의 의견과 요구를 무조건 들어주면 재봉사의 자존심이 상해요? 아니죠. 그러면, 수요자의 요구에 맞추어서 수요자에게 필요한 지식을 수요자에게 편리한 형태로 공급해야 할 국가 공무원인 우리가 재봉사와 뭐가 다르죠? 똑같은 봉사직인데, 우리가 왜 유달리 자존심을 내세워야 합니까?"

나는 이 말을 전혀 반박할 수 없었다. 상하관계도, '체통'도 없는 평등한 사회의 논리가 워낙 명확했기 때문이다. 나중에 노르웨이어를 조금 익혀서 학생들이 내는 대학신문을 정기적으로 읽게 되면서 나는 매 호마다 교수들의 강의 방법을 구체적으로 비판하는 학생의 글을 볼 수 있었다. 곧 시험을 봐야 할 과목의 담당 교수 이름을 구체적으로 거명하면서 "흥미롭지 못하고 학생의 반응을 무시한다"고 거침없이 이야기하는 학생들의 대담성(?)에 놀라기도 했다. 그러나 시험 답안지를 보통 익명으로 처리하는 데다 채점과 평가를 담당 교수와 외부 시험관(대개 다른 스칸디나비아 국가의 교수)이 공동으로 하기 때문에 노르웨이에서는 공개적인 비판에 대한 교수의 '보복'을 찾아보기 어렵다.

내 경험에 따르면, 한국 학생들의 근면성과 인내력, 한국 소장파 학자들의 학구열과 열성은 유럽의 그것보다 훨씬 높다. 그러면 지금까지도 한국이 많은 분야에서 낙후성과 후진성을 면치 못하는 이유는 무엇일까? 그것은 사회심리적인 측면에서 비판과 토론의 길을 가로막고 있는, 사회지배층의 그릇된 식민지적 '체통' 의식 때문이다.

이명원 씨의 행동을 사회와 학계에서 당연하고 올바른 것으로 받아들였다고 상상해 보자. 과연 그래도 지금처럼 서구와 일본의 옛 학설을 베껴서 학문을 후진화·예속화하는 '원로'들이 많았을까? '학술적 매판자본'의 권위가 과연 지금처럼 절대적이었을까?

무능력과 비효율을 보호해 주는 '체통'이라는 사회적 메커니즘을 본격적으로 제거할 수 있다면, 한국 사회는 머지않아 세계에서 자기 위치를 확고히 할 수 있으리라 확신한다.

'영어 실력'은 평등의 산물

노르웨이에 가기 전까지 노르웨이어를 배운 적이 없는 나는 적지 않은 고민을 했다. 동양사와 같이 난해한 이야기를 영어로 강의해야 하는데, 과연 학생들이 복잡한 사학 용어를 충분히 알아들을까? 노르웨이어를 모르면서 노르웨이에서 생활한다는 것이 너무 지나친 모험은 아닐까? 한국에서 영어밖에 모른다는 죄로 고초를 겪는 외국인을 워낙 많이 본 탓에 나는 정말로 마음이 조마조마했다.

그러나 첫 강의부터 학생들이 발음이나 어휘 구사 등 모든 면에서 나보다도 영어를 더 잘하는 것을 보고 놀라지 않을 수 없었다. '잘한다' 기보다는 영어가 또 하나의 모국어로 보일 정도였다. 부끄러움과 고마움을 동시에 느끼며 내가 한국 체류 때의 습관을 살려 학생들의 영어 실력을 칭찬하자 강의실은 순식간에 웃음바다로 변했다. 내가 어리둥절해 하자 학생들이 "영어 하는 게 뭐 그리 대단한 일이냐. 음식 먹고 자전거 타는 것처럼 일상적인 일 아니냐"고 반문했다. 학생들의 설명을 듣고 나는 '동양사를 듣는 학생이면 조금 특별한 교육을 받고 있겠지' 라는 생각으로 망가진 자존심(?)을 달래면서도, 노르웨이인들의 영어 교육에 대해서 알아보아야겠다고 마음속으로 다짐했다.

학생들의 말은 사실이었다. 특수 교육을 받았을 법한 동양사 수강생뿐만 아니라, 의무 교육인 고등학교밖에 안 나온 자전거 수리공이나 아시아계 택시 운전사조차도 한국의 교수나 외교관들보다도 훨씬 영어를 잘했다. 그리고 더 놀라운 것은 동양사 수강생들이 대학교에서 특별한 교육을 받은 일이 전혀 없다는 것이었다. 노르웨이 대학에는 한국 대학생의 본업인 양 돼버린 교양영어, 영어회

노르웨이 대학생들은 학부생용 교과서와 참고서를 영어로 쓰는 것을 당연하게 여긴다. 오슬로 대학 도서관의 장서 중 대다수를 차지하는 영어 교과서.

화, 토익 같은 과목이 아예 없다. 입시가 없으니 영어 자격을 검증받는 것도 아니다. 영어를 중고등학교 때 하나의 과목으로 배우고 끝난다. 일본이나 한국에서는 입시 때의 영어 점수, 입사시험 때의 토익 점수가 몇 점이냐에 따라 현대판 '귀족'이 되느냐 '백성'이 되느냐가 결정된다는 이야기를 학생들에게 하면 못 믿겠다는 듯한 표정을 짓는 학생이 많다. 영어를 '그저 아무나 하는 일' 쯤으로 생각하는 의식이 상식화되었기 때문이다.

한국처럼 비대해진 사교육 기관이 없는데도 10대 후반의 노르웨이 아이들이 이만큼 영어에 숙달할 수 있는 배경은 도대체 무엇인가? 일차적으로 언어 자체의 구조적·어휘적 유사성과 문화의 친근성을 들 수 있다. 이러한 의미에서 유럽 언어 중 하나인 영어가 국제체제의 공용어가 되었다는 사실 자체가 이미 유럽인에 대한 일종의 '특혜'인 동시에 비유럽 문화의 타자화를 의미한다는 지적은 아주 타당하다.

그러나 이러한 '태생적 특혜' 외에도 노르웨이 청년들이 영어를 잘할 수 있는 비결은 성실하고 체계적인 의무교육이라는 사회제도에 있다. 15~20명을 넘지 않는 반에서 아이들에게 '봉사' 하는 것이 바로 교육이라는 진리가 몸에 밴 교사와 영화 시청, 노래 듣기, 일 대 일 대화 같은 방법으로 재미있게 영어를 배우는 이들 학생에게는 영어가 '위협' 이 아니라 '재미' 로 느껴질 뿐이다.

또 대학 입시가 없고 실업이 거의 없는 상황이다 보니 학교 성적을 잘 받으려고 서로 경쟁하는 일도, 인간의 존엄성을 모독하는 '등수' 를 매기는 일도 전혀 없다. '체벌' 이라는 용어가 없는 것은 물론이고, 아이들을 감정적으로 지나치게 야단치는 선생님은 교육자로서 부적합하다는 판정을 받아 권고 퇴직의 위기에 처한다. 언어 숙달은 창조력의 발로이고, 아이의 창조력은 바로 경쟁과 폭력이 없는 환경에서만 제대로 발전할 수 있다. 게다가 중고생들이 교환 학생 자격으로 국고의 지원을 받아 영어권 나라에 가서 몇 개월씩 지내기도 한다. 이와 같은 배경을 알면, "영어와 같이 기본적인 것까지 대학교에서 배워야 하느냐"는 노르웨이 대학생의 놀라움을 충분히 이해할 수 있다.

한편 고등학교를 졸업한 뒤에도 영어 실력을 유지할 수 있는 바탕으로는 노르웨이 사회의 개방적이고 국제적인 분위기를 꼽을 수 있다. 유럽 공동체 시민이면 노르웨이에서 노르웨이인과 동등한 자격으로 일자리를 얻을 수 있기 때문에, 직장에서 외국인 동료와 자연스럽게 영어로 이야기할 기회가 많다. 내가 속한 학과도 교수와 직원의 절반 정도가 외국인인데, 그들은 노르웨이인과 똑같은 대우를 받는다. 그리고 결혼과 같은 문제에서도 노르웨이인들은 국경과 국적을 전혀 의식하지 않는다. 러시아와 인접한 북부 지방에서는 러시아인과 혼인하는 비율이 약 10%에 이르는가 하면, 오슬로에 사는 내 주위에도 칠레인, 타이인, 중국인, 일본인, 러시아인, 한국

노르웨이인들은 결혼할 때 국경과 국적을 전혀 의식하지 않는다. 이런 '국제 가정'에서 영어는 일상어가 된다. 중동 계통의 이민자와 사랑을 나누는 노르웨이 여성.

인 등과 결혼한 노르웨이인이 많다.

이와 같은 '국제 가정'에서는 배우자가 노르웨이어를 구사하기 전에 영어로 일상생활을 하는 경우가 많다. 게다가 모든 근로자가 최소한 4주 이상의 휴가와 특별 휴가수당을 받는 노르웨이에서는 기후가 좀더 온화하고 물가가 저렴한 외국에서 휴가를 보내는 것이 일상적인 연례 행사다. 한마디로, 적어도 유럽의 범위 안에서 '우리'와 '남', '자국'과 '외국'을 뚜렷이 구분하지 않는 노르웨이에서는 영어를 하는 것이 그야말로 '먹고 자는 것'과 같은 일상적인 행위에 지나지 않는다.

그러나 영어 실력보다 나를 더 놀라게 한 것은 보통 노르웨이인들이 미국과 영국을 대하는 태도다. 미국인과 구별이 안 될 만큼 거의 완벽하게 영어를 구사하는 노르웨이 지식인들이 세계 군비의 40% 이상을 차지하는―쉴 새 없이 제3세계를 군사적으로 침략하는―미국을 '현대판 군국주의의 대표자', '세계 평화를 위협하는 존재'로 보는 것은 어쩌면 당연하다고 치자. 그러나 지식인들과 무관한 삼류 타블로이드 신문에 "1,000명당 죄수의 수가 노르웨이보다 8배나 많은 미국이 스탈린의 수용소 군도와 뭐가 다르냐"는 내용의 기사가 실렸을 때, 나는 자못 당황하지 않을 수 없었다.

그것보다 더 당황스러웠던 것은 노르웨이인들의 영국 여행담을 들을 때였다. 그들의 눈에는 단기 비정규직·고용주 중심의 노동시장과 길거리에서 흔히 볼 수 있는 거지, 졸부들의 과시적 사치, 민영화된 철도의 일상적인(?) 대형 사고 등 신자유주의 시대의 특징들이 '야만적인 초기 자본주의'처럼 보일 뿐이다. 노동당 지지자가 아닌 사람들마저 "원시적인 계급사회에 진저리를 쳤다"고 할 정도면, 노동당 지지자의 반응이 어느 정도일지 가히 짐작할 수 있다. 역설적인 이야기로 들리지만, 유럽 국가 중에서도 영어 실력이 최상위권인 노르웨이는 미·영식의 신자유주의에 가장 강력하게 반대한다. 그러나 노르웨이인들의 영어 실력이 '학비 안 드는' 공립학교, 국비 해외 수학여행, 직장인의 해외 휴식을 가능하게 하는 4주 이상의 필수적 휴가와 같은 '사회민주주의' 제도를 통해 키워졌다는 사실을 염두에 둔다면, 전혀 역설적으로 들리지 않을 것이다.

이러한 노르웨이의 현실에 비추어본다면, 출세와 생존을 위해 평생을 시작도 끝도 없는 '영어 공부'에 바치도록 강요받는, 그러면서도 결국 영어 단어 몇 개도 쉽게 연결하지 못하는 대다수 한국인의 상황을 어떻게 봐야 하는가? 한마디로, 영어와 관련된 모든 의식과 제도가 근본적으로 잘못된 것이다. 영어 실력도 아닌 '영어 시험 잘 보는 실력'으로 신분을 부여하고, '영어 시험 잘 보는 실력'(아니면 이 실력을 양성하기 위한 돈과 여유)이 없어서 대학에 못 들어간 사람을 아예 인간 취급도 하지 않는 사회의식과(요즘은 좀 완화되었지만), 영어 대신 폭력과 폭언, 감시와 규율을 가르치는 공교육도 새로운 길을 모색해야 한다.

그리고 멸시와 착취와 불안 속에서 사는 한국의 비정규직 근로자가 노르웨이 국민이면 누구나 누릴 수 있는 4주 이상의 휴가와 해외여행을 꿈이나 꿀 수 있는가? 혼혈아를 아직도 '튀기'로 부르고, 아시아 이민 노동자를 '산업 연수생'이라는 미명 아래 현대판 노예로 묶어 격리하는 일상적 인종차별의 사회에서 '외국인과 일상적으로 접촉하는 것'이 과연 자연스러울 수 있을까? '여유 있는' 사회 귀족들이 서너 살 된 '자녀님'들에게 외국인을 붙여 영어를 제대로 배울 수 있는 '환경'을 만든다 해도, 비개방적인 사회에서는 지속적인 효과를 거두기도 힘들뿐더러 오히려 신분 계층간의 격차와 갈등만 심화시킬 뿐이다. 이러한 특권층·사교육 위주의 영어교육 방식으로는 모든 시민에게 양질의 교육을 고루 제공하는, 국적과 인종의 차별을 일소한 사회민주주의 사회와 결코 어깨를 나란히 할 수 없을 것이다. 한국의 극우 신문이 영어를 '경쟁력'이라고 하면서 은연중에 아이들에게 "영어 발음 교정을 위해서" 백해무익한 혀 수술까지 받도록 권하는 등 '영어 맹신' 분위기를 조장하지만, 이는 어리석음의 극치다. 사실 일반 대중의 영어 실력은 사회 평등과 사회 정의의 산물일 뿐이다.

자본주의의 야만성을 꿰뚫다

지식인이란 무엇인가? 대학교육 이상의 고등교육을 받아 전문직에 종사하는 모든 이를 과연 '지식인'으로 불러야 하는가? '지식인’의 관념은 지역·문화·시대에 따라 다를 수밖에 없다. 하지만 ‘인텔리겐치아(지식인)’라는 개념을 처음 만들어낸 19세기 중반의 러시아 사회에서는 이 용어가 자신의 사상을 절대로 굽히지 않는, 많은 희생을 치르더라도 자신의 이념을 실천하려는 일종의 ‘사회비판자’나 ‘지적인 투사’를 의미했다. 다시 말해 원래의 ‘인텔리겐치아’ 개념은 서구의 ‘intellectual(지식집약적 전문직 종사자)’보다는 동아시아의 ‘지사(志士)’나 ‘선비’에 더 가깝다. 그렇다고 구미지역에서 이러한 유형의 사람이 전혀 나타나지 않았다고 생각하면 오판이다. 높은 보수를 받고 지식을 파는 데 만족하지 않고 당대 사회의 일상과 관습을 비판의 도마에 올려 ‘문화’라는 베일에 가려 있는 구미 자본주의의 원시적 야만성을 밝힌 구미 지식인 중에 노르웨이 계통의 미국 학자 베블런(Thorstein Bunde Veblen, 1857~1929)은 일종의 ‘전형’으로 꼽힌다.

미국 이민 2세인 베블런은 가난한 농민의 아들로 태어나 주경야독한 사람이다. 어린 시절을 노르웨이 이민자들 사이에서 보낸 그는 노르웨이어를 평생 모국어로 삼은 탓에 영어 발음을 구사하는 데 한계가 있었다. ‘촌뜨기’ 베블런에게는 미국 상류사회가 요구하는 고급 매너를 익힌다는 것이 거의 불가능에 가까운 일이었다. 그런 면에서 그와 미국 상류층의 갈등은 태생적으로 불가피했는지도 모른다.

베블런을 상당히 흠모하는 현대 노르웨이 좌파는 어떤 형태의 주류든 무조건 거부하고, 일상생활에 안주하는 것을 절대로 받아들이려 하지 않은 베블런의 품성에는 국가와 주류 교회를 거부하는 19세기 노르웨이의 종교적 반대파[이른바 경건파(敬虔派)]와 일맥상통하는 면이 있다고 본다. 이들이 보기에, 미국 상류층을 ‘현대판 약탈

자' 계층으로 보는 베블런의 사회비판 의식
은 착취나 국가적 폭력의 세계를 악마적
인 일로 취급하는 등 노르웨이의 주류를
부정한 종교적 반대파의 세속부정론을
'사회과학화' 한 것에 지나지 않는다.

물론 베블런 주위에 스웨덴·노르웨
이 연합왕국 국왕에 대한 강압적 충성과
국민개병제를 받아들이지 못해 이민 온 경
건파 신도들이 많았다는 사실을 감안하면, 그의
사회비판론이 지닌 종교적 배경에 주의를 돌리지
않을 수 없다. 약육강식의 자본주의 사회를 거부한
당대 미국 초기 사회주의자들의 의식 저변에는 일
반적으로 강한 종교적 성향이 깔려 있었다.

파란만장한 베블런의 생애는 구속 없는 개인의 자
유와 학술활동에서의 철저한 비판주의를 갈구한 그
와, 위선적 윤리와 시장성 있는 전문지식을 요구한
미국 사회가 어느 정도 잘 맞지 않았는지를 보여준
다. 한푼한푼 모아 어렵게 고학한 베블런은 일찍부
터 재능을 보여 27세에 이미 예일 대학에서 박사 학
위를 받았다. 그러나 당대 사회·경제학의 통론과
통설을 일소에 부치는 자신만만한 '촌뜨기 천재' 베
블런을 교사로 채용하려는 대학은 없었다. 몇 년 동
안 아버지의 농가에서 농사와 독서로 소일하던 그
는, 39세가 돼서야 비로소 전임 강사로 강단에 서게
된다. 그러나 당대 대학사회의 윤리관을 상류층의

파란만장한 생을 산 베블런
은 구속 없는 개인의 자유와
학술활동에서의 철저한 비판
주의를 갈구했다.

위선으로 생각하고 혼외정사와 이혼을 자유롭게 한 베블런은, 한 대학에서 오랫동안 교편을 잡지 못하고 늘 이 대학 저 대학을 전전해야 했다.

한때 그는 미국 행정부의 한 부서에 고용되기도 했는데, 거기에서도 '품행'과 '사상'이 문제가 되어 5개월밖에 버티지 못했다. 늘그막에 평생 고생한 후유증으로 신경장애 증세까지 얻어 언어 구사력을 많이 잃은 채 죽기 전까지 태평양이 바라다보이는 자그마한 숲 속 농가에서 보낸 3년은, 기복이 심한 일생 중 가장 편안한 시절이었을 것이다. 사회와 타협하기를 거부한 대가를 충분히 치른 셈이다.

베블런의 사상이 가장 집약적으로 나타나는 저서는 처녀작인 『유한계급론 *The Theory of the Leisure Class: An Economic Study in the Evolution of Institutions*』(1899)이다. 근대적 사회비판의 고전으로 꼽히는 이 책은 몇 년 뒤 독일에서 나온 또 하나의 고전인 베버의 『프로테스탄티즘의 윤리와 자본주의 정신』(1904~1905)에 대한 좋은 대조로 보아도 무방할 것 같다. 갑부 국회의원의 아들로 태어난 베버의 주요 주장은, 근대 자본주의가 바로 금욕·절약·근면성 등 프로테스탄티즘(신교) 도덕의 연장선상에서 배태되었으며, 근대 주도층(소유자·관료 계층)의 '합리성'을 바탕으로 형성되었다는 것이다. 프로테스탄티즘의 도덕과 '합리성'이 전무한 비서구 문화권(특히 인도나 중국)이 서구에 비해 '태생적으로' 열등하다는 것은 베버의 서구 자본주의 옹호론의 당연한 결론이었다. 베버는 동양 종교에 비상한 관심을 가졌지만, 불교를 "비현실적인 내세주의"로, 유교를 "발전 가능성이 없는 가부장적 논리"로 각각 규정하여 사회 발전적인 요인으로 보지 않았다. '합리주의적인 신교적 주도층’이 없는 비서구 지역은, 그에게는 움직임이 없는 ‘역사의 늪’에 불과했다.

베블런의 ‘유한계급론’은 베버의 이론에 대한 전면적인 부정으로 보인다. 베버는 자본가와 고급 관료층의 ‘합리성’을 극구 찬양했지만, 베블런은 “상류층의 소비구조를 분석해 보자”고 제안한다. 자본주의 사회의 신판 ‘귀족’으로 군림하는 정치인과 금융자본가, 산업재벌의 소비행태는 전혀 ‘합리적’이지 않다. 그들은 서로 경쟁이 되어 합리적인 가치라곤 전혀 없는 고급 미술품과 구식 무기 등을 수집한다. 그들과 어울리려는 사람은 실용성이라곤 전혀 없는 값비싼 복장을 준비해야 하며, 경마장이나 사냥터에서 시간을 낭비할 각오를 해야 한다. 베블런이 유한계층으로 규정한 상류층의 주요 특징은 합리성의 정반대인 ‘과시적 소비’(이 용어는 베블런이 처음 만들었다), 즉 낭비다. 노동자에게서 얻은 잉여가치의 상당 부분을 ‘신판 귀족’들이 비생산적으로 낭비하는 것이야말로 현대 산업사회의 발전을 억제하는 요소일 뿐이라는 것이다.

그러면 문화적 유형으로서의 ‘신판 귀족’들은 과연 진정한 의미에서 현대적인가? 그들의 전신(前身)인 중세 귀족의 원형, 곧 원시사회의 추장들이 여자와 전리품을 놓고 유혈 전투를 일삼았듯이, 그들도 산업체제의 장기적 안정이나 공익보다는 사기·투기·착취를 통해 현대적 전리품인 사유재산을 획득하는 데 훨씬 더 집착한다. 구미의 소수 자본가와 관료의 경제적·정치적 세계 지배는 베버가 주장하듯 ‘합리성’에 따른 것이라기보다는 천년 전 바이킹의 소행을 방불케 하는 극심한 식민지 약탈의 장기적인 결과일 뿐이다. 그들이 진실로 합리적이었다면, 깊은 신앙심도 없으면서 교회 의례에 그렇게까지 치중했을까? ‘사냥’이라는 미명 아래 현실적으로 꼭 필요하지도 않은데 원시적 가학심리로 동물을 죽이는 것을 낙으로 삼았을까? 베블런은 이처럼 비합리적인 방법으로 사리사욕을 추구하던 당시 구미지역의 상류층을 '현대판 약탈자 계층'으로 규정하여 "그들이 자본과 무기를 독점하는 이상 우리 세계에 평화가 오지는 않을 것"이라고 경고했다. 바로 몇 년 뒤인 1914년에 제1차 세계대전이 발발하자, 역시 베블런의 예견이 정확했다고 보는 사람들이 많았다.

물론, 현재의 과학적인 기준으로 보면, 베블런식 사회비판은 학술이라기보다는 일종의 문학적인 평론에 더 가깝다. 그리고 금융자본의 투기적 성격을 감안하더라도 전체 핵심부 선진 자본주의 지배층의 성격에 나름대로 합리적인 테크노크라시(기술관료)의 측면이 강하게 깔려 있다는 사실도 인정하지 않을 수 없다. 그러나 많은 경우—예를 들어 비생산적인 군비 투자와 거의 의례가 되다시피 한 국외에서의 대량 살육(전쟁)을 주도하는 미국과 이스라엘의 극우파—지배층의 성격에는 베블런의 이론대로 퇴행적인 면들이 두드러지게 나타난다. 극소수의 이익 극대화를 위해 빈민층의 증가와 사회적 갈등의 악화, 사회적 안정성의 박탈을 강요하는, 자본의 전 세계적 공격인 '신자유주의'도 '합리주의'라기 보다 일종의 광기에 가깝다. 그리고 핵심부에 잉여가치의 상당 부분을 제공하는—그리고 신자유주의 도입으로 극단적인 사회 분열에 시달리고 있는—주변부·준(準)주변부에서도 '도상불이(盜商不二 : 도둑과 장사꾼이 다르지 않다)', '도정불이(盜政不二 : 도둑과 정치인이 다르지 않다)'의 화려한 시대가 아직까지 막을 내린 것 같지 않다.

탈세·사기·착취로 가로챈 거액의 돈을 물 쓰듯 낭비하는 파렴치한 정치 장사꾼들, 중세 귀족 못지않게 거드름을 피우며 폭력과 폭언을 일삼는 국회의 선량들, 그들이 보여주는 비합리적인 행태와 교회나 사찰의 의례에 대한 맹신과 맹종……. 베블런이 100년 전에 그토록 준열히 비판했던 미국의 초기·중기 '약탈형' 자본주의의 추태는 지금도 한국과 러시아 등지에서 거의 그대로 재현되고 있다. 베블런이 만들어낸 '과시적 소비'만큼 현재 러시아나 한국의 현실을 정확하게 반영하는 개념도 없을 듯하다. 베블런의 고국인 노르웨이에서는 좌파가 장기 집권한 결과, 법 제도가 약자에게 유리하게 바뀌는 등 자본주의의 약탈적 본질을 개량해 왔다. 러시아와 한국의 피지배층도 노르웨이처럼 정치적으로 깨어날 날이 오기를 학수고대해 본다.

좌우는 있어도 위아래는 없다

한푼한푼 아끼는 쾌감!

한 국가나 시대의 집단심리를 가장 일목요연하게 알 수 있는 것 중 하나가 돈과 소비에 대한 관념이다. 자신의 노동력, 즉 자신의 몸과 마음을 노동시장에 내다 팔아서 얻은 '경제적 매체'를 어떻게 이용하는지 보면, 그 사회 공동의식의 윤곽을 매우 명확하게 볼 수 있다. 예컨대, 옛 소련 지식인 사회에서는 '돈 이야기'를 성에 관한 이야기와 마찬가지로 개인과 사회의 '치부'로 취급해 철저하게 터부시했다. 그러나 실제로 돈도 소비품도 풍족하지 못한 때여서 '돈'과 '소비'—그리고 성—에 대한 욕망이 억제되었을 뿐, 내면적으로 그것들을 극복·초월하지는 못했다. 구체제가 무너지자 전사회를 덮쳐버린 배금주의, 소비주의, 성 개방의 거센 파도가 이 사실을 잘 증명한다.

구체적인 모습은 많이 다르지만, 기본적으로 한국인의 내면도 '터부시'와 '절대시'의 양극 사이에서 표류하고 있는 것 같다. 한편으로는 "잇속을 너무 밝히면 치사하다"고 굳게 믿어 아직까지 입사 때 초임을 묻지 않는 것을 미덕으로 삼고 있지만, 또 한편으로는 일부 계층이 국제적인 소비의 '봉'이나 '큰손'으로 대두되기도 한다. 그리고 '높은 사람'을 따라 하려는 '상향 모방 심리'가 강해서 그런지 중산층 상당수가 카드 빚을 져서 갖가지 불행을 겪으면서까지 무리한 '소비 중독'의 풍토를 그대로 따라 하고 싶어한다.

결과적으로 러시아와 한국 모두 자본주의를 자발적·유기적으로 잉태하지 못하고 외부에서 이식한 사회로서 경제·소비 윤리에서 한 가지 특징을 공통점으로 한다. 즉, 중세적인 금욕주의를 완전히 배제하지 못한 상태에서 자본주의적 물신 숭배를 그대로 받아들인 탓에 이것이 봉건적인 과시 지향과 결부돼 비정상적인 소비윤리를 낳은 것이다. 모스크바를 '세계에서 벤츠가 가장 많은 도시'로 만든 러시아 졸부들이 프랑스산 고급 마차를 유럽에서 가장 많이 소비했다는 19세기 러시아 귀족의 '미풍약속'을 이어받았듯이, 외제가 아니면 쓰지 않는다는 한국의 일부 부유층은 공교롭게도 명나라의 물건을 탐내던 고려 말·조선 초기 일부 사대부의 풍토를 좀더 왜곡된 모습으로 재현하고 있는 것이다.

그러나 노르웨이에서 내가 목격한 것은 소비하려는 욕망보다는 오히려 소비를 되도록 줄이려는 구두쇠식 욕구다. 예를 들어서 점심시간 때 비교적 값싼 학교식당을 찾는 교수들이 돈을 내고 사는 것은 고작 차나 커피 한 잔이다. 거의 예외없이 도시락을 싸와서 먹는다. 어떤 사람은 아예 인스턴트 커피까지 가져와서 공짜로 주는 뜨거운 물로 커피를 만들어 마시면서 "오늘은 돈을 한푼도 안 썼다"며 동료들에게 자랑한다. 요리를 잘하는 사람들은 케이크 같은 고급 음식까지 집에서 만들어와 동료와 나누어 먹으니, 식탁이 그리 엉성해 보이지도 않는다. 교수가 이 정도니 학생들은 말할 나위도 없다. 집에서 싸온 음식을 학생 휴게실에서 나누어 먹으면서 끼니를 때우는 것이 보통이다. 외식할 사람이 없기 때문에 캠퍼스 안에 값싼 '할인 식당'은 몇 군데 있어도 학교 근처에 중·고급 레스토랑은 전혀 없다. 한국의 대학을 둘러싼 레스토랑과 주점들이 학업에 정진해야 할 학생들에게 과연 무엇을 심어주고 있는지 고민하지 않을 수 없었다.

고정 소득을 보장받는 교수들과 학비는 고사하고 생활비까지 국가로부터 특수 대출 형태로 받아가며 공부하는 학생들이 왜 값싼 '할인 식당'의 점심 비용까지 그렇듯 아끼는 것일까. 노르웨이의 전체적인 고물가 현상으로 인한 평소의 심리적 압박감도 작용하겠지만, "줄일 수 있는데도 안 줄이는 소비는 부끄러운 낭비"라는 노르웨이 사회의 투철한 관념이 가장 큰 이유다. 그리고 본인들도 의식하는지 잘 알 수 없지만, '자급자족(?)' 형 습관의 커다란 장점은 음식쓰레기가 거의 안 생기는 것이다. 자신이 공들여 만든 샌드위치를 마지막 부스러기까지 먹는 것은 어떻게 보면 인간의 상정일 것이다.

북유럽 사람들의 지나친 '절약 집념'이 가장 가시적으로 드러나는 부분은 자동차에 대한 것이다. 전체의 60%에 달하는 가구가 승용차를 보유하고 있는 노르웨이의 자동차 보급 비율은 한국과 큰 차이가 없지만, 보통 자동차를 10~15년 동안, 혹은 완전히 폐차할 때까지 쓴다. 그리고 그 사실을 자랑으로 삼는다. "내 차는 벌써 녹이 슬었어요. 완전히 폐물이죠"라고 자랑하면서 나를 자기 차에 태워준 한 학과장의 모습이 지금도 기억에 생생하다.

차를 오래 쓰거나 아주 낡은 차라도 돈을 받고 팔려는 욕심 못지

않게 출퇴근과 같은 일상적인 일에는 자동차를 안 쓰려는 욕심도 매우 강하다. 직원이 400~500명쯤 되는 중간 규모 기업의 주차장에는 차가 보통 20~30대밖에 보이지 않는다. 절대 다수의 임직원들이 웬만하면 걸어서 출퇴근하거나 자전거나 대중교통을 이용하기 때문이다. 그리고 고급 직책이나 관료일수록 자동차를 출퇴근 수단으로 이용할 확률이 적다.

노르웨이를 방문한 한국 외교통상부 장관을 접대하기 위해 노르웨이 정부가 마련한 공식 조찬에 내가 학계 대표로 초청받아 갔을 때의 일이다. 노르웨이 외무부 장관이 주최하는, 정부 각 부서의 부장관급 인사와 산업계 대표가 참석하는 조찬에 음식이 노르웨이 사람들이 즐겨 먹는 감자 요리와 약간의 생선, 야채, 수프, 딸기밖에 나오지 않은 것은 이미 놀랄 만한 일도 아니었다. 정말 놀라운 일은 행사가 끝난 뒤에 일어났다. 한국 귀빈들은 물론 외무부의 공무 차량으로 모셔갔다. 그런데 노르웨이 고급 관료와 기업인들이 행사 장소에서 가까운 지하철역으로 가는 게 아닌가. 노르웨이 최고 기업인 석유공사의 고급 임원 몇 사람은 나와 같은 지하철 객차에 타기도 하였다. 고소득자인 그들에게 자가용이 없을 리 만무하지만, 자가용 없이도 갈 수 있는 곳에 자가용을 끌고 가는 것을 그들은 거의 윤리 위반으로 취급했다. 특히 동료가 보는 앞에서 자가용을 '남용' 하면 직장사회에서 배척당할 게 뻔하다.

그러나 개인 소비에서는 '군살 도려내기' 를 즐기는 노르웨이 '자린고비' 들이 국제 원조에는 오히려 적극적이다. 원칙적으로 해마다 국내총생산의 약 1%를 주로 노르웨이 개발기구(www.norad.no)를 통해 최빈국의 기아 구제와 개발 등에 써야 한다(참고로 서방 선진국의 국제원조 대 국내총생산의 평균 비율은 0.22%에 불과하다). 물론, 제3

세계가 겪는 비극의 규모에 비한다면 불난 집에 물 몇 방울 떨어뜨리는 정도지만. 이외에도 개인 기부자를 약 5만~6만 명씩 확보하여 이들이 내는 순수 민간 기부금만으로 1년에 약 2,000~3,000만 달러의 예산을 조성하는 교회원조기구(www.nca.no), 아동구조기구(www.reddbarna.no), 개발재단(www.u-fondet.no) 같은 민간 원조기관들은 노르웨이 사람들의 일상에서 중요한 부분을 차지한다고 해도 과언이 아니다. 기부를 하거나 이들 민간 원조기관에 자원봉사하는 것이 그만큼 보편적인 일이 됐기 때문이다.

물론 불평등한 무역과 채무관계를 통해서 북유럽을 받쳐주는 제3세계의 구조적인 빈곤에 대한 자신들의 양심의 가책을 이와 같은 방법으로 무마하려는 면도 있을 수 있지만, 그나마 그러한 가책이라도 느낄 줄 아는 것은 다행이 아닐까 한다. 세계 곳곳에서 흔히 볼 수 있듯이, '배부른 자'가 그런 가책을 느끼고 이를 실행한다는 것은 그나마 드문 일이기 때문이다.

그렇다면 '덜 쓰기'와 '제대로 쓰기'를 최고의 자랑으로 아는 노르웨이 사람들의 소비 관념은 어디에서 근원을 찾아야 할까? 경제활동을 '하나님의 사역'으로 간주하여 소비보다 저축과 투자를 장려하는 루터교의 영향도 있고, '돈 자랑'을 불가능하게 만드는 사회민주주의 윤리의 영향도 있겠지만, 근본적인 원인은 노르웨이 자본주의의 역사에서 찾을 수 있다. 귀족층이 없고 외국 자본도 최근까지 비교적 외면해 온 노르웨이 사회·경제의 주역은 국교인 루터교 목사들을 주축으로 한 관료층과 소도시·농촌의 영세 상인과 농민 출신 중소기업인들이었다. 상대적으로 여유 있는 관료들도 국가에서 주는 월급으로는 사치할 형편이 못 되었으니(특히 목사들은 그럴 명분조차 없었다), 몇 대에 걸쳐 어렵게 자본을 모아 가업을 시작하여 그것을 유지하고 발전시키는 데 악착같이 진력하던 영세 기업인들은 말할 나위도 없었다. 더군다나 노르웨이 루터교의 상부상조 풍속으로인해 각 마을의 빈민을 해당 교구의 유산자들이 거의 의무적으로 도와주어야 했기 때문에, 잉여자산을 낭비한다는 것은 엄두도 낼 수 없는 일이었다. 결국 오늘의 노르웨이를 사치의 병에서 구제한 '약'은 바로 과거의 '풀뿌리' 식 민중적 자본주의의 유습이다.

이와 같은 역사를 배경으로 하는 노르웨이의 절약정신을 봉건적인 잔재가 강한 관치·관변 자본주의 사회에 이식하는 일은 경제의 '탈관료화'와 민중의 도덕적 자각, 민중의 정치세력화 등 수많은 진통을 겪은 뒤에야 가능할 것이다.

일상적인 데모, 교육적인 데모

교환학생으로 한국에 있던 1991년 가을은 '학생 데모'와 '노동자 데모'의 젊은 혈기가 또 한쪽의 탄압과 부딪히는 충돌의 장처럼 느껴졌다. 그때 맡은 최루탄 냄새, 가끔 목격한 폭력 장면—넘어진 여학생을 경찰이 군화발로 차는 모습, 방패에 눌려 비명을 지르는 모습—이 때때로 기억난다.

듣고 싶지 않은 소리를 못하게 하려고 한쪽에 정신적·신체적 상처를 입히고, 또 한쪽에 폭력을 익히도록 한 당시 정권의 정신적 상태는 과연 무엇이었는가? 그리고 현정권이 대우 노동자나 반미·반전 시위에 가한 폭력에서도 느껴지는 것처럼 반대의 목소리를 무조건 억눌러온 정권과 경찰 당국이 수십 년간 몸에 밴 야만성을 극복하기는 쉽지 않다. 나아가 힘을 가진 쪽이 대화보다 '독백'을 선호하는 상황에서, 가정이나 학교, 각종 사회단체들에까지 보이지 않는 폭력이 퍼지는 것은 당연하다. 의사 발표나 목소리 내기의 기본적인 수단이어야 할 데모를 엄청난 일탈행위로 취급하는 이상 다양한 목소리가 공존하는 풍토를 기대하기는 어렵다.

독립협회의 데모에 어용 보부상을 풀어 유혈진압을 유도한 한말의 대한제국 정권, 3·1운동의 데모 행렬을 선혈이 낭자한 아수라장으로 만든 일제, 좌익 데모에 실탄을 발사한 미군정, 데모 진압을 자기 존재 확립의 토대로 여긴 역대 군사정권과 최근의 유사 '민주주의적' 정권……. 최근 100년 동안 이 땅을 다스린 '큰 주먹' 들은 수차례 바뀌었지만, '이단' 을 다루는 방법만큼은 놀랄 만한 상호 계승을 보여준다. 결국 곤봉에 맞고 최루탄을 마신 쪽도 야만적 정권의 군사·폭력 문화의 상당 부분을 나름대로 익혔다는 사실을 부정할 수 없다. 권력자의 폭력은 말 그대로 선한 구석이 없는 절대악이다. 그 폭력을 행사하는 하수인들도, 심지어 폭력의 위력을 절감하며 결국 폭력을 전유(專有)하게 되는 희생자들도 탈윤리화의 길로 갈 가능성이 매우 높다.

노르웨이에 와서 나는 데모가 너무나 일상적이라는 점과, 그것이 보여주는 합

SYGMA

데모란 자기 의사를 밝히는 가장 기본적인 수단이다. 유럽의 반전 시위 모습.

리성과 교육적인 효과에 놀라지 않을 수 없었다. 대학생뿐만 아니라 고등학생과 교수, 노동자와 국가공무원, 심지어 월급에 불만을 가진 경찰까지 노르웨이에서는 데모라는 의사표현 방법을 일상적으로 사용한다. 예를 들어 2001년 9월, 노동당이 선거에 참패하여 보수내각이 들어서면서 노동당 내각이 약속한 '고등학생에게 무료로 교과서를 배급하려던 계획'이 취소될 위기에 처하자 학생과 교사는 이를 타개하기 위해 데모에 나섰다. 저녁 몇 시간 동안 "도둑 정부 각성하라!"는 플래카드를 들고 국회의사당으로 몰려가 보수내각을 열심히 성토한 고교생과 교사의 노력 덕분에, '무료 교과서' 약속이 지켜질 가능성이 커졌다. 당연한 권리인 데모가 주효한 셈이다.

이외에도 '일상적인 데모'로 소기의 목적을 달성하는 일이 비일비재하다. 2001년에는 노동당 내각의 고등교육 예산 삭감 움직임에 항의하여 오슬로 대학교 학생과 교수, 직원들이 의사당 앞에서 데모를 벌인 일이 있었다. 총장이 앞장섰던 데모의 결과는 역시 정부의 사과와 삭감 계획의 포기였다.

당연한 권리이자 정부에 자기 의사를 표현하는 방법인 데모에 참가하면서 나와 동료들은 경찰이 우리에게 제재를 가할 수 있다는 생각조차 해본 적이 없다. 물론, 2001년 스웨덴 여테보리에서 초대형 반세계화 시위가 일어났을 때 경찰이 실탄을 발사한 사건에서 보듯, 스칸디나비아의 데모 문화에 문제가 전혀 없는 건 아니다. 그러나 그 사건은 오히려 반세계화 운동을 방해 · 교란할 목적으로 여러 국적의 극우 · 신나치 조직이 시위 대열에 끼어들어 의도적으로 경찰을 도발한 결과라는 설이 유력하게 제기되기도 했고, 사건이 발생한 뒤에 경찰을 포함하여 전 사회에 자성을 촉구하는 목소리가 힘을 얻기도 했다. 1주일에 서너 번씩 일어나는 노르웨이의 '일상적' 데모들은 보통 매우 평화롭고 합리적이다.

최루탄 냄새와 곤봉 소리에 익숙한 사람에게는 데모를 통해서 교육 효과를 기한다는 것이 믿어지지 않는 이야기로 들릴지 모른다. 그러나 노르웨이의 데모는 대부분 말 그대로 교육적이다. 내가 동료, 학생들과 같이 참가한 최근의 한 반전 데모를 예로 들어보자. 데모에 앞서 학생과 노동자가 많이 찾아오는 사회주의 좌익당(SV: 현재 국회에서 23석을 차지하고 있음)과 반제국주의 운동 사이트(www1. sv.no; aksjon.fix.no/krig)에서 데모 계획을 매우 체계적으로 공고했다. 그 사이트를 통해 데모에 참가할 사람들은 전세계 진보언론들의 사태 분석과 파키스탄·인도 등 인접국 영자 신문의 생생한 현지 르포, 전세계 반전운동의 전개에 관한 최신 정보를 마음껏 접하고 상황을 좀더 확실하게 판단할 수 있었다.

절반 넘는 문건들이 그대로 영어로 등재된 반제운동 사이트의 폭발적 인기는, 영어를 모국어 정도로 구사하는 노르웨이 사람들의 언어생활의 일면을 보여주기도 한다. 반전 사이트와 전쟁을 분석적으로 다룬 글을 많이 내보낸 진보 일간지와 온건 보수 일간지 덕분에 데모에 참가한 사람들은 자신이 참여하는 집단행동의 이유와 목적을 잘 알고 있었다. 특히 데모하는 자리에서 공산주의자와 무정부주의자, 반전주의자가 발행하는 잡지가 잘 팔리는 등 데모 자체가 교육의 장으로 기능하는 모습을 보였다. 연단에 나선 루터교 대표자들과 사회주의 이론가, 노르웨이 노총 활동가들과 중앙아시아 전문가, 대학교 인류학 교수와 학생 대표들은 전쟁을 반대하는 나름의 이유를 자세히 밝히고 아프간에 대한 제국주의 세력의 침략사를, 향후 중앙아시아의 정세를 설명했다. 노르웨이 거주 아프간 피

란민 대표자와 아프간 여성 혁명
연맹(RAWA)의 한 멤버는 격앙된
목소리로 만성적 기아와 미국의
폭격, 미국이 과거에 지원한 탈레
반과 현재 지원하는 북부동맹의
폭력으로 비참하게 죽어가는 아
프간 어린이들에 대해 이야기했
다. 그렇게 상황에 대한 정보를
충분히 전달한 뒤에 데모는 횃불
행진으로 이어졌다.

'폭격을 반대하는 노동운동'의 대표가 노르웨이 일간지 〈닥스아비센〉 웹사이트에 낸 반전 데모 '소집 공고'.

　어두운 저녁에 4,500여 명이 참
가한 횃불 행진은 정말 장관이었
다. 무수한 횃불 사이에서 100여 년 역사를 자랑하는 각종 노조의
깃발이 나부꼈다. 역사가 깊은 건설노동자 노조의 고색창연한 깃
발, 교사 노조의 커다란 깃발, 교수·학자 노조의 기치, 금속공업
노조의 깃발……. 직장, 배경, 나이가 완전히 다른 많은 사람이 미
국 제국주의의 대량 학살을 막겠다는 일념으로 같이 모였다는 생각
에 새로운 희망이 생기는 것을 느낄 수 있었다. 많은 노조원들이 가
족 단위로 아이의 손을 잡고 왔다. 유치원 교사들이 한 반의 꼬마들
을 모두 데리고 온 풍경도 볼 수 있었다. 꼬마들은 부모·교사와 같
이 "살생을 중단하라! 폭격을 중단하라!"고 외치며 신나게 반전가
요를 불렀다. 그 장면을 보면서, 나는 그 꼬마들이 커서도 살생을
반대했던 이 일을 기억하겠구나 싶었다. 선생과 학생, 성직자와 신
도, 관료와 건설노동자, 어른과 꼬마가 모두 함께 감성과 지식을 나
누고 평화를 외치는, 이와 같은 경찰 없는 데모가 언제쯤 한국에서

도 재현될 수 있을까 싶었다.

물론 반전 데모를 포함한 평화적인 시위를 경찰이 통제하거나 탄압하지 않는다고 해서, 노르웨이를 '평화주의의 천국'으로 보는 것은 오산이다. 노르웨이 자본에 의한 각종 형태(투자, 불평등 무역 등)의 제3세계 착취는 군사·안보 분야에서 대미 추종적인 자세를 필수화한다. 제3세계에 대한 구미 세력의 우위를 보장하는 '힘'인 미군의 역할은 노르웨이 지배층에게도 결정적인 것으로 인식되기 때문이다. 반전 데모에도 불구하고 노르웨이 내각이 전문 군인 500명을 미군에 합류시켜 아프가니스탄 침공을 지원한 것은 유럽 연합 회원국이 아닌 노르웨이가 다른 유럽 국가보다 군사적인 분야에서 미국과 더 가깝다는 사실을 보여주기도 한다. 그러나 노르웨이 지배층의 이와 같은 친미적 만행을 반대하는 목소리도 자유롭게 들을 수 있다는 것 또한 지적해야 할 사실이다.

경찰 투입은 지배자들이 민중을 보는 시각을 직설적으로 보여준다. 진압용 방패에 몸을 부대끼며 곤봉을 피하는 시위자들과 막강한 권력을 휘두르며 무력을 행사하는 진압세력의 극히 대조적인 모습은, 현대적인 평등과 상호 존중의 시민사회가 전혀 형성되지 못했음을 증명한다. 시위 현장에서 '진압'이라는 망령이 사라질 때까지는 정부가 스스로 '문민'이니 '국민'이니 하는 말을 갖다붙이는 꼴이 웃음거리로 남을 수밖에 없다.

'진보는 우리 동네부터'

이번 6·13 지방선거는 아직까지 정치적인 '날개'를 펴지 못했던 민주노동당에 엄청난 기회를 주었다. 비록 '작은' 지방선거지만, 노르웨이 등 서구 국가의 사례로 볼 때 정치적인 의미는 결코 작지 않다. 사실 '진보는 우리 동네부터'라는 것이 노르웨이 진보계의 불문율이자 정계의 상식이다.

100년이 넘는 장구한 역사를 자랑하면서도 최근 들어 관료화·보수화한 탓에 민심을 잃어 16~18%밖에 지지를 얻지 못한 노동당을 따라잡은 사회주의 좌익당(이하 사좌당. 최근 전국 지지율 14~16% 폭을 유지하고 있다)은 '지역에서의 작은 진보'를 주요 정치전략으로 삼았다. 사실 사좌당의 자기 차별화 효과가 가장 뚜렷하게 드러난 것도 지역 차원이다. '사회 정의', '복지정책 확대' 등의 거대 표어는 언뜻 보기에 노동당과 비슷하지만, 보수화된 노동당보다 지역 주민의 고충을 훨씬 잘 대변한다는 평가를 받기 때문이다. 그리고 미국이 주도하는 나토(NATO)를 불신하고 궁극적으로 탈퇴를 추진하는 것과 세계 주변부에 대한 국고 재정 지원을 획기적으로 증액하고자 하는 것을 비롯하여 사좌당의 장기적인 목표를 너무 급진적이라고 생각하는 사람들도 있지만, 사좌당 지방 정치인들의 민중 권익 표방 능력은 자타가 인정한다.

신자유주의의 칼바람이 스칸디나비아까지 휩쓸기 시작한 요즘, 사좌당의 지방선거 공약 중에서 가장 값진 걸로 평가받는 것이 '비정규직 양산 결사 저지'다. 물론 스칸디나비아에서는 비정규직 채용 조건을 "직장 여건상 정규직 채용이 불필요하거나 불가능한 상황"으로 엄격히 제한하는 등 한국과는 형편이 확연히 다르다. 그러나 노르웨이에서도 일부 기업이 각종 편법을 동원해 이 조건을 비켜가려고 애를 쓴다. 물론 그 피해는 노동자와 고객에게 고스란히 전가된다. 예컨대 최근 들어 비정규직 간호원이 많아진 일부 지역의 병원에 대해 환자들은 "친절도 배려도 다 없어졌다"고 아우성이다. '내 일터'라는 관념이 없는 파트타임 간호원들이 과거와 같이 가정적인 분위기를 만들려고 하지 않는다는 이야기다. 경영진의 비이성적·편법적 비정규직 양산 경향으로 당사자인 노동자뿐만 아니라 고객까지도 가시적인 피해를 보는 만큼, 자진해서 파트타임으로 일을 하려는 이들 외에 비정규직이 없는 지역을 만들고자 하는—그리고 지역에서 비정규직을 고의로 양산한 흔적이 보일 때마다 고발과 시정에 정열을 쏟는—사좌당이 대중적인 인기를 얻고 있는 것이다.

사좌당의 또 한 가지 주요 공약과 활동으로는 사회적 약자인 대학생들의 복지 관련 정책을 꼽을 수 있다. 물론 입시도 없고 학비도 안 내는, 장학금과 국외 연수 비용 지원, 생활비 융자 등 많은 혜택을 받으면서 공부하는 노르웨이 대학생들을 한국적인 의미의 '약자'로 보기는 힘들다. 그러나 노르웨이 사회의 다른 구성원에 비해 호주머니 사정이 박한 만큼 그들은 분명히 '특수 계층'이다. 최근에 대학생에게 대중교통 이용료의 40% 할인 혜택이 주어진 것도 전국학생협회와 가깝게 협력해 온 사좌당의 공로다. 이외에도 사좌당은 대량 퇴학 사태를 낳을 여지가 있었던 오슬로 대학교의 무리한 학기말 시험 평가기준 강화 계획을 저지하는 등 학생 편에 서서 전국·지역 차원에서 많은 일을 해왔다. 대학생 사이에 사좌당의 지지율이 30~40%에 이르는 것도, 투표권을 가진 고교 3학년생들 사이에서 사좌당이 '최고의 당'으로 통하는 것도 학생운동과 제휴해 온 방침의 소산이기도 하다.

비정규직 양산 방지, 대학생 복지 증강과 권익 표방 이외에 유치원에 대한 국고 지원 증액, 지방 공무원의 증원과 장애인 고용의 활성화, 여성의 기업 경영 참여 확대 같은 사좌당의 "작으면서 큰 진보"는 사민주의 모델의 허점을 극복한 새로운 사회주의적 노르웨이 건설이라는 거대 프로젝트를 튼튼히 받쳐준다. 그런 사좌당이 있기에, 노르웨이 좌익 진영의 미래가 밝다는 믿음이 온다.

공산당 기관지에 보조금까지…

한국에서 보수언론을 접할 때마다 느끼던 의문이 몇 가지 있다. 도저히 이해할 수 없는 수수께끼라고 해야 할 성싶은데, 그 하나가 가장 주의 깊게 살펴보던 러시아와 동구권 관계 기사다. 보도라기보다는 차라리 소설에 가까운 내용을 어떻게 제대로 감수조차 하지 않을 수 있었는지 의문이었다. 지금도 자기 아들을 포연 가득한 체첸 전지로 보낸 러시아 장교에 대한, 센티멘털한 찬사로 가득 찬 한 보수신문의 소설 같은 기사가 기억에 생생하다.

물론 그 기자가 부하들을 돈을 받고 노동현장에 팔고, 체첸 전역을 거의 완전히 폐허로 만든 러시아 관군 장교들에 대해 전혀 모르고 현지 어용언론을 그냥 '베꼈다' 해도, 한국의 '메이저'를 자칭하는 신문사라면 최소한 편집실에서 이런 수준 이하의 기사들은 바로 잡아야 하지 않았을까 하는 생각이었다.

'소설을 써대는' 행위는 일반 독자가 확인하기 어려운 해외 관련 기사에 국한되지 않는다. 국내 노동운동에 대한 서술 시각과 내용 역시 가히 '반(反)노동적'이라고 할 수 있다. 많은 경우 노동자의 투쟁은 그냥 묵살하고 만다. 예를 들어 1년 이상 걸린 한국통신 비정규직 노동자의 파업과 시위는 거의 다루지조차 않았다. 한국 사회의 새로운 '천민계급'으로 부상한 비정규직 노동자에 대한 보수언론의 전체적인 태도는 무시와 무관심이다. 무시하기 어려운 지하철 노조의 파업에 대해서는 '시민 불편'을 실제보다 부풀리거나 사측 입장을 합리화하는 것이 다반사다. 그러한 측면에서 한국 보수언론들은 자본의 선전기관으로밖에 보이지 않는다.

그리고 망설이는 구독자에게는 경품을, 완강하게 거부하는 사람에게는 몇 년 동안 무가지를 넣어줄 만한 재력이 과연 어디에서 나오는지 몹시 궁금했다. 거의 2년 가까이 돈 한푼 안 들이고 매일 '그냥 넣어주는' 한 주요 보수 일간지를 받아 보면서 나는 국제통화기금(IMF) 위기에서도 세상에서 보기 드문 '공짜 신문'을 만들어주는 해당 언론재벌에 감사를 보내야 할지, 그 일간지의 광고 유치 능력을 세계 최고로 인정해 주어야 할지 헷갈리기도 했다.

주요 재벌언론들이 자행한 유례없는 탈세의 내력이 어느 정도 밝혀진 지금에 와서야, 나를 놀라게 만든 그 재력의 원천이 무엇이었는지 대충 짐작할 수 있게 되었다. 거시적인 안목으로 봐서는, 오랫동안 탈세를 해도 된다는 묵시적인 특권을 토대로 경영되어 온 거대 신문사들이 이제야 그들이 그토록 사모하는 박정희의 '특혜 자본주의(후진형 개발독재)'에서 정상적인 자본주의로 이동 가능하게 된 셈이다. 물론 세금을 꼬박꼬박 내는 극히 정상적인 경영 여건을 '탄압'이라고 부르는 그들에게 '정상'과 '비정상'을 분별할 능력이 아직까지 없다는 것이 문제이기는 하지만…….

노르웨이 신문 사정과 관련해서 맨 먼저 눈에 띈 것은 한국에서는 전혀 볼 수 없던 신문시장의 다양성이었다. 아무리 오슬로 외곽에 자리잡은 슈퍼마켓과 주유소의 신문판매대라 해도, 베르겐(Bergen), 스타방게르(Stavanger) 같은 지방 도시의 일간지들이 반드시 놓여 있었다. 서울의 뒷골목 슈퍼마켓이나 가판대에서 과연 부산이나 광주의 일간지를 볼 수 있을까 하는 생각이 자연스럽게 머릿속에서 떠올랐다. 전국적으로 잘 팔리는 지방 신문인 베르겐 시의 일간지 〈베르겐스 디덴데〉의 발행부수(약 9만 부)가 중앙 일간 지 중 최고 부수를 자랑하는 〈베게〉(약 37만 부)의 4분의 1이나 된다 는 사실을 알고는 또 한 번 놀라지 않을 수 없었다. 지방 신문의 부 수가 〈조선일보〉의 4분의 1이나 되는 것을 상 상이나 할 수 있을까? 이러한 차이의 원인은 공간적인 위계질서를 '후진성'과 동일시하는 노르웨이에서는 '지방'을 천시하는 풍토를 상 상조차 할 수 없다는 데 있다.

노르웨이 지방 일간지의 성공적인 전국 판 매를 설명해 주는 또 하나의 이유는 노르웨이 신문들의 당당하고 솔직한 사상·이념 지향이 다. '온건 좌익'을 표방하는 유력 일간지 〈베르 겐스 디덴데〉는 전국적으로 그 이념에 공감하 는 모든 계층을 잠재적 독자층으로 간주하고 판 매전략을 세운다. 정반대인 '온건 우익' 이념을 내세워 〈베르겐스 디덴데〉에 약간 못 미치는 부 수를 판매하는 트론헤임(Trondheim)의 〈아드레 세 아비센〉의 '이념적' 판매전략 역시 마찬가지 다. 공공연하게 '이념의 종말'을 외치면서 사실 상 상업적 극우주의에 치중하고 있는 한국의 보수

놀라운 다양성을 보여주는 노르웨이 신문시장. 무가지와 경품보다 이념과 색깔 로 승부한다.

적 '주류' 일간지와는 완전히 다른 방향이다.

노르웨이의 신문시장은 이념과 사상 차원에서 믿기 어려울 만큼 다양하다. 여기서는(극우파의 소식지들은 아예 명실상부한 신문으로 발전하지조차 못했지만) 온건 우익과 기독교 계통의 우익, 온건 좌익(현재의 집권여당인 노동당)과 녹색주의 · 국제주의적 지성계 좌익(두 번째 좌익정당인 사회주의 좌익당), 노동자 공산당(AKP) 같은 각종 이념적 정파들의 노선에 각각 공개적으로 동조하는 다양한 언론이 각자 나름의 독자층을 확보하고 있다.

물론 노르웨이 신문사도 기업체인 만큼, 무가지 살포나 경품 증정처럼 원시적인 형태는 아니지만 판매 경쟁을 벌인다. 특히 부수가 상대적으로 많은 타블로이드형 일부 중앙 일간지들은 이른바 한국의 스포츠 관련 신문 못지않게 연예인의 사생활 등 갖가지 스캔들을 경쟁적으로 파헤치기도 한다. 그러나 타블로이드가 아닌 종합 일간지들은 판매 경쟁을 하기보다는 각자의 분야와 관점에서 보도의 질을 높여 독자층을 확대한다. 예를 들어 온건 좌익 노선을 따르는 오슬로의 〈닥스아비센〉만큼 노르웨이에서 국내의 인종 · 문화 차별이나 해외의 사회문제들을 심층적으로 분석하는 신문도 드물다. 마찬가지로, 노동자 공산당의 기관지인 〈클라센 캄펜〉(직역하면 '계급투쟁')은 농어촌 문제와 증시의 모순점, 구소련 및 동구권의 빈곤과 대형 부정부패의 사회과학적 심층 분석으로 독특한 경지에 이른 유명한 일간지다. 마르크스 · 레닌주의적 공산당 기관지인 〈프리헤텐〉(직역하면 '자유') 같은 경우에는 다른 신문들이 잘 다루지 않는 이스라엘의 대(對)아랍 침략사나 시오니즘(이스라엘의 어용 민족주의)의 인종주의적 측면 등에 대한 계몽적 기사를 잘 내보낸다. 신문마다 독특한 '특기'가 있는 셈이다.

민영 기업들의 부조리와 경영체계의 미비점을 논리적으로 잘 파헤치는 것으로 유명한 〈글라센 캄펜〉의 몇몇 기자가 갑자기 노르웨이 최고의 경제 전문 일간지로 스카우트됐다는 이야기는 유명하다. 이념의 차이를 분명히 밝히고 이를 인정하는 사회다 보니 입사과정에서 사적인 이념보다는 재능과 자질을 더 중시한다는 이야기로 들린다.

부산 인구에 해당하는 총인구 430만 명에 무려 84개의 일간지가 쏟아져 나오는 노르웨이의 신문시장은 그야말로 다양성 그 자체다. 각 정당이 자신의 이념과 정책에 동조하는 언론이나 직속 언론을 거느리고 있는 것은 물론이고, 지방마다 평균 6~8개에 달하는 일간지를 발행한다. 발행부수가 5,000~2만 부에 불과한 대다수 일간지들의 생존비결은 과연 무엇인가? 바로 인기 없는 소형 신문일수록 국가가 반대로 좀더 많은 발행경비를 지원해 주는 보조금 제도다.

흑자 폭이 일정 액을 넘는 상업형 신문을 제외하고 종합 시사 일간지면 모두 받을 수 있는 이 보조금의 분배원칙은, 부수가 적은 신문과 소수 민족을 위한 비노르웨이어 신문, 한 지방에서 부수가 비교적 적은 일간지와 특수한 이념·종교를 표방하는 신문, 정당 기관지 등에 우선권을 주는 것이다. 즉, '색깔이 다른 자'와 '마이너리티'에 최우선권을 주는 셈이다. 1년에 약 2,000만 달러에 이르는 이 보조금 덕을, 노르웨이 현실을 가장 비판적으로 분석하고 파헤치는 노동자 공산당 기관지 〈글라센 캄펜〉도 볼 수 있다. 한 정당의 기관지이자 소수자(발행부수 약 5,000~6,000)이기 때문이다. 정부를 '자본가 계급의 시녀'라고 부르는 사상적 '이색 집단'에게 정부가 거금을 지원한다니 꽤나 놀라운 현실이다. 이와 같은 현실이 존재할 수 있는 이유는, 정부가 신문 내용에 간섭해서는 절대 안 된다는 것이 이곳의 법이자 관습이기 때문이다.

국고보조금에 힘입은 신문시장의 다양성 덕분인지 노르웨이는 유럽에서 인구당 신문 판매 비율이 가장 높다. 1,000명당 607부가 팔려 독일 317부와 영국 321부는 물론, 같은 스칸디나비아 국가인 스웨덴의 472부보다도 많다. 수익을 내야 한다는 부담에서 벗어나면서 신문의 질이 크게 좋아졌기 때문이다. 러시아 북방의 핵폐기물 문제에 대해 노르웨이 좌익 신문들이 심층 보도한 내용을 현지 러시아 신문이 번역해서 특집으로 낼 정도인데, 이는 노르웨이 신문의 질이 어느 정도인지 단적으로 말해준다. 만약 여기에서 한국의 모 유력 일간지처럼 체첸 전쟁을 찬양하는 러시아 어용매체를 베껴 기사로 내는 신문이 있다면, 아마도 국민의 멸시와 대대적인 불매운동의 대상이 됐을 것이다.

지면의 질이 아닌 세무 특혜와 독자에 대한 경품 증정으로 승부하려는 한국의 보수 일간지들이 선진화할 날은 언제 올 것인가? 어쩌면 경품보다는 신문 보도 관점의 독자성과 심층성, 독특한 경향을 중시하는 질 높은 독자층이 형성되어야 해결의 실마리가 잡히지 않을까.

불법을 저지른 외국인이라도…

한국을 떠나기 전에, 서울에서 오랫동안 산 러시아어 여교수와 이야기를 나눈 적이 있다. 직업이 직업이니만큼 그 여교수는 한국 생활에 별다른 불만이 없었다. 단지 한 가지를 계속 하소연했는데,

택시를 탈 때 불편한 일이 많다는 것이었다. 그래서 한국어를 못하는 여교수가 행여나 요금을 속이는 몇몇 정직하지 못한 기사들에게 피해를 입은 게 아닌지 물어봤더니, 그것은 전혀 아니었다.

오히려 그 여교수는 서울의 택시 기사를 여느 모스크바의 기사보다 훨씬 더 신뢰했다. 문제는, 고객과 대화하기를 즐기는 기사들이 외국인에게 통상 "어느 나라에서 왔느냐", "우리 나라에서 뭘 하느냐"고 묻는 것이었다. (여자 몸으로) "러시아에서 왔다"고 대답하기만 하면, 기사가 그러면 그렇지 하는 표정으로 직업을 아예 묻지 않거나 확인하듯 이태원에 대한 이야기를 꺼낸다는 것이 그 여교수가 늘어놓은 불평의 주요 내용이었다. 한마디로 매춘행위와 무관한 데도 출신 국가와 성별 때문에 '윤락녀'로 오인받는 것이 가장 고민스럽다는 것이었다. 세계와 성에 대한 서울 주민들의 편견을 꼬집어야겠지만, 러시아 매춘여성들이 또 그만큼 흔하고 가시적인 존재라는 사실도 부인할 수 없다.

노르웨이도 한국만큼 러시아와 지리적으로 가깝지만, 나는 루터교의 금욕주의 · 근엄주의의 영향으로 음주와 흡연마저 죄악시하는 노르웨이 사회에는 '러시아 매춘여성'이 아예 없거나 한국보다 덜할 것이라고 기대했다. 그러나 현실은 기대와 상당히 엇갈렸다. 현상 자체는 한국과 별로 다르지 않았다. 다른 것은 당국의 대책뿐이었다. 내게는 예상 밖의 일이었지만, 오슬로 중심부 곳곳에서 노골적으로 자신의 성을 팔려는 러시아 · 벨로루시공화국 · 우크라이나 여성들을 흔히 볼 수 있었다. 그러나 오슬로보다도 러시아 매춘여성이 가장 많은 곳은 러시아와 국경을 접하고 있는 노르웨이 북부다. 러시아말로도 의사소통이 가능한 그 지역으로 인접 물만스크 지역 출신 여성들이 전용버스를 타고 오는 것이다.

러시아 매춘녀의 입국 단속을 위해 노르웨이·러시아 국경 여권검사소에 직접 출장 나온 법무부장관과 경찰총장.

보통 그들의 노르웨이 '원정'은 다목적이다. 노르웨이에서는 매우 비싼 데다 구입하기도 어려운 술과 담배를 밀수해 비밀리에 판매하기도 하고, 며칠 동안 매춘행위도 한다. 그리고 노르웨이 관광도 즐기고 견학을 하기도 한다. 후자는 한국에서 흔히 볼 수 있는 일반적인 매춘부의 이미지와 잘 어울리지 않는 대목이겠지만, 노르웨이 원정에 나서는 물만스크 시 여성이 대부분 대학생이나 교사, 의사, 군 장교 부인 등 유식층에 속한다는 사실을 감안해야 한다. 많은 경우, 아이와 실직자·생계곤란자인 남편을 먹여살려야 하는 그들이 노르웨이행 전용버스를 타는 주된 원인은 '가정 생계'다.

노르웨이로 입국하는 명목으로는 '관광' 이외에 '망명 신청'도 많이 이용된다. 노르웨이 법이 망명 신청자들에게 숙박시설을 제공하고 신청서 처리과정 내내 생활수당을 지불하도록 규정하고 있기 때문이다. 또, 망명 신청자가 1년에 거의 1만 5,000명에 달하다 보니 처리기간이 1년까지 느는 것이 다반사기 때문이다. 망명 신청자들의 취업을 금지하고 있지만, 그들의 동정을 감시하는 일은 사실

70

노르웨이 매춘녀의 뒷모습. 오슬로에서 영업하는 매춘여성 3,000여 명은 대부분 '개인 사업자'로 세무서와 경찰청에 등록돼 있다.

상 없다. 그리하여 러시아 여성들은 그 1년을 충분히 이용해서 가정이 몇 년 동안 쓸 돈을 벌려고 한다.

1년에 노르웨이를 찾는 러시아 계통 성 노동자가 얼마나 되는지는 알기 어렵다. 다만 수천 명에 이른다는 것이 언론의 대략적인 추산이다. 숫자 자체는 그렇게 많지 않지만, 지금까지 루터교의 도덕과 여권 신장을 '민족적 자랑'으로 삼아온 노르웨이 사회에 러시아 매춘여성에 대한 수요가 만만찮다는 사실이 주는 충격은 엄청나다. 그리고 경제적 우열에 따른 성적 착취 현상이 단순한 매매춘행위에 그치지 않는다는 사실도 노르웨이 사회를 경악케 하는 요소다. 노르웨이 국내에서 결혼 상대자를 구할 확률이 거의 없는 알코올 중독자·패륜아·폭력 범죄 전과자 등이 국제적 중매회사들을 통해 '선진국' 사람과 결혼해서 '선진국' 영주권을 손에 쥐려는 러시아 여성에게 장가 드는 일이 최근 들어 급증하고 있기 때문이다. 그렇게 되면 러시아 여성은 '선진국의 영주권'을 손에 쥐기야 하겠지만, 불평등한 결혼에 따르는 모욕과 멸시, 일방적 인내, 드물게는 폭력과 착취의 가능성까지 그 대가로 받아들여야 한다.

러시아 여성들의 매춘 문제는 노르웨이뿐만 아니라 스칸디나비아, 나아가 서구 전체의 '골칫거리'다. 1년에 서구에서 매매춘에 종사하는 구소련 출신 여성이 거의 50만 명에 이르며, 그중 상당수(약 30~50%)가 한국에서처럼 '빚'과 그로 인한 준노예 신분, 과도한 착취, 상습적 폭력에 시달린다고 한다. 물론 노르웨이는 조금 특수해서 러시아 계통 '성 근로자'가 대부분 '전업자(專業者)'가 아닌 '비전문 계절 노동자'인데다 경찰의 부정부패가 비교적 없고 단속이 철저해 완전 노예화, 반인륜적 대우 같은 문제가 상대적으로 적다. 게다가 1년 이상의 체류 허가증이 없는 외국인은 은행계좌도 개설할 수 없을뿐더러 불법체류자로 드러나면 당장 본국 추방 수속을 밟는 노르웨이에서는 준노예화된 외국인 성 근로자가 오랫동안 불법체류하면서 불법노동을 할 가능성이 별로 없다.

그러나 일부 외국 성 근로자가 조직 범죄와 연결된 것으로 추정되는 '포주'들에게 얽매여 그들에게 경제적으로 착취당하고 심지어 간헐적인 폭력에 시달려야 하는 것은 기타 서구 국가나 한국의 상황과도 일맥상통한다. 그리고 비록 한국과 같은 노골적인 인신매매의 색채는 보이지 않는다 해도, 경제적 우열에 따른 성 상품화와 성 착취가 성행한다는 사실은 노르웨이의 기독교적·사회주의적 가치에 대한 심각한 도전이 아닐 수 없다.

러시아의 여학생과 의사, 교사들을 서구나 노르웨이의 '성 시장'으로 내모는 주요 '송출 요인'은 무엇인가? 직접적인 동기는 물론 아이에게 먹일 분유와 약도 못 살 만큼 지독한 가난이지만, 사회적·심리적 원인은 훨씬 더 복잡하다. 가장 근본적인 이유 중 하나는 진정한 의미의 여성 해방과 성의식의 현대화를 가로막은 스탈린식 '현실 사회주의'의 결함들이다. 산업화라는 경제적 필요에 따라 대다수 여성을 남성과 똑같이 노동력으로 동원하기는 했지만, 실제로 사회에서 중추적 역할을 담당했던 보안기관, 공산당 간부층, 군, 군수산업체 등은 제정 러시아의 전례대로 '남성들만의 클럽'이었다. 말로는 '러시아의 전통적 미풍양속인 가정적 가치'를 내세우며 가부장적 이데올로기에 따라 이혼녀와 미혼모를 도덕적으로 질타하던 '사회주의 국가'가 실제로는 몇몇 미모의 여성들을 외화 획득의 도구로 인식해 1970년대부터 성행한 호텔 주변의 '인터걸(외국인을 상대하는 매춘녀)'들을 KGB의 관리하에 두기도 했다. 자본주의 사회의 여성 억압적 현실을 그대로 옮긴 스탈린식 '현실 사회주의'는 재교육·재활을 통한 성 노동자의 해방, 이혼과 낙태의 자유, 혁명에서 여성의 적극적 참여를 내세웠던 레닌 당시의 공산당 초기 정책과도 너무나 다른 모습을 보였다.

실제로 국가의 인정도 받고 내핍 사회에서 희귀한 서양 물자도 구할 수 있었던 '인터걸'이 대도시 여성들의 희망 직업 중 하나였다는 것은 1970~1980년대의 공공연한 비밀이다. 이름뿐인 사회주의 체제 아래서 내면화돼 버린 '남성 지배사회에서 출세를 보장하는 도구로서의 성'이라는 이데올로기가 현재와 같은 육체 상품화 경향에 크게 기여한 것이 아닌가 싶다. 그리고 국가권력도 지식도 종교도 다 돈으로 사고파는 상품이 돼버린 지금, 옛 소련 지역의 전체적인 분위기도 여성 육체의 상품화를 부채질한다.

그러나 과거의 여성 예속화 이데올로기와 현재의 약탈적 자본주의의 이중적 압박 아래서 몸을 팔게 된 옛 소련 여성을 이해할 수는 있어도, 그들의 비극을 이용해서 '값싸고 질 좋은 성 상품'을 노리는 일부 노르웨이 남성을 이해하기는 훨씬 더 힘들다. 루터교의 금욕주의가 1960년대와 1970년대의 '성 혁명' 과정에서 상당히 약화되었다 해도, 절대적인 성 평등과 성 상품화의 배격을 골자로 하는 사회민주주의 윤리 강령을 어떻게 이토록 쉽게 저버릴 수 있었을까? 신자유주의의 대두와 함께 심화해 가는 핵심부와 준주변부·주변부 간의 격차가 저임금 지역에 대한 '성적 착취'의 증가로 나타나는 최근 경향이 노르웨이에서도 똑같이 나타난다는 것은 유감스러운 일이다. 세계적 궁핍 속에서도 보기 드문 풍요를 누리는 노르웨이 사람들이 그 경제적 우월함으로 인해 오히려 얼마나 자만심과 도덕적 해이에 빠지기 쉬운지 잘 보여주는 대목이다.

그러나 이런 상태가 전통적인 스칸디나비아 윤리관을 어느 정도 위협하는지 재빨리 인식해, 신속하고 강경한 대책을 내놓은 현지 당국의 반응도 괄목할 만하다. 최근 스웨덴 국회를 통과한 신법에 따르면, 여성에게 '성'을 산 남성은 중벌(거액의 벌금과 징역형)을 받게 된다고 한다. 물론, 법정에서 단순한 성관계가 아니라 '매매'라는 사실을 입증하기가 쉽지 않아, 이 법을 현실적으로 적용하려면 매춘녀와 경찰의 협력이 중요하다. 그러나 현실적 어려움이 있더라도 전통적으로 준법정신이 강한 스칸디나비아에서 남성의 매매춘(즉, 경제력에 의한 성 착취)을 처벌 대상으로 삼은 것은 매우 고무적인 일이다. 매춘녀—특히 저임금 지역 출신 매춘녀—를 스칸디나비아 당국들이 불평등한 경제적 관계와 왜곡된 성 이데올로기의 '희생자'로 본다는 의미이기 때문이다.

현재 스웨덴의 발의로, 유럽 공동체(EC) 차원에서 '포주'들의 적발과 처벌에 협조하고 법정에서 증언한 외국 매춘녀들에게는 현지

영주권과 경찰 신변 보호를 제공하는 방안을 검토하고 있는 중이다. 그리고 외국 매춘녀를 설사 본국으로 추방하더라도 그녀에 대한 사후 배려(특히 포주와 조직폭력배의 폭력과 '빚' 독촉으로부터의 신변 보호)와 재활 지원이 스칸디나비아 국가의 '도덕적 의무'라는 시각이 빠르게 확산되고 있다. 실제로 현재 스웨덴 당국으로부터 이와 같은 지원을 받는 매춘녀 경력의 여성이 우크라이나에서만 300명이나 된다. 인신매매를 감행하는 유령 인력 송출업체를 폐업·조사·입건하도록 옛 소련 지역 국가에 압력을 넣는 것도 스칸디나비아 국가들의 외교적 급선무 중 하나다. 비록 불법을 저지른 외국인이라 할지라도 약자의 입장을 고려하는 이와 같은 국제 매매춘 정책을, 현재 러시아 매춘녀 문제로 골머리를 앓고 있는 한국 당국도 참고하면 좋을 듯하다.

감옥이 그립습니다?

근대국가의 주요 특징 중 하나로 전근대 역사에서는 전례가 없는 대중적 격리공간의 창출을 꼽을 수 있다. 전근대 역사에는 없던 징병제 국민군대도 이 범주에 속하고, 학교와 공장의 기숙사나 감옥, 수용소도 이 범주에 속한다. 그러면 군대, 기숙사, 감옥과 같은 격리공간에 동원된 대중이 익혀야 하는 것은 무엇일까?

물론 일차적으로 철저한 감시를 받으면서 규율생활을 익혀야 한다(시간표에 따라 같이 기상하고, 체조하고, 식사하고, 노동하고, 집단 스포츠 따위를 하는 것은 전근대적 사회에서는 수도원에서만 부분적으로 가능했던 생활방식이다). 이와 함께 민초들의 생활에서는 분명하지 않던 권력관계도 철저하게 익혀야 한다. 졸병과 상사, 기숙생과 사감, 죄수와 간수의 관계는 가정적인 부드러움을 완전히 결여한, 철저한 상명하달식 권력관계다. 마지막으로 익혀야 하는 것이 규율·권력과 함께 일상화한 하향식 폭력이다.

일제시대 이후 한국의 학교 기숙사와 군대, 감옥에서 폭력이 만연한 것은 모두들 알고 있는 바이지만, 사실 1960년대 이전 서구의 격리공간 역시 상당히 폭력적이었다. 러시아의 경우 지금도 군과 감옥에서 폭력이 계속되고 있는데, 이는 20세기 초의 폭력 수준이 많은 차원에서 악화·고질화됐음을 의미한다. 규율을 강조하는 단체생활과 권력, 폭력에 길든 사람이어야 커다란 기계와 같은 산업사회에 잘 적응할 수 있고, 세계 대전과 같은 무의미한 대량 살육에 쉽게 동원할 수 있기 때문이다.

남한과 북한을 보더라도, 일제시대와 한국전쟁이라는 역사적 경험을 바탕으로 군과 학교에서 단체훈련 경험을 대중화하는 과정 없이 과연 대대적인 도시화와 공업화, 새마을운동 같은 대중 동원 캠페인이 가능했겠는가? 구미도 크게 다르지 않지만, 특히 남한과 북한에서는 '현대성'이 막사와 단체훈련에서 나왔다고 해도 지나치지 않을 것이다. 러시아도 마찬가지다. "우리 나라는 하나의 큰 수용소"라는 말이 1950년대까지 유명한 속담이었다는 사실이 보여주듯이, '격리' 경험은 스탈린식 현대화를 뒷받침하는 가장 중요한 요소였다. 약 20%의 인구가 감옥과 수용소 생활을 경험했고, 대다수 남성이 군대나 학교 기숙사를 거쳐간 러시아에서 군대에 의한 체첸의 '근대적 질서 바로잡기(대량 민족 말살)'가 인기를 모은 것이 우연일까?

그러나 요즘 스칸디나비아의 격리공간을 보면, 이 지역이 이미

탈현대 시대로 접어들었다는 느낌을 떨쳐버릴 수가 없다. 기숙사, 막사, 감옥이라는 말이 그대로 남아 있긴 하지만, 더 이상 이를 '격리공간' 으로 부르기 힘들 정도로 변모해 버린 것이다. 예컨대 기숙사만 해도 원칙적으로 한 방에 한 학생만 살게 돼 있다. 또 서로 붙어 있는 두 방에서 각각 남학생과 여학생이 살 수 있게 허용한 것은, 한국의 학교 기숙사에서 아직까지 철저하게 지키고 있는 이성 격리 원칙이 이미 폐기 처분됐음을 잘 보여준다. 군 막사도 마찬가지다. 개인용 독방 지급과 출퇴근식 복무가 원칙으로 돼 있다. 개인 공간을 온전히 보장하는 스칸디나비아의 '격리기관' 에서는 규율과 권력이라는 측면이 최소한으로 축소되고, 폭력성은 완전히 사라져 버린 것이다. 그러나 기숙사와 막사보다 더 재미있는 것은 여기에서 기술하고자 하는 감옥의 변모다.

몇 년 전 러시아 신문에 대단히 괴이한 기사가 실렸다. 구소련 출

스웨덴의 감옥에 수감된 여성의 모습. 발에 찬 전자 감응 장치만으로 감시를 대신한다.

신들이 관광 비자로 스칸디나비아 모 국가에 가서는 일부러 범죄를 저지른 뒤 경찰이 오기를 열심히 기다린다는 것이다. 그들이 도주하지 않는 이유는 바로 스칸디나비아 감옥에 투옥돼 되도록 오랫동안 있기 위해서라는 설명이 덧붙어 있었다. 긴 형량을 열망하는 만큼 괴이한 범죄를 저지르기도 하는데, 경범죄를 저질렀거나 형량이 짧은 경우에는 출옥하자마자 본국 송환 기한이 다가오기 전에 다시 범죄를 저질러 그리운(?) 감옥으로 돌아가려 한다는 것이었다. 과연 감옥이 얼마나 좋기에, 그런 '귀소본능'이 생기는 것일까? 그 옆에 실려 있는 스칸디나비아 감옥에 대한 기사를 읽으면서 감옥에 가기 위해 스칸디나비아로 떠나는 그들의 논리를 조금 이해할 수 있었다.

폭력행위를 저지를 가능성이 대단히 큰 특수 범죄인을 제외하면, 스칸디나비아 감옥의 기본 주거 단위는 큰 거실과 그에 딸려 있는 개인용 독방이다. 거실에는 텔레비전과 식탁, 냉장고 등이 있고, 독방마다 침대, 책상, 책장과 화장실이 있다. 원칙적으로 격리공간이라기보다 죄수를 위한 집, 즉 개인 사생활 공간으로 간주된다. 교도관 등 직원도 죄수의 허락 없이는 그 방에 들어갈 수 없다고 한다.

노르웨이에서는 죄수가 저녁 9시까지 공중전화, 인터넷을 활용할 수 있는 휴게실 등 감옥의 기본 복지시설은 물론, 헬스클럽과 운동장, 사우나를 이용할 수 있다. 왕래가 금지되는 심야시간에는 보통 죄수 방의 문을 잠그지만, 특별한 경우를 제외하면 감시는 하지 않는다. 감옥 직원들이 폭력과 감시를 일삼는 전통적인 이미지와는 너무나 다르다. 간수도 절반 이상이 여성인 데다 대부분 심리학·법학·사회복지학 전공자들로서 죄수의 사회 적응에 도움을 주려는 사람들이다.

감옥을 격리공간으로 보기 어려운 또 하나의 이유는, 죄수들이 일주일에 몇 시간씩 할당된 정규 면회시간 외에 1년에 약 18일을 집에 돌아가 보낼 수 있기 때문이다. 그렇게 한다 해도 도주하는 죄수가 별로 없는 이유는 감옥 여건이 만족스럽기 때문이기도 하지만, 철저한 개인 등록제 및 경찰제도가 장기간의 은닉생활을 사실상 불가능하게 만들기 때문이기도 하다.

스칸디나비아 감옥 중에서도 가장 진보적인 것으로는 덴마크의 '렌베크'와 같은 이른바 '열린 감옥'을 들 수 있다. 거기엔 담도 아예 없다. 감옥이라는 것이 죄수의 직장인 농장을 포함한 작은 마을에 가깝다. 죄수들은 아내나 애인, 가족과 낮시간을 보내도 아무 상관이 없다. 단, 밤에는 '감방'인 아늑한 농가에서 자야 한다. 물론 이 조건을 지키지 않으면, 평범한 '닫힌' 감옥으로 이감된다.

그렇지만 죄수들은 텔레비전 시청료와 전화비, 세탁비 등 잡비를 자비로 충당해야 하기 때문에 일을 하는 것이(형식적으로는 자유 선택이지만) 거의 의무에 가깝다. 그렇더라도 간수도 없는 농장에서 쉬어가면서 하루 6시간 일하는 것은, 우리가 보통 생각하는 '감옥노동'과는 매우 다른 모습이다. 죄수에게 주는 월급의 일부분은 그의 개인 통장으로 자동 이체돼 출옥한 뒤 정상적으로 생활하는 데 밑천이 되기도 한다.

한편 죄수가 대학 과정을 밟겠다는 의사를 밝히면, 노동시간을 자동적으로 줄여주거나 아예 없애준다. 월급 대신 장학금을 받는 것이다. 스칸디나비아 국가에서는 수업 출석 없는 자습과 시험 통과만으로 학위를 딸 수 있기 때문에, 학위를 따낸 죄수를 보는 것이 그리 힘들지 않다. 출옥 이후 죄수의 사회 적응을 걱정하는 감옥 직원들은 죄수의 향학열을 격려한다.

결론적으로 '감시와 처벌'의 패러다임에서 이미 벗어난 스칸디나비아 감옥의 주요 목표는 사회생활에 적응하지 못해 반사회적 행위를 저지른 사람의 사회 적응 능력을 길러 건강한 사회인으로 돌려보내는 것이라 할 수 있다.

격리공간에서 규율·권력·폭력을 통해 훈육하려던 현대에서 탈피하는 것은 선진적인 지역들의 주된 추세다. 앞으로는 처벌과 규율, 복종을 익히는 장이던 종래의 감옥들도 크게 바뀌지 않을 수 없을 것이다. 한국 감옥의 개혁과정에서도 죄수들에 대한 상업적인 착취를 위주로 하는 미국식 감옥 개혁 방식보다 죄수의 전인적인 발달과 사회 복귀를 목적으로 하는 더 인간적인 스칸디나비아 방식을 취했으면 하는 바람이다.

2부
과연 그들은 건강한가

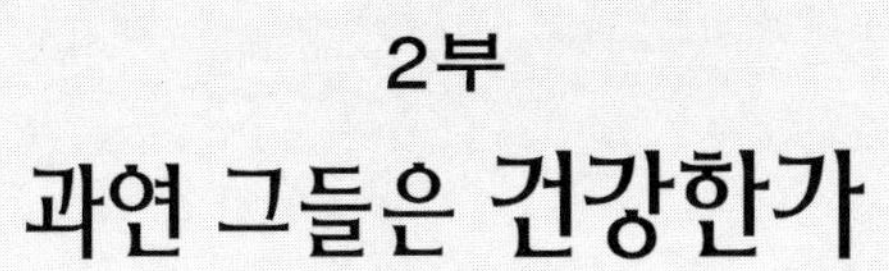

유럽 사회의 이면

'탐험 낭만주의'의 허와 실

노르웨이에 대해서는 잘 몰라도 토르 헤위에르달(Thor Heyerdahl, 1914~2002)이란 이름을 아는 이는 꽤 있을 것이다. 1947년에 시작해 죽을 때까지 계속된 헤위에르달의 항해 탐험은 세계적으로 큰 명성을 떨쳤다. 게다가 1947년의 콘티키 뗏목 탐험을 그린 자작 영화가 1951년에 미국 오스카상을 받은 뒤, 헤위에르달은 국제적인 미디어 스타가 되어 지금까지도 그 지위를 유지하고 있다. 그의 책은 70개 국어로 출판돼 약 6,000만 부가 팔려 세계신기록을 세웠으며, 그에 대한 영화나 뉴스는 세계 주요 방송사의 '단골 메뉴'에 속했다. 오슬로의 주요 명승지 중 하나인 헤위에르달의 '항해 탐험 박물관(www.kon-tiki.no)'은 국내외 관광객으로 늘 붐빈다.

물론 현재 자본주의 세계의 대다수 상업적인 대중 미디어 스타에 비해 노르웨이의 상징인 그가 훨씬 인간적인 모습을 내비치는 게

사실이다. 국제적인 명성으로 귀결된 그의 탐험은 1936년 신혼여
행 때 시작됐다. 아내를 갓 얻은 그는 혐오스러운 '서방의 기계문
명'을 떠나 남태평양 지역에서 둘만의 '작은 낙원'을 찾고자 했다.
결과적으로, 남태평양에서 '낙원'을 찾으려 한 그의 관심이 이스터
섬 원주민의 기원에 관한 연구와 1947년의 첫 뗏목 탐험으로 이어
진 셈이다. 저명한 노르웨이 탐험가인 대선배 난센과 달리, 헤위에
르달의 정치 · 외교 불참여 원칙도 상당히 이상적이다.

사실 국가와 조직 사회에 대한 헤위에르달의 혐오증은 비극적인
경험에서 비롯됐다. 제2차 세계대전 당시 파쇼 독일이 노르웨이를
침략 · 점령했을 때, 파시즘을 체질적으로 거부한 헤위에르달은 아
내와 아이를 데리고 곧장 영국으로 망명했다. 그러나 그는 영국에
서 일자리를 얻지 못해 궁핍과 배고픔을 맛보게 된다. 국민의 생계
를 책임지려 하지 않는 자유시장 체제에 대한 그의 거부
반응과 사회민주주의에 대한 호감은 그때 비롯됐
다. 굶어죽지 않기 위해서, 조국 해방에 도움을 주
기 위해서, 헤위에르달은 반(反)독일 전쟁에 참전
할 노르웨이 계통 망명객으로 구성된 '자유
노르웨이' 특무부대에 지원하여 공
작원 훈련을 받는다. 적국 보초병 살
해방법, 폭탄 투척법……. 서양 기계
문명 중에서 전쟁과 살해라는 측면을
가장 혐오하던 평화주의자가 본의 아

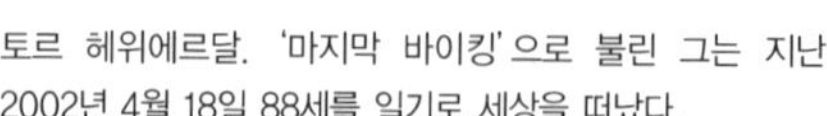

토르 헤위에르달. '마지막 바이킹'으로 불린 그는 지난
2002년 4월 18일 88세를 일기로 세상을 떠났다.

니게 살인 교육을 받아 결국 살인 현장에 투입된 것이다.

그러나 웬 행운일까? 상병 헤위에르달이 소속된 '자유 노르웨이' 공작대가 소련군과 합류해서 독일군 점령하의 노르웨이로 잠입하기 바로 직전에 작전을 지휘하던 소련 군관이 헤위에르달을 불러 "이름이 병적(兵籍)에 잘못 기입돼 있다"는 이유로 그를 영국으로 귀환시킨다. 결국 헤위에르달은 런던으로 돌아왔고, 그 공작대는 적군과 격전을 치르다 전멸한다. 관료주의적 소련 군관이 그를 구해준 셈이었다. 이런 이유로 헤위에르달은 자신을 살해와 폭력적인 최후로부터 구해준 '신(神)의 섭리'에 대한 고마움, 전쟁과 살해를 합법화하는 국가제도에 대한 본능적 혐오를 평생토록 간직하게 된다. 흥미로운 것은, 러시아나 한국 같으면 '조국해방 전쟁'에 적극적으로 참전하여 많은 성과(살해한 적군의 숫자 등)를 올리는 것이 자타가 인정하는 명예로운 애국이 되는 반면, 노르웨이에는 전우에 대한 애착과 살인에 대한 혐오가 묘하게 엇갈리는 헤위에르달의 인간적 심정이 그를 대중의 사랑을 받는 영웅으로 만드는 측면이 있다는 점이다. 지성이면 감천이듯, 살해의 죄를 범하지 않을 수 있도록 해달라는 그의 간절한 기도를 신이 들어주었다는 시각이 이곳에서는 상당히 강하다. 그러나 20세기 항해 탐험의 대명사가 되어버린 헤위에르달의 활동과 그 활동을 뒷받침해 주는 이론의 문제점이 곳곳에서 발견된다.

첫째, 그가 행한 탐험의 이론적 근거를 이루는 극단적인 '전파론'이다. 그는 연구의 초점을 "A문화가 B문화에 어떤 루트, 어떤 이민과 기술 전수를 통해서 영향을 주었는가"에 맞추었다. 미디어에 힘입어 세계적 명성을 얻은 그가 탐험을 행한 주요 학술적 목적은 "고대인의 항해술로도 A지점에서 B지점까지 항해하는 것이 실제로 가

1969년 파피루스배 라
(RA)호를 타고 가는
헤위에르달의 탐험대.

능했다"는 것을 '몸으로' 입증하기 위함이었다. 즉, 1947년에 그가 뗏목을 타고 남미대륙에서 폴리네시아 군도까지 4,300마일의 거리를 101일 만에 정복한 첫 탐험은 뗏목을 잘 만든 고대 페루 주민이 폴리네시아로 이주하여 거석(巨石)문화를 전파했다는 자신의 가설을 입증하기 위한 실험이었으며, 2년이나 걸린 파피루스배 라(RA)호의 대서양 횡단 탐험은 파피루스배를 타고 다닌 고대 이집트 주민이 고대 라틴아메리카 문명에 영향을 주었다는 자신의 학설을 실증하기 위함이었다.

그러나 한 종족이나 문명권의 사회구조적 특징과 자생적인 발달사 같은(재미없고 귀찮은) 사회 · 정치 · 경제사는 무시하고 일반인의 이목을 쉽게 끌 만한 '위대한 종족의 이동과 문화 전수'에만 관심을 두어서는 대중의 사회과학 의식을 계발하는 데 긍정적인 영향을 줄 수 없다. 더군다나 "궁극적으로 폴리네시아 문화도, 라틴아메리카 문화도 고대 이집트의 영향으로 발전했다"는 그의 결론은 폴리네시아나 라틴아메리카를 원시적인 주변부로 취급하고 지중해 문명의 일부인 이집트를 매우 중시하는, 고전적인 서구 중심주의적 사관(史觀)과 위험할 정도로 일맥상통한다.

물론 "역시 이집트는 세계 문명의 원조다" 같은 결론을 내려야 학교에서 '이집트 문명의 위대성'을 배운 유럽인과 미국인의 인정을 받고 인기를 누리기가 쉽다. 하지만 우리는 그의 단순한 '전파론'이 비서구 문화들에 대한 올바른 이해에 과연 긍정적으로 기여했는지 의심해 봐야 한다. 사실 고대사회의 내재적 발전을 무시하는 기마민족 이동설이 요즘 한국의 재야사학계를 휩쓰는 것이 유럽과 미국에서 헤위에르달식 전파론이 인기를 누리는 현상과 과연 무관하다고만 할 수 있을까? 그러나 지적해야 할 사실은, 기마민족 이동설이 한국 학계의 지지를 얻지 못했듯이, 헤위에르달의 '가설'들도 대부분 학자들의 지지를 얻지 못했다는 것이다. '미디어 과학'을 진지한 학문으로 보기는 어렵다는 것이 학자 대다수의 지론(持論)인 셈이다.

둘째, 헤위에르달이 낭만적인 신혼여행을 시작한 타히티 섬도, 그가 평생토록 연구해 온 이스터 섬도, 그의 고고학적 발굴의 주요 현장인 페루도, 다같이 유럽인이 짓밟고 파괴한 식민지·탈식민지 사회들이다. 특히 타히티 섬이나 이스터 섬은 유럽인이 옮겨온 병과 알코올, 유럽인이 자행한 학살과 착취로 인구가 급속히 줄어 거의 멸종 위기에 이르렀다. 기독교의 강압적인 선교나 유럽과 미국 대중문화의 잠식으로 인한 자국 문화의 손실과 파괴는 이루 말할 수도 없다.

하지만 고대문명의 항해 루트 탐구에 열중하면서도 헤위에르달은 자신이 속한 서구사회의 죄악에 대해서는 놀라울 만큼 침묵한

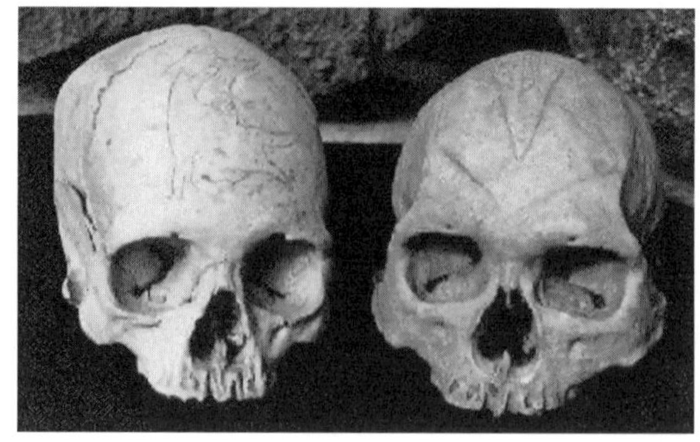

그가 탐험한 남태평양 이스터 섬에서 발굴한 유골들. 원래 약 5,000명에서 6,000명에 달하던 이곳 인구가 19세기에 유럽인이 저지른 학살·납치·노예화·알코올 판매·성병 전염 등으로 100명으로 감소했다고 한다.

다. 정치에 대한 혐오증은 이해할 수 있지만, 역사적 가해자 집단의 일원이 가해 사실을 외면하고 현실과 무관한 탐구에만 몰두하는 것을 긍정적으로 보기는 어렵다. 서구 기계문명을 멀리하면서도 실은 그 문명의 미디어를 매우 능숙하게 이용하여 그 문명이 남에게 끼친 역사적 죄악을 외면한 세계적 탐험가 헤위에르달……. 역사적으로 피해를 입은 국가의 입장에서는 그가 극히 오만하고 무책임하며 낭만적인 서구 귀족을, 자신들의 역사적 책임을 잘 기억하려고 하지 않는 대다수 유럽인을 대표한다는 사실을 인지할 필요가 있다.

나로서는 노르웨이의 시민적 영웅, 헤위에르달이 대표하는 미디어 학술이 과연 그 인기만큼 서구인들의 세계 인식에 긍정적인 변화를 가져다주었는지 의심스럽기 그지없다. 그의 탐험이 부유한 노르웨이를 탐험의 종주국으로 만드는 데는 크게 기여했지만, 탐험의 무대가 되어준 남태평양과 라틴아메리카 주민들에게 남은 것은 여전히 가난과 알코올 중독이었다. 그의 책을 읽고, 그의 영화를 본 노르웨이 젊은이들은 조국 노르웨이에 긍지를 느꼈겠지만, 제3세계의 비극과 가해국에 대해 정확하게 인식하지는 못했을 것이다. 헤위에르달의 인본주의적·평화주의적 면들이 우리에게 좋은 교훈

을 가르치기도 하지만, 재미와 도피의식에서 시작해 자신과 같은
서구인의 재미로 끝난 탐험은 결국 서구인들의 귀족적인 자기 중심
주의를 적나라하게 보여줄 뿐이다.

유럽은 약탈을 일삼던 오랑캐였다

일반적으로 한 사회의 정신적 현주소를 알려면 그 사회의 구성원
들이 역사에 대해 느끼는 만족도를 보면 된다. 보통 역사에 대해 만
족해 하고 긍정 일변도의 자세를 취하는 사회나 집단이면, 발전과
는 거리가 있다고 보아도 무방하다. 발전이 있으려면 일단 그 발전
을 촉진하는 불만이 있어야 하고, 그 불만의 구체적인 표출로 역사
에 대한 비판적 재평가가 있어야 한다. 결국 새로운 가치 건설은 옛
가치에 대한 철저한 재검토 없이는 불가능하다.

내가 노르웨이에서 느낀 것은 특히 요즘 들어 이곳 지식계에서
자기 나라를 포함하여 서양 문명의 역사를 비판적으로 재평가하고
있다는 것이고, 이 사실이 노르웨이 문화에 창조성이 살아 숨쉬고
있음을 잘 보여준다는 것이다. 내가 이런 생각을 하게 된 것은 대학
생들과 한국어 수업을 하는 도중에 일어난 재미있는 사건 때문이었
다.

‘England’ 의 한문 표기 ‘영길리국(英吉利國)’ 의 준말인 ‘영국’ 이
라는 단어를 가르치면서 이 말을 직역하면 ‘영웅의 나라’ 로 해석할
수도 있다고 농담으로 이야기하자, 한 학생이 폭소하면서 “약탈을
일삼던 오랑캐들을 이렇게 좋게 불러주다니 극동인의 포용력이 대
단하다”고 비아냥거렸다. 예상하지 못한 반응이라 나는 매우 흥미

로워졌다. 이곳 학생의 생각을 좀더 잘 이해하기 위해서 '미국'의 '미'자가 '아름다울 미(美)'자라는 것도 이야기해 주었다. 이에 대한 반응은 전보다 더 심했다. "가혹행위로 불명예를 뒤집어쓴 강도들 어디에서 아름다운 구석을 찾았느냐"고 내게 반문하는 것이었다. 다른 학생들도 이러한 의견을 지지하는 분위기였다. 이 학생들에게는 현재 서양권의 맹주이자 세계체제의 패권국인 미국과 영국의 과거가 '공격성'과 '야만성', '가혹성'으로 인식되어 있었다.

과연 학생들의 이러한 의식이 어떻게 형성되었는지 자못 궁금했다. 이와 같은 궁금증을 어느 정도 푼 것은 최근 저명한 스웨덴의 탐험가이자 문화비평가인 스벤 린드크비스트(Sven Lindqvist)의 저서 『놈들을 모조리 섬멸해 버려라』의 영역판(1997)을 읽고 나서였다. 세계 곳곳에서 '비인간'으로 간주하던 '원시 종족'을 무기와 병

17세기 초 농장에서 일을 시키기 위해 브라질 원주민들을 사냥하는 포르투갈인들.

균으로 죽이는 것을 오랫동안 당연시해 온 유럽인들의 '숨겨진 야만성'을 폭로·단죄한 이 책과 이 경향을 따르는 다른 저서들로 인해 스칸디나비아 지식인 사회에서는 유럽 전통의 '어두운 이면'에 대해 극도로 비판적인 분위기가 조성되었다. 이러한 분위기를 이해하니 학생들의 비웃음이 오히려 매우 당연하게 느껴졌다.

린드크비스트가 논리를 전개하는 출발점은 유럽 지식인들이 오랫동안 고심해 온 '히틀러가 자행한 유대인 학살의 문화적 근원'을 둘러싼 수수께끼였다. 과연 히틀러가 자행한 '유대인 섬멸'이 유럽이라는 문화공간에서 전대미문의 사건이었을까? 그리고 그 문화적 뿌리를 단순히 독일 민족의 반유대주의 전통에서만 찾아야 할까? 린드크비스트의 대답은 "전혀 아니다"였다. 그에 따르면, 아직까지도 많은 유럽인이 인정하고 싶어하지 않지만 '이민족의 과학적 섬멸'은 근·현대 유럽 문화의 끔찍한 '전통'이다. 그리고 이 악습을 독일뿐만 아니라 영국과 미국, 프랑스, 러시아 등 영토 팽창과 식민지 약탈을 일삼은 모든 '서방 열강'이 공유한다는 것이다. 다만, 아직까지 서양의 일반 여론이 유럽인의 유대인 학살과 오스트레일리아 원주민, 콩고 흑인의 학살을 같은 선상에서 보지 못하는 것은 비유럽 민족에 대한 근본적 인종차별 때문이라고 한다. 사실 '백인'으로 인정하는 유럽 유대인들의 비극은 강조하면서 히틀러의 손에 100만 명 이상이 살해당한 '비(非)백인' 집시 민족의 비극은 거의 언급하지 않는 것도 같은 이유 때문인 듯하다.

린드크비스트의 논리에 맞춰 유럽의 '진짜 역사'를 복원해 보면 대충 다음과 같다. 15, 16세기까지만 해도 유럽은 이슬람 문명을 중심으로 한 지중해·중동 국제체제의 후진적이며 가난한 주변부에 지나지 않았다. 그리고 동아시아 문명의 중심이던 중국에 비하

면 19세기 초반까지도 경제적 '약자'였다. '아편전쟁'의 발단도 사
실은 중국과 무역을 하면서 발생한 적자를 메우려고 중국에 아편을
수출하기 시작한 영국의 '외화 유출 방지책'이었다. 종교·문화 교
류 분야에서도 영국의 식민지였던 인도에서 기독교가 누린 인기보
다 영국에서의 인도 철학과 종교에 기울인 관심이 훨씬 더 높았다
는 사실만 봐도 유럽의 문화적 열등성을 쉽게 발견할 수 있다. 18세
기 계몽철학을 대표했던 볼테르(1694~1778)가 극동의 유교를 '가
장 합리적인 세계관'이자 '기독교를 대체할 수 있는 가장 효율적인
대안'으로 생각해 예수의 성상 대신 공자의 초상화를 걸어놓고 아
침마다 예를 올렸다는 일화는 그 당시 유럽과 극동의 관계를 잘 보
여준다.

그러나 이와 같은 '문명적 약점'을 만회하기 위해서, 무사정신을
숭상해 온 유럽인들은 세계 팽창의 첫 단계부터 '힘'과
'무기', 이민족에 대한 멸시와 멸종을 전략으로 내세웠
다. 15세기 말에 유럽의 첫 식민지가 된 카나리아 군도의
원주민 8만 명이 1세기 만에 학살·노역·전염병으로 전
원 멸종한 것을 시작으로, 유럽인이 발을 내디디는 곳마

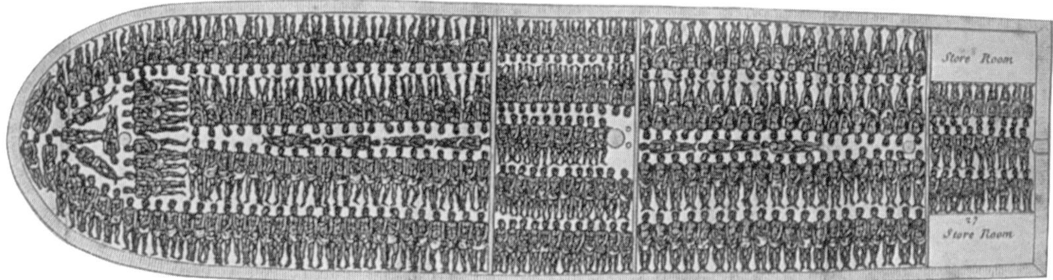

18세기에 영국이 노예를 운반하는 데 사용한 노예선의 설계도. 최소한의 공간에 당시 가장 좋은 상품인 인간을 얼마나 많이 넣으려 했는지를 보여준다.

다 원주민의 피가 대량으로 흐르지 않은 곳이 없었다.

19세기에 유럽인이 원주민을 멸종시킨 유명한 사례로는 30년밖에 걸리지 않은 오스트레일리아 태즈메이니아 섬 주민들에 대한 계획적 섬멸을 꼽을 수 있다. 양을 칠 공간이 필요하다 하여 '동물보다 못한' 원주민을 '없애기로' 한 영국계 이주민들은 붙잡힌 원주민들을 '재미 삼아' 생화장하거나 부인에게 남편의 주검을 어깨에 둘러메게 하고 달리기를 시키는 등 상상하기조차 힘든 비인간적인 방법들을 동원해 짧은 기간에 원주민을 섬멸하는 '명예로운 과제'를 완성했다. 이 교과서적인 사례는 19세기 초반에 무기의 발달에 힘입어 유럽인의 야만성이 어느 정도까지 악질화했는지를 매우 명확하게 보여 준다.

이 '현대적 야만성'의 과학적인 표출은 '열등 인간'과 '열등 인종'의 섬멸을 '자연도태'의 결과로 합리화하려는 '적자생존' 위주의 사회진화론이었다. 19세기 말에 사회진화론자들은 언젠가는 '열등 인종'인 흑인이 완전 멸종되어 아프리카가 문화적으로도 인종적으로도 유럽의 일부가 될 것으로 예상했다. 그러므로 그들은 흑인의 멸종을 인위적으로 좀 '촉진'해도 좋다고 봤다. "열등 인간들을 섬멸하는 일이 우등 인간의 건강과 생기를 증진한다고" 생각했기 때문이다. 린드크비스트의 논리에 따르면, '건강과 재미를 위해서' 흑인과 인디언을 살육한 19세기 말의 유럽인들이 20세기 중반에 파시스트로 발전해 유대인 학살에 착수한 것은 시간과 특수한 상황의 문제일 뿐이었다.

린드크비스트의 저서와 같은 반성적인 책을 읽고 유럽인의 '숨겨진 야만성'에 눈을 떠 비유럽 문명권 사람들에게 용서를 빌어야 한다고 느끼는 젊은이가 많다는 것은 스칸디나비아 문화가 상당히 발전했음을 의미한다. 자기 문화의 문제점과 과거의 죄과를 똑똑히 아는 것은 의식 발달의 촉매제이자 수준 높은 문화적 미래를 보장하는 바탕이기 때문이다.

그러나 한국학을 하는 내 입장에서는 이와 관련하여 한 가지 질문을 던지지 않을 수 없다. 19세기 말, 20세기 초에 조선은 유럽과 유럽을 모방한 일본의 희생자였는데도 구한말과 일제 초기의 대다수 개화 · 자강파 지식인들은 오히려 삼강오륜 대신 일본과 미국을 통해 수입한 사회진화론을 철석같이 믿었다. 그리고 그들 중 상당수는 일본의 '우등성'과 조선의 '열등성'을 들어 일본의 침략과 조선의 멸망을 '자연도태'로 합리화하기도 했다. 실제로 우리가 독립협회의 지도자로만 알고 있는 초기 재미 유학생 출신 윤치호는 미국에서 목격한 흑인 · 인디언 · 중국인에 대한 폭력과 멸시를 열등인종이 당연히 감수해야 할 정당한 '대우'라면서 합리화하려고 했다. 그리고 그런 부류의 다른 '선각자(?)'들과 마찬가지로 복잡한 사회진화론을 "Might is right(힘은 곧 법이다)"라는 '금과옥조'로 단순화해서 받아들였다. 게다가 이 무섭디 무서운 원칙은 친미 · 친일 개화파를 사상적 시발점으로 하는 현대 남한 지식인의 '집단무의식'이 되어, 지금까지도 남한 지배층이 신자유주의의 살인 논리를 매우 쉽게 받아들일 수 있는 심성적 바탕으로 기능하고 있다.

'서구화'와 '진보'를 꼭 동일시한다면 할말은 없지만, 린드크비스트 말대로 사회진화론이 유럽인 특유의 야만성을 고스란히 드러내는 이론이라면, 남의 사악함을 따르고 싶어한 근대 한국 지식인들이 과연 '선각자'였을까? 인간의 착하고 순한 면들을 고무하는 전통문화를 용도 폐기하고, "힘은 법이다"라고 외쳐대는 것이 '진보'였을까? 물론 이 살인적인 논리를 궁극적으로 극복한 박은식 ·

한용운과 같은 지성인의 업적은 크게 강조해야 마땅하다.

그러나 근·현대사를 통해 유일무이한 야만성을 발휘한 서양과 그 아류인 일본을 쫓아다니는 것을 지성과 미덕으로 알고 있는 남한의 현대 집단심성은 과연 건전한가? 한국 근·현대 지성사를 린드크비스트의 눈으로 본다면, 고귀한 문화적 이상을 배신하고 그로 인해 정신이 타락해 가는 것으로밖에 보이지 않을 것이다. 자의든 타의든 한번 잃어버린 문화적 자아를 되찾기는 쉽지 않다. 이러한 면에서 린드크비스트의 책과 이에 따른 북유럽 지성인의 대대적인 반성운동은 한국에도 많은 것을 시사한다.

'변방' 이라는 열등의식

한 사회의 대외관을 보면 그 사회의 역사와 현실을 적잖이 알 수 있다. 예를 들어 구미인들은 지나치게 우대하면서도 대다수 아시아 나라 출신은 '아래로 보는' 현재 남한의 일반적 대외관만 보더라도 전통시대 중국 중심의 화이(華夷) 구별 의식과 현대 미국식 서구 중심주의·인종 차별주의 등 한국인들이 내면화한, 역대 헤게모니 세력들이 만들어낸 외부세계 서열화 패턴을 결국 새로운 패권세력인 미국이 그대로 재활용하고 있는 셈이다. 마찬가지로, 건국 초기부터 비잔틴 제국의 문화적·종교적 헤게모니를 인정한 러시아도 18세기 초에 이미 굳어진 서열적인 세계관을 다시 서구 중심의 세계체제를 그대로 인정하는 방향으로 활용했다. 서구에 대한 문화적·경제적 열등감을 전혀 극복하지 못한 러시아 지배층의 비서구 지역에 대한 태도는 체첸족에 대한 민족말살 정책 같은 대형 제국주의적 범죄에서 잘 나타난다.

노르웨이도 과거 한국이나 러시아처럼 해당 문화권의 주변부였던 만큼 지배층의 대외관에 '변방'이라는 열등의식과 '중심부' 문물에 대한 흠모가 포함되지 않을 수 없었다. 천년 전 바이킹 시대의 노르웨이 추장들은 서구가 아니라 비잔틴 제국과 아랍 세계를 흠모했다. 삼한시대 족장들이 한나라의 구리거울과 동전, 인장을 권위의 상징으로 여겼듯이, 바이킹의 우두머리들은 아랍의 금속공예품과 동전을 최고의 위신재(威信財)로 여겼다. 아랍과 활발하게 교역하던 바이킹 시대가 막을 내린 뒤에 노르웨이 지배층이 '문명의 모범'으로 삼은 새로운 준거집단은 북부 독일과 네덜란드 등 신흥 상업지역들이었다. 현 노르웨이 국어사전에 들어 있는 단어 가운데 약 40%가 독일어에서 차용한 말이라는 사실은 몇백 년 전 노르웨이 식자층의 대독관(對獨觀)을 잘 보여준다.

'선진문화'를 수입하는 데서 중개역을 담당한 것은 19세기 초까지 노르웨이를 정치적으로 지배한 덴마크였다. 당시 노르웨이에서는 지성인이 프랑스와 독일 철학자들의 원서를 교양 삼아 읽고, 프랑스어와 독일어, 영어에 능통하고, 프랑스와 독일 여행을 즐기고, 덴마크어로 쓴 자신의 논문이나 책을 덴마크에서 내는 '국제인'을 뜻했다. 그들은 노르웨이의 '후진적인' 현실을 언제나 서구의 계몽주의와 낭만주의 등 보편적 가치에 따라 엄격히 질책하곤 했다. 이와 같은 종류의 문화적 '중심부 지향주의'는 같은 시대에 청나라 언어와 문물을 흠모하여 그것을 철저히 습득하고 싶어하고, 청나라 여행 기회를 귀중히 여기고, 청나라 지식인과 교류하기를 즐기고, 조선의 '비루함'을 통렬히 비판한 박제가(朴齊家)류의 북학파 정신세계와 일맥상통하기도 한다.

그러나 20세기 초에 노르웨이와 한국은 서로 완전히 다른 길로 가게 된다. 제국주의 세력의 각축장이 된 한반도에서 전통적인 대중(對中) 흠모의식이 젊은 개화파들의 대미·대일 흠모, 열등 의식으로 대체되어 고질화되던 시기에, 노르웨이 자본주의는 빠른 속도로 발전하게 된다. 대한제국의 대외교섭권이 박탈된 1905년에 노르웨이는 스웨덴으로부터 독립하고, 한국 역사의 '암흑기'로 남은 1910년대에 제1차 세계대전에서 중립을 지킨 탓에 양쪽과 활발한 무역을 통해 상당한 부국(富國)이 된다.

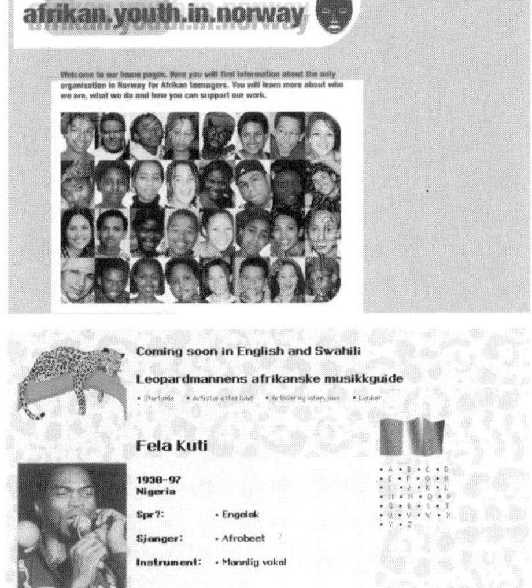

재노르웨이 아프리카 청소년단체 사이트(위). 제도적 차별은 거의 없지만 아직까지 '남'의 신세에서 벗어나지 못하고 있다. 노르웨이에서도 인기를 모은 나이지리아 가수 펠라 쿠티에 대한 인터넷 사이트(아래). 그러나 이와 같은 경우는 아직까지 예외에 속한다.

한편 "조선인의 열등한 형질과 성격, 풍습을 개조하자"는 열등감 짙은 운동을 벌인 1910~1920년대 조선의 근대 지향적 지식인들과 달리, 그 시기 노르웨이의 보수적인 지식인들은 우월감으로 가득 찬 배외의식을 보이기 시작했다. 세계대전이 끝난 뒤 빈곤으로 인해 각종 혁명에 휩싸인 유럽은 더 안정된 처지에 있던 노르웨이의 보수적 부르주아·지식인들에게 이제 '위험'과 '동요'로 다가왔다. 특히 노르웨이 부르주아들의 간담을 서늘하게 한 노르웨이 이민을 엄격하게 규제했다. "노르웨이는 노르웨이인을 위한 나라" 같은 표어들을 1920~1930년대의 보수 일간지에서 자주 발견할 수 있다.

그러나 1945년 이후 노르웨이 사람들은 미국의 헤게모니에 힘입어 자본주의 존속을 보장받고 혁명을 차단한 서구를 '위험지역'이 아니라 '동반자'로 보기 시작했다. 노르웨이 수출의 77%를 차지하고 많은 노르웨이인들이 휴가 때 가서 2~3주씩 쉬는 유럽 연합(EC)은 이제 '남'이라기보다 노르웨이인들의 생활·경제 공간의 일부가 됐다. 그러자 기존의 배타적 의식이 이제 제3세계를 상대로 분출되기 시작했다.

물론 10년 동안 신나치가 100여 명의 아시아·아프리카인을 공격하여 살해하거나 부상을 입힌 독일처럼 노르웨이에 파시스트들의 공격이 일반화하지는 않았다. 또 특별한 제도적 차별장치가 존재하는 것도 아니다. 그러나 비서구 계통 외국인에게도 예절을 지키는 대다수 노르웨이인들은 '그들'을 '위험', '불법', '불결함'과 동일시하려는 내면적 경향이 매우 강하다. 여론조사에 따르면, 50%가 넘는 노르웨이인이 "비서구 계통 이민자가 범죄를 더 많이 저지른다"고 생각한다. 노르웨이인이나 서구인들의 짐은 검사하지 않는 노르웨이 공항 세관원들이 '제3세계 국민'으로 보이는 여행객들의 하물은 열심히(?) 조사하기도 한다. 또, 근거 있는 일일 수 있으나, 병원마다 "유럽 연합 이외의 국가로 여행할 때는 예방주사를 꼭 맞고 가세요!"와 같은 플래카드를 내건 것을 볼 때마다 '동양'과 '불결함', '질병'을 동일시하는 전형적인 오리엔탈리즘이 어느 정도 강한지 실감한다.

비서구 지역을 '위험하고 불안정한 공간'으로 보는 대다수 노르웨이인들은 전통적인 서구 중심의 문화의식을 지니고 있다. 실제로 독일과 오스트리아의 고전음악이나 덴마크와 스웨덴의 문학, 프랑스의 미술을 자기 나라 것처럼 익히는 노르웨이인 중에 비서구 지역에 '근대적 문화'가 존재했다는 사실을 아는 사람은 거의 없다. 얼마 전에 내가 동양학을 전공하는 학생들에게 1910～1920년대 동아시아의 문학적 근대의 모색을 이야기하면서 일본의 아쿠타가와 류노스케와 중국의 루쉰 등 대표적인 동아시아 현대 작가를 언급했을 때 학생들 중에 이 작가들의 이름을 들어본 사람이 전혀 없을 정도였다.

물론 한국문학을 조금이라도 아는 사람이 전무한 것은 말하지 않아도 알 일이다. 한때 노르웨이 문호 입센(Ibsen)을 애독한 아쿠타가와와 루쉰, 웬만한 유럽인보다 유럽 문학을 더 아끼는 많은 동아시아 지식인을 생각할 때, 무언가 불공평하다는 생각이 떠나지 않았다.

서구 이외의 지역을 '아직 근대화를 못 이룬 위험하고 비위생적인 주변부' 정도로 파악하는—그러면서도 수많은 비서구인들의 흠모와 선망의 대상이 되는—대다수 노르웨이인들이 과연 문화·의식 차원의 오리엔탈리즘에서 벗어나지 못한 대다수 서구인과 무엇이 다른가? 이처럼 오만한 자기 중심적 국민들을 '중심부'로 인정하는 세계체제가 과연 미래에는 좀더 평등하게 재편될 수 있을까? 그렇게 되려면 적어도 세계체제의 주변부·준주변부에서부터 서구를 무조건 우대하고 나머지 지역—그리고 특히 자신들의 문화유산—을 '아래로 보는', 제국주의가 강요한 어리석은 세계의식을 하루빨리 고쳐야 할 것이다.

제3세계에 대한 이중잣대

지킬 박사와 하이드?

얼마 전에 오슬로 대학교의 중국사 시험에 시험관으로 나간 일이 있었다. 한 여학생이 중국의 천안문사태에 대해 구두 답변을 해야 했다. 그 여학생이 중국 청년들의 민주화운동에 대해서 이야기를 하는데, 한 교수가 갑자기 "학생운동 내부의 미시적인 대인관계는 과연 민주적이었는가?"라는 어려운 질문을 했다. 그 학생의 대답은 놀랄 만큼 단도직입적이고 자신만만했다.

"중국에서 무슨 민주주의가 있을 수 있죠? 중국의 4,000년 전통에도, 중국의 현실에도 민주주의의 흔적은 없어요. 민주화운동의 지도자와 지지자들 간에 전형적인 중국적 주종관계만 존재할 뿐이죠. 그들이 이길 리도 없었지만, 만약 이겼다 해도 새로운 모습의 권위주의 체제를 재현시켰겠죠."

자신에 찬 목소리로 중국의 민주주의 가능성을 전면 부정하던 그 여학생의 대답을 들으면서 나는 그야말로 만감이 교차하는 것을 느겼다. 일반 노르웨이 사람들과 대다수 노르웨이 전문가들의 상식을 그대로 보여준 그 여학생의 대답에는 물론 상당 부분 쓴 진리가 담겨 있었다. 다른 제3세계 나라와 마찬가지로 서양의 무자비한 침략으로 인해 주체적으로 근대화를 이룰 기회를 빼앗긴 중국에서 전근대적인 주종 개념이나 '관계의 문화'가 온존하는 것도, 자기 사무실에 일반 학생이 출입하지 못하게 한 천안문운동 '의장님'들이 사실 민주주의를 제대로 알지도 실천하지도 못했다는 것도 부정하기 힘든 사실이다.

그러나 19세기 초까지 세계 최강국이었던 중국이 근·현대에 겪은 국난에 대한 서양인들의 책임문제나 천안문운동을 반인륜적 방법으로 탄압한 중국에 엄청나게 투자한 노르웨이 자본의 도덕성 문제는 제쳐두고라도, 노르웨이를 비롯한 유럽 사회를 민주주의의 표본으로 보는 그 여학생과 대다수 노르웨이 사람들의 상식은 과연 정당한가? 비민주적 비서구 문화와 민주주의의 보루인 서구의 대조를 당연지사로 아는 그들의 집단의식은 과연 얼마나 객관적 진리에 가까운가?

물론, 노동자의 투쟁 결과인 노동법이 효력을 발휘하고 노조의 권력이 막강한 덕에 그 여학생은 사회적 주종관계를 맺지 않아도 평생 별 탈 없이 살아갈 수 있다. 취직과정에서 백을 이용하기도 힘들뿐더러, 노동법이 평생 직장을 보장하는 이상 상사에게 아첨을 떨 필요도 없다. 이렇듯 안정된 처지에서 보면 재학시절 각종 '관계'를 맺기에 급급한 중국 학생들을 조소하는 것이 당연하다. 그리고 평등주의를 지향하는 노르웨이의 분위기에서는 그 여학생이 학생회 회장이 된다 해도 크게 행세하기는 어렵다. 노르웨이 대학의 학생회장이 대학 운영위원회에 정식으로 참석하고 상당한 영향력을 발휘할 수 있는데도 말이다.

그러나 문제는 다른 데 있다. 이처럼 민주적으로 길든 노르웨이 사람들이 노동자 본위의 노동법도, 노조도, 감시기관도 없는 제3세계에서도 과연 민주주의를 실천할까? 그들의 민주주의는 특수한 사회환경을 바탕으로 형성된, 다른 환경에서는 상당히 변질되는 일종의 외면적 관습이 아닐까? 아니면, 어떤 환경에서든 어떤 유혹을 받든 지키고야 마는 내면적 이상인가?

여담이지만, 비서구적 사회에서 민주주의를 포기(?)하고 편한 방식을 선택한 서구인을 한 명 소개하고 싶다. 한국의 대학교에서 영어를 오랫동안 가르쳐 한국사회의 구조에 한국인 못지않게 익숙한 그는, 다른 서구인들을 만날 때마다 설립자 중심의 대학 운영방식이나 마름과 머슴의 관계를 방불케 하는 교수·학생의 관계를 열성적으로 비판하곤 했다. 그러나 자신의 연구를 위해 한자가 섞인 어려운 자료를 해석해야 할 때마다, 그는 빠짐없이 한국 학생들을 불러 번역을 시켰다. 그것이 관례이기도 하고, 나중에 학생에게 '충성도'에 따라 유학이나 취직을 좀 도와주면 되지 않느냐는 것이 한국인보다 더 한국적인 그 외국인 교수의 변명이었다. 그러고는 "과연 민주적이냐"는 질문에 "비민주적인 지역에서 민주적으로 살면 손해 아니냐"고 반문했다. 그에게는 민주주의가 보편적인 이상이나 진리가 아니라 '우리만의 전유물'이었던 것이다.

현지의 전례대로 학생들에게 초법적인 요역(徭役)을 부과하는 그 교수의 모습은 많은 노르웨이 기업이 제3세계에서 보여주는 노동 관련 행태의 축소판이라 할 수 있다. 노르웨이 자본과 우간다 자본이 합작하여 설립·운영하는 '잠보 로제스(Jambo Roses Ltd.)'라는 한 장미꽃 재배회사의 이야기를 예로 들어보자.

이 회사는 생산한 장미꽃을 즉시 노르웨이로 보내 주유소와 슈퍼 등에서 널리 시판한다. 물론 매우 저렴한 생산비용과 운송비용 덕에 노르웨이 물가에 비해 상당히 싼 가격으로 판매한다. 이 사업은 노르웨이 자본의 '노다지'라고 할 수 있다. 고용 창출과 빈곤 해소 같은 긍정적인 효과를 명분 삼아 제3세계를 지원하는 노르웨이 국영개발협조국(NORAD)은 국고보조금을 내는 등 이 사업을 '모범적인 개발 프로젝트'로 크게 선전하기도 한다. 그러나 문제는, 이 '모범적인 노다지'가 자행하는 현지 노동자에 대한 예속화와 착취가 상상을 초월한다는 것이다.

제3세계와 노르웨이 기업들 간의 거래가 공정한지 여부를 감시하는 '노르워치(Norwatch)'라는 민간기구의 자료에 따르면, 대부분 젊은 여성인 현지 노무자에게는 서류로 된 계약서조차 없다고 한다. 열심히 하면 계속 일하게 해준다는 회사 쪽의 모호한 언약(?)이 있을 뿐이다. 감독관의 요구에 순종하지 않으면 즉시 해고하는 데 문제가 있는 것도 아니다. 또 첫 월급도 회사가 사고 등에 대한 '보증금' 명목으로 특별 계좌에 예치한다. 그러나 노무자들이 해고당한 뒤 그 돈을 되찾는 건 거의 불가능하다. 준법질서가 잘 잡혀 있지 않은 우간다에서는 비록 노동자의 몫이라 해도 실제로 돈을 주는 것은 회사의 판단에 달려 있기 때문이다. 게다가 '효과적인 경영'을 위해서 회사 안에 여자 화장실조차 설치하지 않는다. 멀리 있는 화장실에 보내주고 보내주지 않는 것도 오로지 감독관의 '재량'에 달려 있다.

하루에 11~12시간 일하고 한달에 20~30달러의 월급을 받는 것은 우간다 기업들과 큰 차이가 없지만, 노르웨이 자본의 특징은 각 노동자의 능력을 시험해 노동자에게 각각 개별적으로 월급을 정하는 것이다. 단순 육체노동에서의 능력은 결국 주문이 쇄도할 때 무보수 잔업을 시키는 감독관의 명령을 어느 정도 잘 따르느냐는 것이 된다. '충실성' 역시 경영진의 주관적 판단에 달린 문제로, 결국 회사에서 '생존하는 요령'은 상사에 대한 맹종과 아부다. 앞서 노르웨이 여학생이 그토록 조소한 10년 전 중국의 학생운동보다 훨씬 권위주의적이고 중세적인 분위기다. 더구나 노르웨이 기업들의 제3세계 착취 실태를 밝힌 자료가 인터넷(www.fivh.no/norwatch/english/eng norw.htm)에 공개됐는데도 제도권은 이에 별다른 반응을 보이지 않았다. 미얀마에서의 노예노동과 대량학살처럼 충격적인 사건이 생긴다면 노르웨이 자본의 문제점이 불거질 수도 있지만, 제3세계에서 노르웨이 기업이 자행하는 비민주적 운영은 웬만하면 그대로 넘어간다. 국내에서는 법대로 민주주의를 지키지만, 서구 열강의 침략으로 민주적 법과 전통이 부족한 제3세계에서는 마음대로 또는 현지의 부정적 전례대로 기업을 운영해도 된다는 것이다.

물론, 스칸디나비아 자본이 진출한 모든 나라에서 이와 같은 일이 벌어지는 것은 아니다. 한국처럼 교육 수준이 높고 노동운동이 비교적 활발한 준주변부 국가에서는 현지 전례뿐만 아니고 자국의 전례도 따를 확률이 높다. 문제는 비서구 지역의 비민주성을 그토록 비웃는 서구 사람에게는 민주주의가 신념이기보다는 단지 사회의 관습일 뿐이라는 것이다. 안 지켜도 되고 또 안 지킬 수 있는 지역에서 그들은 민주주의와 도덕을 너무 쉽게 용도 폐기한다. 민주적 핵심부 국가, 형식적 민주주의에 머물고 있는 준주변부 국가, 독재나 과두정치의 주변부 국가로 나뉘어진 현 세계에서 이 같은 이중 기준은 용납하기 어렵다. 사회민주주의 국가로 알려진 스칸디나비아 기업이 주변부에서 보여주는 비민주적 의식……. 그들이 이런 도덕적 모순을 극복하기는 아직 어려워 보인다.

셸의 피비린내 나는 기름

몇 개월 전에 나는 한 네덜란드계 학자와 함께 네덜란드 사회의 경제구조를 토론한 일이 있었다. 평소 네덜란드의 복지시설과 각종 후생사업을 상당히 동경하던 나는 네덜란드 현실에 찬사를 보냈다. 그러자 그 교수가 갑자기 쓴웃음을 지었다. "우리 나라 자본주의가 인본주의적이라고요? 당신 혹시 셸(Shell)이 뭔지나 알아요? 셸이 인간적인지 나이지리아 사람들에게 먼저 물어보고 네덜란드 자본주의를 긍정하십시오. 수혜자에게야 인간적인 얼굴로 보이겠지만 피해자의 입장은 다르죠."

그 교수와 이야기할 당시만 해도 셸에 대해 전혀 몰랐던 나는 상당히 당황했다. 하지만 나중에 노르웨이 환경운동가와 이야기를 나누어보고 환경운동 소식지 등을 자세히 읽어본 나는 그때서야 셸에 대한 많은 현지 지식인들의 극단적인 반발을 이해할 수 있었다. 네덜란드의 로열 더치 페트롤럼(Royal Dutch Petroleum, 지분 60%)과 영국의 셸(The Shell Transport and Trading, 지분 40%)이 공동으로 소유하는 대표적인 국제 에너지 기업 셸이 어떤 이유로 수많은 북유럽 지성인의 공적(公敵)이 됐을까? 셸이 개발·이용하는 유전이 많이 있고, 셸이 판매하는 석유의 14%를 생산하는 나이지리아의 비극적인 역사와 현실에 그 해답이 있다.

세계 자본주의 체제 속에서 핵심부인 구미 지역과 주변부의 불평등한 관계를 지탱하는 데서 중심이 되는 것이 주변부 자연자원의 불공평한 수출계약과 제3세계 독재정권에 대한 묵과와 후원이라면, 셸과 나이지리아의 관계는 그 세계체제 작동논리의 교과서적인 실례다. 셸이 니제르(Niger) 강 유역에서 유전을 개발하기 시작한 것은 영국의 식민지였던 나이지리아가 독립을 쟁취한 1960년 이전이다. 영국 식민주의자들은 300여 종족을 인위적으로 통합하여 독립 뒤 종족들 사이의 내전을 이용했는데, 이로 인해 수백 년 동안 유럽인의 흑인노예 매매와 자원 약탈로 사회와 경제가 극도로 피폐해진 나이지리아 정부보다 니제르 강 유역의 유전 개발에 이미 상당히 투자를 한 세계 굴지의 기업 셸은 좀더 큰 영향력을 행사할 수 있었다.

독립국 나이지리아 40여 년 역사에서 군부독재와 민간 관료·자본가 위주의 과두정치적 정권이 몇 번씩 바뀌고, 약 300만 명의 희생자를 낸 내란을 치르는 등 여러 차례 표면적인 변화를 겪는 동안 전혀 변하지 않은 것이 바로 셸의 절대적인 영향력이다. 신식민주의의 전형으로 꼽히는 나이지리아 경제에서 외화 수입의 80%가 석유 수출에서 나오고, 그 석유 수출량의 절반 이상을 셸이 차지한다. 결국 어떤 정권이 들어서든 그 정권의 경제적 영향력을 셸이 책임져 준 셈이다.

나이지리아 역대 최고 권력과 셸의 공생관계는 상호 유익한 관계였다. 셸은 40여 년 동안 약 300억 달러 상당의 나이지리아 석유를 서양 국가(주로 미국)에 판매했고, 나이지리아의 역대 정권은 석유 소득 외에도 셸이 수입해 준 무기와 셸의 자금, 정권 홍보라는 혜택을 받을 수 있었다. 그야말로 이상적인 수어지교(水魚之交)로 보이지만, 핵심부의 기업과 주변부 정권의 밀월관계로 피해를 보는 쪽은 언제나 주변부의 환경과 민중이었다. 나이지리아와 셸의 경우도 다를 바 없다.

나이지리아에서 셸이 유전을 개발하고 운용하는 것을 가리켜 '생태적 인종주의'를 거론하는 사람들이 많다. 물론 셸은 유럽의 근해인 북해에서도 유전 개발과 관련하여 환경 파괴 행위를 저질렀다. 하지만 나이지리아에서 자행한 환경 파괴 실적(?)은 그야말로 타의 추종을 불허할 정도다. 셸은 세계 28개국에서 유전을 개발하고 있는데, 셸이 일으킨 석유 유출 사건의 40% 가량이 바로 나이지리아 니제르 강 유역에서 일어났다. 이와 같이 기형적인 사고율을 우연이라기보다는 "흑인 나라, 우리 손아귀에 떨어진 나라에서는 마음대로 해도 된다"는 셸 경영진의 인종주의적·신식민주의적 사고의 반영이라고 보는 것이 북유럽 지성계의 지배적인 시각이다.

석유 유출의 결과는 니제르 강 유역의 생태계 파괴와 주민 경제의 거의 완전한 파탄이었다. 근해의 탄화수소 오염 수준이 유럽 기준의 무려 360배, 미국 기준의 60배에 이르는 등 고기도 해초도 다 죽어버린 '사해(死海)'가 되고 말았다. 대대로 어업에 종사해 온 해변의 주민들이 대부분 실업자가 돼버렸는데, 이는 실업률이 이미 30%에 이르는 나이지리아에서는 일종의 사형선고와 같다. '죽은 바다' 뿐 아니라 셸과 그 시녀로 전락한 매판적 정권은 유전 개발에 필요한 땅을 거의 무상으로 주민으로부터 몰수해 버렸다. 주권과 법질서가 지켜졌다면 부자가 될 수 있었던 수많은 주민이 일거에 무산자·폐인이 되었다. 또 석유와 같이 나오는 가스를 그대로 허공에서 태워버리는, 미국에서는 금지된 이 저급 악성 기술 때문에 주민들은 산성비를 맞으면서 커다란 가스 스토브가 곁에 있는 것과 같은 이상 환경 속에서 지옥과 같은 나날을 보내고 있다. 그뿐만 아

사형당한 사로위와.

니라 비옥했던 땅마저 황무지와 다름없이 변해버린 탓에 농사가 제대로 되는 해가 거의 없어 주민 대다수가 만성적인 기아에 시달리는 실정이다.

농업과 어업이 불가능하게 됐다고 해서 현대적인 고용 기회가 많아진 것도 아니다. 그러기는커녕 '분리 통치(divide and rule)' 전술을 잘 익힌 셸은 정치적 성향이 강한 북부 출신을 많이 고용하고, 정권으로부터 차별을 받는 유전지역, 특히 니제르 강 유역 주민들은 철저하게 따돌린다. 주민들의 반발과 저항운동에 대한 셸의 대응은 식민지 시절을 연상케 하는 무력 진압이다. 식민지 시절 영국 총독부가 현지 건달들을 경찰로 고용한 데 비해, 현재는 형식상 독립국인 나이지리아의 군과 경찰을 일종의 용역깡패로 이용하는 것이 다를 뿐이다. 셸의 돈을 받고, 셸이 공급해 주는 무기로 무장한 군의 '특무부대' 들은 1994년에만 약 2,000명의 주민을 살해한 것으로 추산된다. 셸과 나이지리아 정권이 자행한 범행의 상징으로는 "석유는 우리의 저주"라는 명언을 남기고 교수대의 이슬로 사라진 나이지리아의 저명한 작가이자 환경 투사, 저항운동가였던 사로위와(Ken Saro-Wiwa)에 대한 사형 집행(1995년)을 꼽을 수 있다. 그 해 유럽에서는 셸의 폭력을 규탄하는 캠페인이 절정에 이르기도 했지만, 이렇다 할 만한 성과를 거두지는 못했다.

사로위와의
사형 집행을
규탄하는
나이지리아
인권단체 회원들

그 뒤 북유럽 지성인과 환경운동가들 사이에 '셸'은 "제3세계를 폭력적으로 착취하는 핵심부 기업"의 대명사가 됐다. 그린피스를 위시하여 여러 환경단체가 셸을 규탄하는 시위와 시설 점령 같은 행동을 취하기도 했다. 그러나 놀라운 것은 셸 문제에 대한 노르웨이의 '주류 좌익'인 집권여당 노동당과 주류 언론의 침묵이다. 물론 정치인과 언론인들의 손익 계산은 뻔하다. 노르웨이에서 주유소를 700여 개나 운영하고, 북해 유전 탐사에 적극적으로 참여하고 있는 셸은 노르웨이 지도층으로서도 무시 못할 파트너다. 더군다나 노르웨이 사회 분위기에 잘 편승해 간부직의 20% 이상을 여성에게 할당함으로써 남녀 평등에 앞장서는 등 선진성(?)을 과시하는가 하면, 문화사업 후원과 자선활동에 열을 올리기도 한다. 노르웨이 사회의 환심을 살 만한 이와 같은 '여유'를 과시하는 데 필요한 재정적 기반은 어디에서 나온 것일까.

제1세계의 '선진성'은 제3세계의 파탄을 기반으로 한다. 이에 대한 문제의식을 상실함으로써 사실상 국제주의 원칙을 배신한 노르웨이의 '주류 좌익'을 여전히 진정한 진보주의라고 할 수 있을지 의문스럽다. 이러한 측면에서 주로 '주류 좌익'에 속하는 유럽 각국 지도자들의 정상회담 때마다 극렬시위를 벌이는 젊은 좌익계 청년들의 심정을 어느 정도는 이해할 수 있다. 그들의 폭력적인 시위방식에 이론이 없는 것은 아니지만, 행동의 주요 동기가 셸과 같은 악덕기업이 지속적으로 약탈할 수 있도록 방조하는 '주류 좌익' 지도부에 대한 실망과 자국이나 자사의 이익을 위해서는 약한 존재를 괴롭혀도 된다는 기존 체제의 양심 부재가 극렬시위의 원인이기 때문이다.

아프간 난민은 특종 화물?

노르웨이 사람들에게 인기 있는 국가 중 하나가 오스트레일리아다. 천혜의 기후에 다양하고 이국적인 지형, 마음씨 부드럽고 순박하면서 운동을 잘하는 사람들, 이것이 일반 노르웨이 사람의 일상적인 오스트레일리아관(觀)이다. 영어를 실습하려는 노르웨이 대학생이 비행기로 2시간도 안 걸리는 이웃나라 영국보다 하루 정도 비행기를 타고 가야 하는 머나먼 오스트레일리아를 훨씬 더 많이 선택하는 것도 이와 같이 친근하고 호의적인 이미지와 관련이 깊다.

그리고 오스트레일리아의 '축복받은 자연'을 동경하는 것으로 그치지 않는다. 노르웨이 사람들은 '민주국가'이자 '문명국'인 오스트레일리아의 '민주의식'과 '인권 존중' 정신을 한치도 의심한 적이 없었다. 오히려 '선진적인' 오스트레일리아를 '아시아·태평양 지역에서 민주와 인권을 지키는 기수'쯤으로 생각해 왔다. 그러나 최근 '탐파' 사건으로 인해 노르웨이 사람들이 오스트레일리아를 보는 눈이 획기적으로 바뀌는 듯하다. '선진성'과 '민주·인권'의 외피에 숨겨진 오스트레일리아 지도층과 주류 여론, 백인사회의 야만성과 인종주의, 인명 경시가 어느 정도 깊은지 비로소 새롭게 파악하기 시작한 것이다. 나아가서 이번 '탐파' 사건의 영향으로 좀더 많은 노르웨이인이 제3세계의 피란민을 그토록 적대시하고 괄시하는 부유하고 오만한 '제1세계'가 과연 지구를 이끌어갈 자격이 있는가 하는 문제를 진지하게 고민하기 시작했다.

노르웨이와 오스트레일리아 역사에 분명히 남을 이 '탐파' 사건의 시말은 대략 다음과 같다. 2001년 8월 26일, 오스트레일리아에서 싱가포르로 가던 노르웨이 화물선 '탐파'는 갑자기 긴급 연락을 받았다. '탐파' 근처에 인도네시아 국적의 배가 침몰하고 있으니 승객과 승무원들을 구조해 달라는 해양구조청의 메시지였다. 조난 선박의 구조를 당연한 인륜적 의무로 생각한 '탐파'의 선장은 당장 오스트레일리아 해양구조청의 부탁대로 침몰 현장으로 항해하여 구조작업에 착수했다. 그러나 그때까지만 해도 침몰하는 인도네시아 선박에 타고 있던 어린이 43명과 여성 26명, 수많은 부상자 등 438명이 주로 아프간 계통 피란민이었다는 사실을 아무도 몰랐다.

구조상 50명 이상 태우지 못하도록 돼 있는 노르웨이 화물선 '탐파'에는 438명을 싣고 머나먼 노르웨이로 갈 음식이나 약, 물 등이 준비돼 있지 않았다. 국제법과 해양법의 관례대로 조난자 구조를 우선시한 '탐파'의 선장은 싱가포르행을 당분간 포기하고 음식과 식수, 약을 공급해 줄 수 있는, 응급치료가 가능한 가까운 항구부터 모색하기 시작했다. 그러던 중 구조된 피란민들이 애당초 목적지인 오스트레일리아로 가지 않으면 집단 자살하겠다고 협박 섞인 애걸을 하기 시작했다. 오스트레일리아 해양구조청의 요청대로 구조작업을 완수한 그가 '민주와 인권의 나라'로 인식해 온 오스트레일리아의 협조를 기대한 것은 당연했다. 그러나 '민주와 인권의 나라' 오스트레일리아가 '탐파'에 대해 취한 태도는 그야말로 청천벽력이었다. 오스트레일리아의 국무총리 하워드(Howard)가 굶어죽을 처지로 내몰린 피란민들이 오스트레일리아의 '안보'를 위협하기라도 하는 양 그들에 대한 초강경 방침을 밝힌 것이다. 그들이 비자 없이 오스트레일리아 땅에 한순간이라도 발을 내디디면 오스트레일리아의 주권을 침해하는 결과가 되니 발을 딛지 못하게 하겠다는 것이 이 방침의 이상야릇한 골자였다. 게다가 하워드 국무총리는

노르웨이의 화물선 탐파.
438명의 난민을 옮겨 실은
이 배는 며칠 만에 생지옥
으로 변했다.

이를 계기로 오스트레일리아를 '만만한 피란처'로 생각하는 잠재적 피란민들에게 교훈(?)을 주어야 한다는 말까지 덧붙였다.

주요 '공적(公敵)'인 아시아 피란민들에게 본때를 보여주자는 것이 하워드 정부의 공식 방침으로 등장했다. '공적'이 굶어죽어 가는 남자와 만삭의 여자, 정서불안 증세가 있는 나약한 어린 청소년들이라는 사실을 오스트레일리아 주권의 용맹스러운 '지킴이'를 자칭한 하워드는 전혀 고려하지 않았다. 선거가 임박한 상황에서 보수표의 잠재적인 이탈을 막고 우익적 심리를 자극해야 했던 그에게는 아프고 배고픈 아시아인들이 '잠재적인 호재'로 보였을 것이다. 그리고 그들을 싣고 온 배가 미국이나 주요 강국이 아니라 노르웨이의 배인 까닭에 별다른 정치적 고려의 대상이 되지도 못했다.

처음에 '탐파'호의 선장은 오스트레일리아의 항구로부터 "오스트레일리아 아무 항구에나 정박하여 구호물자를 지급받으라"는 언약을 받고 가장 가까운 오스트레일리아 영토인 크리스마스 섬으로 배를 몰고 갔다. 그러나 정부 방침이 크리스마스 섬에 전달되자마자 '탐파'는 구호물자는커녕 오스트레일리아 영해 진입과 정박마저 거절당했다. 조난 선박에 입항과 구호물자 지급을 거절하는 것이 국제해양법 위반이라는 사실을 오스트레일리아 당국이 모를 리 없었지만, 아시아 피란민들을 국제해양법 적용대상으로 보지 않은 셈이다.

음식도, 식수도, 약물도 모자란 '탐파'는 며칠 만에 생지옥으로 변했다. 피란민 15명이 탈수증세와 기아로 실신하고, 그중 몇 명이 빈사상태에 이르렀다. 절망에 빠진 몇몇 청소년은 아예 집단자살 계획을 세우기 시작했다. 대형 참사를 예상한 '탐파'호 선장은 부득이하게 오스트레일리아 당국의 허가 없이 항구 진입을 시도하여

긴급구호 요청을 보냈다. 그러나 오스트레일리아 하워드 정부의 응답은 가장 냉소적인 관측자들마저도 경악에 빠뜨렸다. 8월 29일, 오스트레일리아 공군 특공대는 '탐파' 호를 불시에 습격하여 장악했다. 피란민들은 오스트레일리아 해군 선박으로 옮겨져 '최종 처리'를 기다리게 되었다.

특기할 만한 것은 오스트레일리아 특공대 소속군 군의관들이 빈사상태에 빠진 피란민에게 응급치료마저 하지 않았다는 것이다. 아시아 피란민들을 '작전의 대상물' 이나 일종의 '특종 화물' 로 취급한 셈이다. 과연 이 정도로 '강경한 태도(toughness)' 를 보여야 보수표 몰이에 성공할 수 있다는 말인가?

이 과정에서 북유럽 사람들이 가장 놀란 것은 오스트레일리아 대중의 반응이었다. 여론조사를 실시한 결과, 70%가 넘는 오스트레일리아 국민이 하워드 정부의 강경노선을 적극 지지했다고 한다. 거리에 나가서 보행자들에게 '탐파' 호 사건에 대해서 의견을 물은 기자들은 일부 보수적인 백인 오스트레일리아인들에게서 "아프간 사람 같은 이슬람 쓰레기들, 기관총으로 깨끗이 총살해 버려야지, 뭔 말이 이렇게 많으냐"는 반문을 듣고는 아연실색하기도 했다.

노르웨이의 집권여당인 노동당의 '이념적 동지' 여야 할 오스트레일리아의 야당 노동당마저 하워드 정부의 처리 방식을 지지했다는 것은 놀라운 일이었다. 이민자 문제에 관한 한 노동당도 매우 보수적이라는 것이 오스트레일리아 노동당 관계자들의 변명에 가까운 설명이었다. 녹색당이나 사회주의 평등당 등 일부 비주류 좌익정당과 인권단체들이 소리 높여 하워드의 반인륜적인 행각을 비판했지만, 그야말로 '사막에서 외치는 외로운 절규' 였다. 악명 높은 '백호주의 정책' 을 철폐한 지 거의 30년이 다 된 지금도 오스트레일리아 국민의 다수를 차지하는 백인들의 의식 저변에 인종주의와 이슬람에 대한 적개심이 어느 정도 두텁게 깔려 있는지, 그 정서가 정치적으로 얼마나 잘 악용되는지를 보여주는 대목이다.

'탐파' 사건으로 경악에 빠진 노르웨이에서는 인종주의적 편견에 빠져 인류의 보편적 박애 본능을 저버린 오스트레일리아 국민들의 반성을 촉구하는 목소리가 높았다. 노르웨이 정부가 유엔 등 국제기관에 항의문을 제출한 것은 물론이고, 노르웨이 신문도 하워드의 '주권위협론' 에 대해 "200여 년 전에 오스트레일리아 대륙을 정복한 백인이 원주민의 주권을 존중했느냐"고 비아냥거리면서 그 허구성을 지적했다. 차후 노르웨이와 오스트레일리아의 관계에서 오스트레일리아 정부와 국민이 보여준 노골적인 인종주의와 생명경시 문제가 커다란 장애요소가 될 것으로 보인다.

그러나 이와 동시에 노르웨이에서는 자성의 목소리도 높았다. "문제의 피란민들을 노르웨이에서 어떻게든 받아들이자"는 일부 인권단체의 제안을 정부나 언론에서 신중히 검토하지 않았기 때문이다. 물론 거리상 당장 실현하기 어려운 제안임이 틀림없지만, 피란민들의 입국을 억제하는 경향이 있는 게 아니냐는 지적이었다.

결국 문제의 피란민들을 뉴질랜드를 비롯한 몇몇 지역 국가에 임시 수용하는 것으로 사태는 진정 국면으로 접어들었다. 물론 이 조치가 '탐파' 호 피란민들의 고생이 끝났음을 의미하지는 않는다. 영구 정착 문제가 아직 해결되지 않았기 때문이다. 9월 11일 오스트레일리아 법원은 하워드 정권의 피란민 관련 조치가 '불법' 이라는 판결을 내려 피란민에 대한 때늦은 선처가 이루어질 수도 있다는 기대를 심어주기도 했다. 그러나 아직까지 새로운 방침이 나오지 않고 있다.

'탐파'는 결국 원래 예정한 대로 싱가포르로 향했다. 그러나 오스트레일리아 백인들의 인종주의적 정서를 드러낸 이번 사건이 남긴 상흔은 크다. 결국 사경을 헤매는 제3세계 사람들을 태연하게 따돌릴 수 있는, 오만한 제1세계가 분노와 증오의 대상이 되는 것은 당연하다. '탐파' 사건에서 보인 백인 사회의 비인간적인 정서들을 고려하면, 9월 11일 미국에서 대형 참사를 저지른 자살 테러리스트들의 맹목적인 반서방 증오심이 어떤 것인지 어느 정도 이해할 수 있다. 상층부를 이루는 국가들이 대다수 하층부 국민들의 분노와 증오를 불러일으키는 반인륜적인 행위를 자행하고 있는 현실에서 앞으로 세계체제의 앞날이 밝을 수 있을지 의문이다.

노벨 평화상에 대한 그들의 시각

2000년 10월 13일 오후 1시. 오후가 돼서야 학교(오슬로 대학교 동유럽 및 동방학과)에 도착한 내게 우연히 복도에서 마주치는 직원과 교수들이 무슨 영문인지 갑자기 환하게 웃으며 "축하한다"는 말로 인사를 해온다. 내가 무슨 일인지 몰라서 어이없는 표정을 짓자 기쁨과 기대가 섞인 얼굴로 이렇게 말한다. "한국 대통령이 우리 상을 탔잖아요! 이제 한국, 나아가 동아시아 전체에 대한 관심이 비약적으로 높아질 겁니다."

그들의 말대로 10월 13일 하루종일 노르웨이인과 노르웨이 언론들로부터 문의가 빗발쳤다. "김 대통령과 햇볕정책에 대한 한국 국내의 의식은 어떤가", "남북 통일의 전망은 어떤가" 등 주로 남북 관계와 통일 문제에 비상한 관심을 보였다. 남북 정상회담 기간을

116

제외하고는 한반도 문제에 대한 관심이 비교적 저조했던 점과는 대조적인 양상이었다. 물론 250여 명쯤 되는 오슬로 동포사회도 일찍이 느껴본 적이 없는 축제 분위기였다.

노벨위원회의 선언문에도 분명히 나타나 있지만, 나와 이야기한 노르웨이 사람들은 대부분 대통령인 현재보다도 민주투사이던 김 대통령의 과거를 강조했다. 제2차 세계대전 때 독일군에 점령당한 기간을 빼고는 거의 200년 동안 전쟁이나 폭력혁명이 없이 살아온 이 '행복한 나라' 의 시민에게는 암살 미수와 사형 언도, 감금과 온갖 박해로 점철된 김 대통령의 생애가 하나의 '영웅소설' 처럼 읽힌다. 그들은 "내가 그 입장이었다면 과연 그럴 수 있었을까"라며 다른 시대의 환상적인 이야기 같다면서 김 대통령에게 진정한 존경심을 표현했다.

신문지상에서는 김 대통령을 남아프리카공화국의 만델라와 많이 비교하지만, 내가 만나본 사람 중에는 폭력 게릴라 투쟁도 마다하지 않은 만델라보다 오히려 '손에 피를 전혀 묻히지 않은' 김 대통령을 더 존경하는 사람도 있었다. 평화 지향주의, 비폭력주의가 국민정서의 바탕을 이루는 노르웨이로서는 당연한 이야기이기도 하다.

늦게나마 김 대통령으로 대표되는 한국의 저항운동 전체에 바치는 상이려니 하는 생각에 나도 일종의 만족감을 느꼈다. 그러나 만족감과 함께 "과거 군에서 의문사당한 젊은 지사들과 지금도 공안당국의 박해를 받고 있는 젊은 사회주의자들의 희생을 국제사회가 이처럼 인정할 날이 과연 올 것인가" 하는 생각이 왠지 머리를 떠나지 않았다.

서양인에게는 하나의 '전설' 처럼 느껴지는 김 대통령의 '과거' 와 함께, 대통령이 된 뒤 추진한 인권정책은 수상의 중요한 근거가 되었다. '유럽적 인권' 보다 '아시아적 가치'를 내세우려는 수많은 아시아 지도자와 달리, 김 대통령이 『맹자』까지도 인권 위주로 해석한 것은 인권을 생명처럼 중시하는 유럽인들에게는 상당히 감격적인 이야기다. 구체적인 정책 차원에서는 장기수 석방과 북송이 노르웨이 언론의 관심과 지지를 받기도 했다.

그러나 나와 이야기를 나눈 노르웨이 지식인들은 대부분 '김 대통령의 한국'이 보여주는 인권 현실에 대해서 일종의 이중잣대를 사용했다. 무슨 이야기냐 하면, 노르웨이 국내에서는 인권이라는 것이 거의 종교까지도 대신하는 '절대적 가치'다. 인권보호 정책이 어디까지 나아갔느냐 하면, 군에 징집된 젊은이에게 "코걸이를 빼라"고 명령한 장교가 나중에 법정에서 엄벌을 받을 정도다. 하지만 아시아 신흥산업국과 같은 세계체제의 주변부·준주변부에서 인권이 유럽처럼 엄격하게 지켜지지 않는 현실을 노르웨이 사람들은 대부분 그저 하나의 기정사실로 받아들인다. 미얀마나 티베트, 체첸에서 노골적인 학살이나 민족 멸종 행위가 벌어지면 노르웨이 지식사회는 매우 분개할 것이다. 그러나 '어느 선까지'의 일상적인 인권 유린과 권위주의는 "그 나라로서는 어쩔 수 없는 일 아니냐"는 식으로 그저 당연시할 뿐이다. 그리고 '어차피 인권을 기대하기 어려운 나라'에서 인권이 상대적으로 개선되기라도 하면, 이를 이미 성공으로 보는 사람도 많다.

한국의 인권 실태를 이야기할 때도 상대방은 보통 미국 국무성 인권보고서에 나오는 대로 한국이 '아시아 매매춘, 노예 매춘, 매춘부 인신매매의 중심지 중 하나'라는 사실을 잘 알고 있었다. 동아시아를 연구하는 사람이라면 한국에서 벌어지고 있는 외국인 노동자의 인권 유린과 노조 탄압, 사회 전체의 군사주의적 분위기 같은 문제점도 어느 정도 인식하고 있었다. 그러나 "이 정도는 후발자본주의 사회에서는 흔한 일 아니냐", "그래도 김 대통령이 집권한 뒤에 상대적으로 나아지지 않았느냐", "그 공로면 상 받을 자격이 있지 않느냐"는 식의 '상대론'도 내가 한국 인권 이야기가 나올 때마다 듣는 논리다.

이번 수상 선언문에서 언급한 '민주 추진'의 공로도 마찬가지다. 권위주의 시대나 지금이나 한국을 실제로 다스리는 집단이 최고 통치자의 가신집단과, 재벌과 결탁한 부패 관료집단이라는 사실을 여기에서도 알 만한 사람은 다 안다. 다만 김 대통령이 테러적 지배방식의 종언을 고하고, 절차적 민주주의와 '어느 선까지의' 언론 자유를 확립했다는 '상대적 개선'을 매우 높이 평가했을 뿐이다.

물론 심사위원회로 대표되는 노르웨이 주류사회가 지론으로 삼고 있는 '상대주의' 논리는 유럽 국가의 정치·언론·외교 인사들에게는 꼭 필요한 현실적 도구다. '저쪽' 보스들이 졸개들을 대하는 방식에 너무 민감하게 반응하면, 유럽의 번성을 받쳐주는 제3세계의 지배자와 관계를 아예 끊어야 하기 때문이다. 그리고 내 생각에도 많은 인간의 고통을 덜어주는 '상대적 개선'은 진정으로 기뻐해야 할 일이다. 노르웨이에서도 많이 지적하는 이야기지만, 남한에서 '고문'이라는 것이 없어지고 최루탄 냄새가 종전에 비해 거의 안 느껴지는 것은 진정한 의미의 '진전'임이 틀림없다.

하지만 이러한 '상대주의' 논리의 바탕을 이루는 심성에는 한 가지 매우 시원치 않은 구석이 있다. 도덕적으로 남의 고통을 자기 고통처럼 느껴야 한다고 믿는 유럽인들이지만, 한국과 같이 '머나먼' 아시아 국가의 소외층이 겪는 고통은 멀고도 먼 '남의 것'으로만 느낀다. '쪽방'에 갇혀 폭력에 시달려야 하는 매매춘 여성의 신음소리나 매일 인간적으로 무시당하면서 최저생계비를 밑도는 월급으로 어렵게 살아가는 비정규직 노동자의 인생타령 소리는 인생에 필요한 모든 것이 이미 보장된 노르웨이 사람들의 귓가에 잘 들리지 않는다.

'세계체제'라는 피라미드의 꼭대기에 올라 있는 그들은 '밑'의 고통과 절망을 도식으로는 알아도 체감하지는 못한다. 그들이 외교하기에 매우 편한 '상대주의'를 쉽게 택하는 심성적인 원인이 바로 여기에 있다. 그런 면에서 제3세계의 인권과 민주에 대한 그들의 판단도 어느 정도 '상대적'인 것으로 생각해야 할 듯하다. 러시아 속담처럼 배부른 자는 배고픈 자를 이해할 수 없기 때문이다.

'민주투쟁', '인권·민주의 신장'과 함께, 노벨 평화상 수상의 주요 근거가 된 것으로는 남북 정상회담을 비롯하여 햇볕정책의 가시적 성과를 들 수 있다. 냉전시대에도 대결의 논리를 초월하려고 애쓴, '냉전 광기'라는 병에 걸려본 적이 없는 노르웨이로서는 김 대통령의 화해정책을 전폭적으로 지지하는 것이 당연하다. 그리고 이번 수상은 단순한 '지지' 차원을 넘어 진행 중인 한반도 평화 구축 과정을 적극적으로 장려하는 의미도 갖는다.

하지만 지금까지 분쟁의 '양쪽' 지도자(이를테면 이스라엘과 팔레스타인의 지도자, 흑인 지도자인 만델라와 남아프리카공화국 대통령 드클레르크 등)에게 상을 주곤 하던 관례를 이번에 과감히 깨고 김 위원장을 처음부터 수상 대상에서 제외한 이유는 무엇이었을까? 그리고 이는 과연 현명한 판단이었을까?

이 문제를 놓고 우리 학과의 아시아 전공 교수와 학생들 간에 열띤 토론이 벌어지기도 했다. 한쪽에서는 폭력적이며 비민주적인 통치자에게 상을 주면 노르웨이 일반 여론이 용납하지 않을 거라며

‘원천불가론’을 펴는 사람들도 있었다. 그러나 또 한쪽에서는 테러 리스트로 인생을 출발한 이스라엘 전직 총리인 베긴이나 비민주적 통치방식과 부정부패로 오명을 쓴 팔레스타인 지도자 아라파트에 게 이미 평화상을 준 사실을 들어 “평화 정착을 위해서라면 과거보 다 미래를 먼저 생각하는 것이 지금까지의 심사 원칙 아니었느냐” 고 반문하기도 했다. 이 ‘미래 위주파’는 나아가 김 위원장에게 상 을 주었다면 북한의 고립 극복, 북한 엘리트의 바깥세계에 대한 피 해의식 허물기 등에 많이 기여할 수 있었을 것이라고 안타까워하기 도 했다. 그러나 김 위원장이 수상했을 때 노르웨이 언론이 어떤 반 응을 보일지 상상해 보라는 ‘원천불가론자’들의 비꼬는 투의 질문 에는 ‘미래 위주파’도 대답할 말을 찾지 못했다.

물론 유럽에서는 북한에 대한 적대 감정을 찾아보기 어렵다. 하 지만 폭력과 기만으로 다스리는 후진적 ‘봉건왕국’이라는 이미지 가 이념의 좌우를 불문하고 오래 전부터 사회 일반에 뿌리를 내렸 다. 이 이미지를 바꾸려면 먼저 북한이 가시적으로 달라져야 하겠 지만, 외세의 폭력과 친일·친미적 지배층의 반민족·반민중적 행 각으로 얼룩진 한반도의 근·현대사도 이곳 사람들에게 좀더 객관 적으로 알려져야 한다. 그래야 북한이라는 독특한 나라가 성립한 배경을 어느 정도 이해할 수 있을 것이다.

여기에서 덧붙이고 싶은 점은 노벨 평화상 자체에 대한 노르웨이 국내의 의견이 매우 다양하고 복잡하다는 것이다. 노르웨이 같은 약소국이 세계에서 가장 권위 있는 평화상을 주는 것을 노르웨이 의 ‘도덕적 우위’를 증명하는 것으로 보고 민족적 긍지를 느끼는 사람도 많지만, 아직까지 이 평화상이 평화 구축에 실제로 도움이 된 적이 없다는 비판도 만만찮다. 특히 상을 두 번이나 주었는데도 이스라엘-아랍 간 평화 정착이 아직 요원하다는 사실을 대다수 노르웨이 국민들은 잘 알고 있다. 또다른 차원에서, 자비로운 테레사 수녀와 한때 테러리스트였던 이스라엘의 베긴 총리나 팔레스타인의 아라파트에게 똑같은 상을 준다는 것은 사랑과 살인을 동일시하는 것 아니냐는 비판도 있다. 그리고 이 상을 일종의 '장식품'으로 생각하는 세계 정치 엘리트 일부의 지나친 집착도 노르웨이 지식계에는 매우 안 좋게 비친다. 한마디로 이 평화상의 실용성과 도덕적인 기반이 분명하지 않다는 것이 상당수 노르웨이 사람들의 걱정거리다.

결론적으로, 냉전의 광란에서 벗어나 차차 정상적인 사회로 나아가는 한국의 성과가 이토록 높이 평가받은 것은 실로 기쁜 일이다. 하지만 아직도 분단의 아픔을 안고 있는 이 땅의 다른 반쪽에서 이번 수상을 '민족의 경사'로 볼까? 피붙이의 얼굴도 못 보고 죽어가는 수십만 이산가족이 이러한 종류의 '경사'로 혈육과 헤어진 슬픔을 대신할 수 있을까? 아직도 본의 아니게 서로 총을 겨누고 있는 양쪽의 젊은이들에게 이 상이 진정한 평화를 가져다주었는가? 그리고 결코 말하고 싶지 않은 일이지만, 많은 유럽인이 이번 수상을 둘러싼 한국의 '국가적 잔치 분위기'를 유럽에 대한 한국인들의 열등의식 표출로 보고 있다. 오히려 이를 자제할 수 있어야만 남의 찬탄과 비방에 아랑곳하지 않고 오직 자기 길로 나아가는 옛 선비의 정신을 보여줄 수 있을 것이다.

인종차별과 민족주의

왕가의 권위가 유지되는 이유

겉으로 보기에는 극히 합리적일 것 같아 보이는 북유럽인의 생활에서 그야말로 외부인이 이해하기 어려운 '불가사의한' 부분을 꼬집는다면, 왕실이 지금까지 유지되고 있는 점과 함께, 왕실에 대한 식을 줄 모르는 경외심과 인기부터 이야기해야 할 듯하다. 가족제도를 비롯한 전통이 모두 권위를 잃은 초개방주의 국가, 초등학생들도 선생님과 동등한 인격체로 간주하는 국가, 권위라는 것 자체를 부정하는 노르웨이에서 어떻게 왕가의 권위를 유지할 수 있는지 도무지 이해가 안 가기 때문이다. 왕권을 가부장제도의 연장으로 보고 가부장제도를 가장 철저하게 파괴한 노르웨이·스웨덴·덴마크에서 왕권을 지속적으로 지지한다는 것은 여간 큰 모순이 아니다.

그러나 현재 왕족의 모습과 노르웨이 보수매체들이 만들어내는 왕권의 이미지를 좀더 깊이 지켜보면 이 모순이 풀리기 시작한다.

먼저, 현재 노르웨이 국왕인 하랄(Harald)과 왕족이 가장 기피하는 것이 바로 전통적인 가부장, 즉 ‘사회의 어른’ 이라는 모습이다. 왕과 몇몇 왕족이 지금도 오슬로 중심부에 자리잡은 왕궁에서 친위부대의 호위를 받으며 살고 있지만, 매체에 자주 등장하는 왕과 가족의 모습은 호화로운 궁전에서 황금 왕관을 쓰고 군림하는 모습이 아니라 일반인과 똑같이 차표를 사서 대중교통을 이용하고, 겨울이면 대다수 노르웨이 사람들처럼 신나게 스키를 즐기거나 공원을 산책하면서 행인들과 시간을 보내는, 가장 평범하고 일상적인 이미지다.

물론 미디어는 왕과 일반인들을 완전히 동일시하려고 하지 않는다. 완전한 속화(俗化)는 결국 왕권의 필요성에 대한 회의로 이어지기 때문이다. 일반인과 똑같이 생활하면서 일반인과 아무 거리낌 없이 어울리는 왕은, 그러면서도 행동거지에서 나름의 ‘귀공자풍’을 그대로 지닌다. 그러나 ‘왕권’ 하면 바로 떠오르는 ‘권위주의’ 는 찾아보기 어렵다.

“우리는 일반인이 아니지만 일반인과 간극을 두지 않는다”는 그들의 입장을 노르웨이의 왕세자 호콘(Haakon, 1973~)의 행동에서 가장 선명하게 읽을 수 있다. 일반 공립학교를 졸업하고 정치학 학사 학위를 받은 호콘은 시내의 서민층 아파트에서 살면서 최근에 유행하는 테크노 팝음악에 몰두하는 것으로 유명하다. 싸구려 옷을 입고 음반을 구하는 데 여념이 없는 그의 모습을, 오슬로 시내 북부의 음반가게나 커피숍에서 쉽게 볼 수 있다.

그러나 테크노 음악에 대한 무한한 애호보다 더 왕세자를 유명하게 만든 사람은 약혼녀 메테마릿(Mette-Marit)이다. 약혼 전에도 왕세자와 동거생활을 즐겨온 메테마릿이 미혼모라는 사실이 결혼을 구시대적이고 귀찮은 법적 절차로 생각하는, 동거자의 교체를 도덕

노르웨이 제헌절에 왕실 발코니에서 손을 흔드는 왕실 일가. 그들에게서 '왕권' 하면 바로 떠오르는 '권위주의'를 찾아보기는 어렵다.

적으로 전혀 문제 삼지 않는 노르웨이에서 별로 파문을 일으키지 않은 것이다.

문제는 메테마릿의 전 동거자가 젊은이들을 상대로 난교·마약 파티를 조직하다 적발되어 마약 보유죄로 현재 옥살이를 하고 있다는 사실과 메테마릿 자신도 한때 그러한 파티에 몰두하여 마약을 복용했으리라는 의혹이다. 그래서 메테마릿에게 왕비가 될 자격이 있는지를 둘러싸고 논란이 인 적도 있지만, 결국 왕가는 그녀와 왕세자의 결혼을 받아들였다. 비록 의혹이 있어도 법정에서 죄를 증명하지 못하면 무죄로 보아야 한다는 법치주의 논리와 왕세자 개인의 사랑이 무엇보다 중요하다는 개인주의 논리가 승리를 거둔 셈이다.

미혼모와 동거하면서 허름한 옷차림으로 음반 구입에 몰두하는 왕세자의 모습에서 '권위주의'를 찾아보기는 어렵다. 독서량이 비교적 많고 교양 있는 그의 몸가짐에서 약간 독특한 품위를 느낄 수는 있지만, 행동 자체는 그 나이 또래 일반인과 별다른 차이가 없다.

그러나 노르웨이 전체 분위기에 걸맞은, 가부장적 이미지에서 완전히 벗어난 왕권이 존재하게 된 근거는 과연 무엇일까? 왕과 왕족도 평등성과 개방성을 과시해야 하는 사회에서 왜 결코 적지 않은 왕궁 유지비를 국고에서 지불해야 하는가? 사실, 비주류 좌익당들은 이미 몇십 년 전부터 꾸준히 국회에 왕권 폐지와 공화제 전환에 관한 법안을 상정해 왔으나, 매번 표결에서 패배하곤 했다. 우익은 물론 정권을 잡고 있는 노동당도 '봉건 잔재 청산'이라는 주요 정책방향과는 달리 왕권 폐지를 적극적으로 저지하고 있기 때문이다. 현재의 노르웨이 왕권이 '봉건적'이라기보다는 근·현대적 민족주의 색채가 강한 탓인 듯하다.

정치적 발언권이 없는 '국가와 국민의 상징'인 왕과 왕족은 말 그대로 '평균적인 노르웨이 사람'의 생활·행동 양식을 그대로 상징한다. 예를 들어 국왕의 '스키 사랑'은 노르웨이 사회를 결속하고 통합하는 '겨울 스포츠 숭배'를 그대로 반영한 것이다. 왕세자가 보여준 '연애에서의 철저한 개인주의'도 바로 최근 가부장적 가정 모델을 대체해 '민족의 행동양식'이 된 극도로 개인주의적인 '탈가정적 가정 모델'에 따른 것으로 볼 수 있다. 독서와 음악에 대한 왕가의 애호도 '민족적인 행동양식'으로 자리잡고 있는 '풍부한 취미 생활'의 한 모형을 보여준다.

'민족적 행동양식의 상징'이라는 왕가의 역할은 상당히 복합적이다. 왕과 그의 가족들은 이미 사회적으로 '주류'로 인정받은 경향들(개인주의, 탈가정주의 등)을 몸소 실천하는 한편, 사회적 통합에 긴요한 경향들(국민적 스포츠 숭배 등)에 적극적으로 의미를 부여한

스키장에서 국기를 흔들며 열광하는 관중. 국왕의 '스키 사랑'은 노르웨이 국민의 일반적인 취향을 반영한다.

다. 그리고 높은 인기와 인지도를 누리는 '모범적인 노르웨이 사람'으로서 노르웨이 왕가는 국경이 거의 무의미해진 유럽의 상황에서 노르웨이인들 사이에 민족적 소속감과 긍지를 고취하기도 한다. 철저한 개인주의자를 '자랑스러운 상징'으로 내세우게 되면 어느 집단에든 속하려 하지 않는 요즘 유럽인들이 소속감과 함께 자긍심을 가질 확률이 높기 때문이다.

구멍난 옷을 즐겨 입고 평범한 미혼모와 동거하는 것이 '민족'의 상징이 될 정도면, 선진형 자유주의적 민족주의임이 틀림없다. 그러나 과연 이와 같은 민족주의에 어두운 '그늘'이 전혀 따르지 않을까? 물론 겉으로 보기에는 별다른 '그늘'이 없는 듯하다. 그러나 폭력을 완전히 거부하는 평화주의자에게는 왕과 왕세자의 군 복무 경력이 상징하는 노르웨이 민족주의의 '국방적' 측면들이 '주류의 압박'으로 느껴지기도 한다. 군 복무 대신 대체복무를 선택할 왕세

자가 앞으로도 나타나지 않는다면, 왕가가 대표하는 노르웨이 민족
주의와 평화주의자들 간의 신념은 계속 충돌을 일으킬 것이다. 그
리고 만약 왕세자가 선택한 여인이 동양인이거나 비서구 계통에 속
했다면, 쉽게 왕비로 받아들였을까? 사실 노르웨이뿐 아니라 스웨
덴과 덴마크 왕족의 결혼 상대자 중에서도 비서구 계통은 전혀 없
다. 과연 그것이 우연인가? 나토의 일원인 노르웨이 국군, 인종
적·문화적 장벽을 수용하고 있는 노르웨이 왕가와 그가 상징하는
민족주의는 여전히 인종적·종교적·문화적으로 철저히 배타적인
요소를 지니고 있는 것이다.

노르웨이, 인종차별 정말 없나?

"거기에도 인종차별이 있나요?" 노르웨이에 대해서 한국인들이
내게 가장 자주 하는 질문 중 하나다. 이 질문을 받을 때마다 어떻
게 대답해야 할지 고민하게 된다. "비교적 없는 편"이라고 말하면
가장 진실에 가까울 것 같은 생각이 들기도 하는데, 이는 가끔 인종
주의자들이 흑인이나 아시아인들을 죽이곤 하는 미국이나 독일, 그
런 일이 없어도 국외 추방을 당하는 외국인(주로 아시아, 아프리카인)
불법체류자들을 지나치게 가혹하게 다루는 일로 2000년 '국제사면
기구(AI)'의 연례보고서에서 비판을 받은 스웨덴과 덴마크에 비해
노르웨이의 '인종주의 근절' 실적(?)이 훨씬 좋기 때문이다. 그러나
인종주의가 없다고 단언할 수 없게 하는 몇 가지 이유가 있다.
첫째, 노르웨이를 포함한 구미 지역 중심의 세계체제 차원에서
이야기하자면, 그 시발점인 16세기부터 최근까지 그 체제의 배경

심성과 이론적 토대로 기능한 것이 바로 여러 형태의 인종주의였다. 16세기의 미주 토착문명 파괴, 17~18세기의 흑인 인신매매, 19세기의 아시아·아프리카 식민화……. 대륙마다, 나라마다 차례차례 약탈하고 예속시키는 과정을 떠받친 심정적·이론적 배경은 바로 철저한 인종우열론이었다.

물론 1905년까지 노르웨이를 통치한 덴마크와 스웨덴에게도, 1905년 이후의 독립국 노르웨이에게도 독자적으로 해외 약탈과 식민화를 시도할 만한 군사력과 재력이 없었다. 그러나 서구 열강이 세계를 약탈하는 과정에서 이들이 간접적으로 이득을 보지 못한 것도 아니었다. 19세기 후반과 20세기 전반에 미국으로 이민 간 200만 명에 달하는 노르웨이 사람들은 '당당한 백인'으로서 미군의 토착민(인디언) 섬멸작전에 참전하여 토착민에게서 빼앗은 땅에 정착하기도 했다. 비서구 지역의 수공업에 치명적인 타격을 입힌 서구의 대량 생산품을 노르웨이 상선들이 날라주기도 했다. 그리고 독실한 루터교 국가인 스웨덴, 덴마크, 노르웨이의 성직자들은 비서구 지역의 독자적 문화와 신앙을 파괴하는 데 중요한 역할을 담당한 '해외 선교'에 매우 적극적으로 뛰어들었다. 한마디로, 노르웨이는 서구가 자행한 세계 약탈의 '주범'은 아니지만, '틈새 이득'을 노린 '공범'임이 틀림없다. 그러면 과연 '공범'이 '주범'들의 '범죄 철학'을 따라 배우지 않을 리가 있을까?

1940년대와 1950년대에 노르웨이에서 몇 안 되는 아시아 계통 여성들에게 의무적으로 불임수술을 해서 '열등 인종의 번식'을 막아야 하지 않느냐는 학술적인 논의가 노르웨이 정부와 언론에서 심각하게 제기되었다는 사실만 봐도, 노르웨이 역시 전 유럽적인 광기에서 자유롭지 못했다는 것을 쉽게 알 수 있다. 그 '광기시대'의 잔재들은 지금도 알게 모르게, 특히 나이 든 사람들의 뇌리에 깊이 남아 있다.

아시아인(주로 베트남, 파키스탄 출신)들의 대량 이민이 시작된 1970년대 중·후반에, 이미 그때까지 약 30년 동안 사회민주주의적 성향의 노동당 치하에 있던 노르웨이는 종래의 인종주의 편견을 많이 탈피할 수 있었다. 그리하여 현재 약 9만~10만 명(입양인과 국제결혼 제외)에 이르는 아시아 계통 이민자를 대상으로 극우파 젊은 이들이 몇 차례에 걸쳐(예를 들어 1990~1991년에) 소규모 집단폭력(점포 파괴와 주택 난입)을 휘두르는 일이 일어나면, 그때마다 노르웨이 전체가 깊은 수치심에 잠기곤 한다. 2001년 1월 26일, 노르웨이 역사상 처음으로 인종주의로 인한 살해사건이 일어났다. 노르웨이 극우 청년단체 회원들이 아프리카 이민자의 아들(15세)을 죽인 것이다. 용의자 4명이 이미 경찰에 붙잡혔지만, 구체적인 이유와 경위를 밝혀내지는 못했다. 다만, 이번 사건이 범국민적으로 미증유의 충격을 일으켜 일부 극우단체의 금지와 강제 해산이 잇따를 것으로 보인다.

집단폭력은 물론이고, 아시아·아프리카인의 자녀들이 가끔 학교에서 '왕따'가 되어 심하게 놀림을 당한다는 보도에도 노르웨이 국민들은 충격을 받는다. 이와 같은 충격의 결과, 1998년에 지역자치개발부 산하에 '인종차별 근절 센터(SMED)'를 설치하고, 곧 이어 '인종차별 근절법'도 채택했다. SMED의 홈페이지(www.smed.no)에 올라온 최근 2년간의 인종차별 피해사례를 들여다보면, 학생증이 없다는 핑계로 젊은 흑인의 디스코테크 출입을 막은 경비원, 노르웨이 사람에게만 세를 놓겠다는 어처구니없는 광고를 낸 부동산 주인 등 일상생활에서 간헐적으로 드러나는 차별의 모습을 찾아볼

내란 때 팔을 잃은 한 시에라리온 사람의 아이 사랑. 제3세계의 비극을 극명하게 보여주는, 노르웨이 작가가 찍은 이 사진은 노르웨이 예술사진 우수상을 받았다.

수 있다. 그러나 이와 같은 일이 벌어지면 언론이 들고 일어나 당장 사법 처리로 귀결되는 것이 다반사이다 보니 노골적인 인종차별은 차근차근 자취를 감추어가고 있다.

근·현대사 4세기에 걸쳐 유럽인들의 사유를 지배해 온 '인종' 담론을 그만큼 반성하고 있다는 것은 실로 역사적인 진보가 아닐 수 없다. 그러나 이를 과연 '인종 담론'의 완전한 종식이라며 낙관적으로만 볼 수 있을까? 안타까운 일이지만, 내가 느끼기로는 '종식'되었다기보다는 또다른 차별주의적 담론으로 재편·변모한 것 같다. '인종' 담론의 후신으로 보이는 것이 바로 '문화' 담론과 '후진성' 담론이다.

'문화' 담론은 내면화된 사회적 검열로 말미암아 '피부색 이야기' 를 더 이상 자유롭게 꺼낼 수 없게 된 우파 계통 지식인을 비롯하여 많은 노르웨이 사람이 대신 비서구 문화의 '내재적 결함'과 '열등

성’, ‘서구 가치와의 공존 불가능성’ 등을 자주 거론하기 시작하면서
자리를 잡아가고 있는 논리다. 그리고 노르웨이에 사는 비서구 계통
이민자들이 대부분 이슬람 지역 출신이다 보니 이슬람의 가치와 문
화가 자연히 ‘최신형 차별주의’의 일차적인 비판 대상이 되고 있다.
실제로 적지 않은 노르웨이 사람이 이슬람이 광신주의와 공격성, 배
타성을 장려하는 것으로 착각하고 있고, 최근의 한 경향일 뿐인 이슬
람 근본주의를 이슬람 문화 전체와 거의 동일시하려 한다. 온건하고
포용적인 ‘우리’와, 과격하고 배타적인 ‘그들’을 대조하는 전형적인
오리엔탈리즘의 ‘타자화’ 논리다. 최근의 이슬람 근본주의를 자극한
것이 바로 서구와 그 첨병인 이스라엘의 근동 침략과 전쟁 범죄였다
는 사실을 상기하면 우습게만 보이는 논리지만, 이슬람에 대한 비방
을 일종의 ‘전공필수’로 삼는 서구와 미국의 언론 보도를 그대로 믿
는 많은 노르웨이 사람은 중동 출신을 ‘문화상 테러리스트가 되기
쉬운 부류’, ‘문화상 폭력을 용인하는 사람’, ‘광신적 경향이 강한
문화의 소유자’로 분류하는 경향이 강하다.

　웃지 못할 일이지만, 만약 중동 출신 여성이 취직 면접에서 “나는
회사에서도 차도르(이슬람 문화에서 여성의 얼굴을 가리는 숄)를 계속
쓰고 싶다”고 말하면, 취직에 성공할 확률이 극히 적은 곳이 또한
인권국가임을 자랑하는 노르웨이의 이면이다. 제국주의 침략에 맞
서서 자신의 문화유산을 끝까지 지키겠다는 이슬람 신도들의 굳은
의지가 역사적으로 침략자의 편에 서서 틈새 이득을 노려온 노르웨
이 토박이들에게 ‘비이성적인 광신주의’로밖에 안 보인다는 것은
어떻게 보면 당연한 일이기도 하다.

　피의 광기로 얼룩진 서방의 과거를 완전히 극복한다는 것은 결코
쉬운 일이 아니다. ‘후진성’ 담론의 형태는 매우 다양한데, 교육을

비롯해 비서구 지역의 모든 제도를 무조건 폄하하는 일면도 있다. 유럽이 아닌 나라에서 취득한 석·박사 학위를 아예 인정하지 않거나 서구 학위에 비해 '열등한' 것으로 보고 그것을 소지한 사람에게 취직 때 불이익을 주는 관행은 바로 이 '후진성' 담론과 직결된다. 해당 국가의 교육 제도와 현실에 대해 충분한 정보를 구비하지 못한 채 이와 같이 임의로 판단을 내린다는 것은, 이미 뇌리에 새겨져 있는 '인종 담론'의 영향이라 보아야 할 것이다.

그러면 이제 "노르웨이에 인종차별이 있는가"라는 질문에 과연 어떻게 대답해야 할 것인가. 옛 성현의 말대로, 이 세상에서 가장 정복하기 어려운 것은 바로 자기 자신, 즉 자신의 선입견과 편견들, 길들어버린 그릇된 인식들이다. 노르웨이 사회는 지금 '자기 자신의 극복', 즉 과거의 편견들을 극복하는 과정에 있다. 제국주의가 사라지지 않고 오히려 지금까지 각종 침략을 자행하고 있는 상황에서, 세계의 일부인 노르웨이가 자기를 극복하는 과정은 단순하지도 간단하지도 않을 것이다. 그러나 이를 올바르게 인식하려는 노르웨이 사람들의 노력 덕에 지금까지 상당한 성과가 있었고, 앞으로도 많은 성과가 있으리라 생각된다.

온건한 민족주의, 파시즘을 낳다

1905년에 독립한 노르웨이는 1917년에 러시아 제국에서 독립한 핀란드와 함께 유럽 역사 무대에 가장 늦게 등장한 민족국가다. 이미 그 시절에 유럽의 지성들은 극단적·배타적 민족주의의 폐단을 상당히 잘 인식하고 있었다. 게다가 신생 국가인 노르웨이는 해외로 팽창할 의도도, 그럴 만한 군사력이나 재력도 없었다. 이와 같은 이유로, 노르웨이의 민족주의적 정서나 이념들은 침략주의·인종 우월주의가 팽배한 당대 유럽에 비해 오히려 종교적인 전통과 결부된 낭만적인 이상주의가 월등히 강했다. 그리고 초기부터 민족주의적 정서에서 보편적인 인본주의적 이념들이 매우 중요한 위치를 차지했다.

그러나 다른 유럽에 비해 노르웨이 민족주의가 상대적으로 건전했다손 치더라도, 노르웨이 역시 특정 집단만을 중심으로 하는, 배타적 '국민 동원' 이데올로기라는 '태생적 한계'를 벗어나기는 힘들었다. 결국 '온건한' 주류 민족주의자들의 진지한 노력에도 불구하고 그들의 계승자 중에 상당수의 극우 파시스트적 분자들이 생기기도 했다.

믿기 어렵지만, 민족적인 이상주의와 극우 이데올로기의 관계는 노벨 평화상의 초기 수상자(1922년)인 탐험가이자 석학 난센(Fridtjof Nansen, 1861~1930)과 한때 그의 수제자로 꼽힌 장래 친독(親獨) 파쇼파의 괴수 크비슬링(Vidkun Quisling, 1887~1945)의 친밀한 관계만 보아도 쉽게 이해할 수 있다.

난센은 '민족정신의 화신', '만고(萬古)의 위인'으로 칭송받아온, 단순한 민족영웅이 아니라 민족적인 모든 것을 한몸에 담은 '노르웨이 그 자체의 체현(體現)'이었다. 그래서 난센의 생애와 이념을 살펴보다 보면 노르웨이 민족주의의 명암을 잘 볼 수 있다.

흥미롭게도 노르웨이 민족주의의 형성에 결정적인 영향을 끼친 난센은 혈통적으로 덴마크 지배시기에 노르웨이에서 관료생활을 한 덴마크인의 후예였다. 난센의 측근 중에도 폴란드와 스코틀랜드 출신 귀화인들과 그 후예들이 꽤 많았다. 이런 것들을 전혀 문제 삼지 않았다는 점에서 혈통보다 '문화'에 중점을 두는 노르웨이 민족주의의 특징을 엿볼 수 있다.

유복한 변호사 가정에서 자라면서 어릴 때부터 산과 숲에서 탐험하기를 즐긴 난센은 처음에 동물학자로 명성을 얻어 젊은 나이(26세)에 박사학위까지 취득한다. 그런데 한때 대학교수로 강단에 서기도 한 난센을 아무도 '박사님'이나 '교수님'으로 부르지 않는다. '학력 질서'에 무관심한 노르웨이인들의 의식이 느껴지는 대목이다.

난센에게 명성을 안겨준 것은 학력보다는 1887년에 시작한 그린란드 스키 탐험 등 몇 차례에 걸친 북극지역 탐험이었다. 그중에서도 3년 동안(1893~1896)이나 북극해의 얼음 속을 표류하면서 북극 해양학이라는 새로운 과학의 기초 자료를 수집한, '프람(Fram)'이라는 연구용 배를 이용한 전례없는 대탐험이 특히 유명하다. 그 대탐험 과정에서 난센은 스키를 타고 한 동지와 함께 약 1년 동안 북극에 도달하려고 북극해 북부를 배회하기도 했다.

그러나 덴마크 · 노르웨이 자본가들과

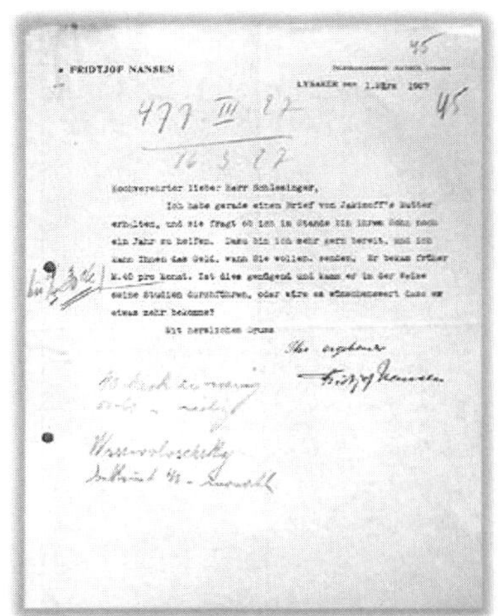

1922년 노벨 평화상을 수상한 난센(위).
난센이 보낸 편지들. 난센의 생애와 이념을 통해 노르웨이 민족주의의 명암을 잘 볼 수 있다(아래).

노르웨이 국회가 재정을 지원한 이와 같은 대형 탐험 프로젝트의 목적이 과연 학술 정보 수집뿐이었을까? 그린란드를 탐험한 뒤, 난센은 그쪽 원주민인 에스키모족의 생활과 신앙 등을 치밀하게 조사하여 한 권의 인류학적인 책까지 펴내기도 했다. 그러나 그 당시 대다수 유럽인 탐험가와 인류학자들처럼 난센에게도 에스키모족은 '열등문화'를 가진 연구대상이었지, 동등한 상대자는 아니었다. 덴마크의 식민지배로 멸종해 가는 '원주민'들의 비참한 운명조차 난센에게는 현대문화에 적응하지 못한 결과일 뿐이었다.

결국 그가 행한 탐험과 연구는 노르웨이를 포함한 북유럽 문화의 '자연 정복' 능력과 원주민 문화에 대한 우월성의 과시일 뿐이었다. 그리고 북극해 대탐험 당시 난센을 절찬한 노르웨이 신문들은 그가 "노르웨이 민족의 고유한 특성인 의지력과 진취성, 담력과 남성다움을 여지없이 발휘했다"고 보도했다.

난센의 본의는 아니었는지 모르지만 '세계를 앞서가는 바이킹 영웅들의 후예, 강력하고 용감한 노르웨이인'이라는, 자기도취적인 민족주의를 은근히 조장하고 있던 노르웨이 언론자본들에게 세계 신기록을 세운 대탐험은 절호의 기회였다. 다른 나라 사람보다 먼저 지구의 최북단에 '우리'의 깃발을 꽂은 난센은 신생 노르웨이 민족주의의 최고 역할 모델(role model)이 되었다.

그 뒤 난센의 활동은 민족주의적 언론의 기대를 몇 배나 능가한 셈이었다. 해외 여론을 주도해 1905년 노르웨이가 독립하는 데 크게 기여한 난센은 거의 절대적인 권위를 바탕으로 공화제를 주장하는 노동운동을 억눌러 입헌군주제를 채택하게 했다. 또, 제1차 세계대전이 끝나자 국제연맹(1919~1946)의 피란민 관계 고등판무관에 취임하여 포로 송환, 피란민 정착, 러시아 대기아(大飢餓, 1921~

1922) 희생자 구제 같은 중대한 임무를 맡았다. 나름대로 순수한 인본주의적 열의에 불타던 그의 노력으로 약 700만 명에 이르는 러시아 이재민들이 생명을 구한 것은 사실이다. 바로 그 공로로 노벨 평화상을 받은 그가 곧바로 상금 전액을 후속 구제사업에 투입한 것도 감동적이다.

그러나 '민족 대통합의 필요성'과 '북유럽 문화의 우수성'을 강조해도 일정한 한도를 넘지 않은 '인본주의적 민족주의자' 난센 자신과는 다르게, 그의 원조사업을 보도한 노르웨이 우파 언론은 '야만적인 러시아 슬라브족의 무능력 또는 무책임'과 '영웅적 노르웨이인의 헌신적인 노력'을 확연히 대조시켰다. 바로 이것이 미래 비극의 뿌리였다.

슬라브인을 비하하는 보도를 제공한 사람 중에 '민족영웅' 난센을 충심으로 추종하면서 러시아 현지에서 오랫동안 구제작업을 지휘한, 크비슬링이라는 젊고 야심찬 노르웨이 첩보기관의 장교가 있었다. 유대인이 많이 섞여 있던 집권 초기의 볼셰비키들이 '반동 숙청' 등으로 진통을 겪던 시기에 러시아의 비참한 모습을 직접 지켜본 크비슬링은 이를 인종주의적 입장에서 분석해 "슬라브인은 천성적으로 자치능력이 없는 열등 인종이고, 유대인은 인류의 적(敵)"이라는 결론을 내렸다. 그리고 '민족 내의 정신적 대단결'을 외친 난센의 우파적 민족주의를 계승하여 아예 "민족 내에서 갈등을 조장하는 유대적인 노동운동을 깨끗이 없애야 한다"고 주장했다. 또, 난센이 죽은 뒤 노르웨이 우파 지도자로 떠오른 크비슬링은 노동운동과 대결하는 과정에서 점점 극우화되어 히틀러와 같이 '북방민족(게르만과 스칸디나비아 계통)의 동진(東進), 미개한 슬라브인 정벌과 유대인 박멸'을 외치기 시작했다. 독일군의 노르웨이 점령기(제2차

히틀러의 광기. 노르웨이 민족영웅 난센의 제자인 크비슬링은 친독 괴뢰정부의 괴수가 되어 노르웨이 젊은이들을 나치의 군대에 보냈다.

세계대전 때)에 친독 괴뢰정부의 괴수가 되어 많은 노르웨이 젊은이들을 히틀러 군대에 보낸 크비슬링은 결국 독일의 패전과 함께 체포되어 재판을 받고 처형당했다.

'크비슬링'이라는 말은 다양한 유럽어에서 '민족반역자'를 뜻하는 보통명사다. 예를 들어, 한국 친일파 문제를 다루는 영문 문서에서 그들을 흔히 '한국의 크비슬링들(Korean quislings)'로 지칭한다.

138

진정한 인본주의자이면서도 민족주의의 한계를 극복하지 못한 난센의 제자 중에 파쇼의 대명사 크비슬링이 있었다는 사실이 우리에게 가르치는 것은 무엇인가? 인간의 종족적인 집단결속 본능을 자극하는 민족주의에는 배타성과 야만성이 내재해 있다. 노르웨이와 같은 인본주의적인 민족주의라 해도, 또 제국주의의 침탈로부터 자기를 방어하는 데 주력하는 세계 주변부의 '민족해방 투쟁형' 민족주의라 해도, '태생적' 한계를 극복하기는 거의 불가능하다.

해방 이후 한반도에서는 남이든 북이든 민족주의를 주장하지 않는 정치세력이나 문화권력이 거의 없었다. 결과적으로, 개인을 체제에 종속시키기는 '민족해방'을 위한다는 북이나 '민족중흥'을 위한다는 남이나 거의 마찬가지였다. '민족'의 환상에서 벗어나지 않고서 과연 20세기의 야만성과 광기로부터 우리 자신의 내면을 해방해 자율적인 개인정신과 양심을 '중흥' 시킬 수 있을까?

민족은 '핏줄' 만이 아니다

한국과 노르웨이에는 눈에 띄는 공통점이 있다. '민족'과 '민족사', '민족문화'를 상당히 부각한다는 것이다. 한국만큼은 아니지만, 노르웨이의 근대 민족국가 형성과정도 인접 강국의 간섭으로 말미암아 어렵고 복잡했다. 거의 600년 동안이나 덴마크와 합방돼 있던(사실상 덴마크의 식민지에 불과했던) 노르웨이는 1814년에 덴마크의 패전을 기회 삼아 독립을 선언하고 민주헌법을 채택했다. 하지만 유럽 강대국 회의의 결정으로 곧바로 다시 스웨덴과 합방해야만 했다. 스웨덴은 노르웨이의 헌법을 존중하여 내정 간섭을 자제

했지만, 노르웨이 국민의 지지를 받는 민족주의자들은 완전 독립을 위한 노력을 하루도 쉬지 않았다. 끈질긴 노력 끝에, 1905년에 노르웨이는 국민투표를 통해 평화적으로 독립을 이룰 수 있었다.

그러나 민족국가를 건설한 뒤에도 약소국 노르웨이는 사방에서 위협을 받았다. 제2차 세계대전 때 5년 동안 독일군에 점령당했는가 하면, 냉전체제 속에서 소련의 위협을 계속 의식해야만 했다. 이와 같은 복잡한 역사와 현실을 염두에 둔다면, 최초의 민주헌법 기념일인 5월 17일에 거의 전국민이 전통의상을 입고 거리로 나와 국기를 흔드는 것도 이해할 수 있다.

그러나 노르웨이인들의 '민족주의' 개념은 한국의 그것과 상당히 다르다. 첫째, 노르웨이인이 생각하는 '민족주의'는 그들의 최우선 가치인 인명 존중, 생명 경외에 비한다면 분명히 하위 가치다. 내가 이를 처음 느낀 것은 노르웨이 현대문학의 걸작인 시구르 호엘 (Sigurd Hoel, 1890~1960)의 『귀신의 원(圓) Trollringen』을 읽을 때였다. 이 소설의 주인공인 19세기 초의 농민 선각자 호바르드는 오지에서 이웃들에게 좀더 나은 농사법과 생활방식을 가르치려다가 질투와 반발에 눈이 먼 이웃들에게 모함을 당해 죄없이 사형언도를 받고 형장의 이슬로 사라진다. 그러나 그는 끝까지 운명을 원망하지 않고 '정당한 대가를 받고 있다'고 생각한다. 노르웨이가 스웨덴을 상대로 독립전쟁을 벌일 때 군대에 징집된 호바르드가 스웨덴 보초와 백병전을 벌이다 한 스웨덴 장교를 칼로 찔러 죽였기 때문이다. 모두 그를 칭찬했지만, 호바르드 자신은 이름도 모를 스웨덴 장교의 배에서 피와 창자가 튀어나오던 끔찍한 기억을 잊지 못했고, 살인자가 된 자신을 용서하지 못했다.

끝까지 자책감에서 벗어나지 못한 그는 결국 무고로 인해 사형당

산과 들에서 산다는 귀신 트롤(troll)은 노르웨이 농민들의 재래신앙 대상이자 노르웨이 민족의 상징이다.

하게 된 것을 일종의 '천벌'로 생각해 오히려 반갑게 받아들이기에
이른 것이다. 이 줄거리를 통해서 작가 호엘이 하고자 한 말은, 비
록 민족과 민주헌법을 위해 참전한다 해도 참전 자체가 살인자가
되겠다는 것과 마찬가지라는 것이다. 호엘과 같은 노르웨이 지식인
에게는 민족과 민주가 아무리 중요하다 해도 그것이 인간의 생명이
라는 절대적인 가치 위에 설 수는 없기 때문이다. 그들에게는 민족
과 민주의 탄압자인 스웨덴 장교조차 적이기 전에 인간이었다. 만
약 이와 같은 노르웨이 지성인의 사고방식을 한국 역사에 적용해
보면, 우리는 김구나 윤봉길을 존경함과 동시에, 이들 독립투사의
손에 죽어간 일본 침략자의 고통에 대해서도 인간적인 동정을 느낄
수 있어야 한다. 그것은 종교에서 말하는 근본적인 진리와도 상통
한다. 그리고 무장 독립투쟁이 살인자가 되어야 하는 개인의 인격
에 주는 파괴적인 영향에 대해서도 신중하게 생각해야 할 것이다.

둘째, 노르웨이 '민족' 개념의 중심은 분명히 혈통보다는 문화에 있다. 혈통과 관련하여 노르웨이인들은 오히려 과거에 많은 혼혈 과정을 거치는 등 민족의 형성과정이 복잡했음을 강조한다. 예를 들어 노르웨이의 두 번째 도시인 베르겐(Bergen)의 공식 안내책자를 보면, 덴마크 지배시기에 주로 독일 계통 도시국가 연맹인 '한사(Hansa)'와 활발히 무역한 베르겐 사람 중 독일과 폴란드 출신 이민자가 20~30%에 이르렀다는 사실을 자랑거리로 기록하고 있다. 즉 '우리 도시'가 이미 그때 그만큼 국제적이고 개방적이었다는 것이다.

과거에도 '순혈'을 주장하려고 하지 않은 노르웨이인들은 현재에도 다인종 사회임을 과시한다. 현재 노르웨이는 인구의 6~7%가 이민자들이고, 그들 중에는 아시아(주로 파키스탄과 베트남)나 옛 동구권(유고연방 등) 출신이 유난히 많다. 만약 공식적으로 '이민자'로 분류하지 않는 입양아(주로 한국·중국·인도 출신)까지 합산한다면, 노르웨이인 가운데 10분의 1 정도는 혈통적으로 북방의 땅과 무관한 사람들이라는 결론이 나온다. 게다가 1년에 보통 1만 5,000~2만 명의 새로운 이민자(주로 아시아·아프리카 출신)가 들어오고, 이민자들의 출생률이 토착민보다 훨씬 높다는 사실을 감안하면, 앞으로 40~50년 사이에 이 나라 인구의 절반 이상을 다채로운 비스칸디나비아계 인종들이 차지할 가능성이 높다.

그러나 몇몇 극우분자를 제외하고는, 대다수 노르웨이인이 이 사실에 대해서 크게 걱정하지 않는다고 한다. 어떻게 이토록 태연할까. 다양한 인종적 배경을 지닌 이민자들이 노르웨이 민족의 주요 문화적 가치인 평등과 비폭력, 타자에 대한 존중 등을 매우 빨리 익혀 쉽게 문화공동체의 의미인 '민족' 구성원이 되기 때문이다. 결국 이와 같은 '열린 민족' 이 가능한 이유는 평등과 인권 같은 노르웨이의 '민족적' 가치들이 인류 보편적인 호소력을 지니기 때문이다. 물론 비(非)백인 이민에 상당히 회의적인 태도를 보이는—그리고 반(反)이민적 궤변으로 당세(黨勢)의 확장을 꾀하는—'진보당' 이라는 기만적 명칭을 지닌 극우당이 약 20~22%에 이르는 유권자의 지지를 확보하고 있다는 것도 인정하지 않을 수 없는 안타까운 현실이다. 그러나 노조를 비롯한 사회주의적 세력과 자본들마저 이민의 바람직함과 불가피성을 현재처럼 인정하는 이상, 노르웨이는 인종적 다양화 노선을 벗어나지 않을 것이다.

셋째, 노르웨이에서는 '민족성' 과 '민중성', '애향심' 을 불가분의 관계를 가진 개념으로 생각한다. 역사적으로, 덴마크 귀족·관료의 지배를 받은 19세기 이전의 노르웨이에서는 토착 귀족집단이 형성되지 못해 인구의 절대 다수를 농민과 장인, 상인이 차지했다. 반덴마크, 반스웨덴 민족운동을 제창한 농민·상인 출신 진보적 지식인들은 '노르웨이적인 것' 으로 농경을 위시한 육체노동, 농민공동체의 평등과 상호 존중, 국토의 무수한 산골짜기와 폭포, 협만(峽灣, Fjord)의 야성적인 아름다움을 꼽았다. 지금도 대다수 도시민들은 시골에 부모나 친척을 두고 있으며, 농민 출신임을 큰 자랑으로 여긴다. 그리고 선조의 마을에 가서 노동이나 등산을 즐기고 그 마을의 전통 의상이나 조리법 등을 계속 유지·발전시키는 것이 많은 노르웨이인의 소중한 취미다.

위와 같은 비폭력, 평등, '가치공동체' 중심의 '평민형' 민족주의에서 무엇을 인지할 수 있을까? 지금 평범한 서울의 중고생에게 "우리 민족의 영웅이 누구냐"고 물어보면, 분명히 이순신과 을지문덕, 세종대왕의 이름을 나열할 것이다. 하기야 서울 한복판에서 을

군사적인 폭력을 상징하는 이들을 '민족의 상징'으로 설정해야만 하는가. 7월 17일 제헌절 때 찍은 서울 세종로 한복판의 이순신 장군 동상.

지로와 세종로, 충무로를 오가며 매일 이순신상과 세종문화회관을 보는 학생이라면, 그 이름들이 뇌리에 새겨지지 않을 리가 없다. 물론 나도 이들 국왕과 무장이 역사에서 긍정적인 역할을 하였음을 부정하지 않는다. 그러나 문제는 비록 백성을 위해, 나라를 지키기 위해 행한 폭력이라 해도, 왜 하필 권력과 군사적 폭력을 상징하는 이들을 '민족의 상징'으로 설정하느냐다.

내 생각으로는 온 인류가 함께 좋아할 수 있는 자비와 동심의 상징 '서산 마애삼존불상'을 만든 백제의 이름없는 장인들이나, 〈춘향가〉와 〈심청가〉 같이 아름답고 사랑스러운 이야기를 대를 이어가며 불러온 이름없는 판소리꾼들을 '가치공동체'인 한민족의 상징으로 삼으면 좋을 듯하다. 초등학교 때부터 광개토왕이나 김유신의 '영웅적'인 대량 살육과 약탈을 애국애족의 상징으로 가르치기보다는 당시 평민들이 서로 어울려 살아가는 모습과 명절 때 탑돌이를 하며 서방정토 왕생을 빌던 모습을 생생하게 보여준다면, 최소한 아이들이 미국에서 흘러들어온 배금·폭력 위주의 저질문화에 빠질 확률이 적어지지 않을까? 민족의 과거를 바꿀 수야 없지만, 과거를 어떻게 해석하느냐, 과거의 일 중에서 무엇에 가치를 두어 '민족'

의 표본으로 삼느냐에 따라 민족의 미래를 크게 바꿀 수는 있다.

한국인으로서의 자각, 그러나…

만약 일반 노르웨이 사람에게 "코리아(Korea) 하면 무엇이 연상되느냐"고 물어보면 무슨 대답이 나올까? 내 경험으로 봐서는 보통 남북한의 대립, 북한의 기아, 현정부의 햇볕정책, 문선명의 종교단체와 사이비종교 문제, 한국계 입양인에 관한 대답이 보편적일 듯하다. 특히 정치·사회 문제에 무관심한 일반인이라면, 한국을 주로 '입양인'과 연관지어 이야기할 것이다. 노르웨이를 포함한 서구 여러 나라에 약 4만~5만 명 정도 되는 한국계 입양인이 살고 있는데, 이는 한국계 입양아에 대한 북구인의 선호도가 매우 높기 때문이다. 선호도가 높다는 것은 "한국 아이들이 성실하고 공부를 잘하며 효심이 출중하다"는 북구의 보편적인 의식에서 기인한다. 그 의식을 실제로 뒷받침해 주는 것이 대다수 한국계 입양인들의 높은 교육열과 성실한 사회생활, 토박이들이 선망하는 '가정에 대한 충실성'이다.

그러나 이와 같은 긍정 일변도의 일반 의식과는 대조적으로, 스칸디나비아의 많은 좌파 이론가와 몇몇 입양인들은 국제 입양에 대해 비판적인 견해를 제시하기도 한다. 그들에 따르면, '유색인종(준주변부)'의 영아들을 '백인종(핵심부)'으로 수입하는 것은 결국 '부유한 서양'과 '가난한 동양'의 불평등한 교류 중 한 종류일 뿐이라는 것이다. 불평등은 교류의 주요 동기가 수입자 쪽의 사정인 매우 낮은 출생률과 욕구에 따른 것이라는 사실과, 입양인이 '유럽적'인

것에 길들어 '완벽한 유럽인' 이 되는 반면 입양가정은 '한국적' 이
거나 '동양적' 인 것에 관심을 기울이지 않는 데서 발생한다. '동양
적인 얼굴에 서양적인 마음' 을 지닌 입양인이 간헐적인 인종차별에
노출될 수도 있다는 우려 섞인 시각 외에도 유럽 일변도인 입양인
의 성장 분위기를 동양인으로 성장할 가능성의 박탈이나 문화적 인
권의 박탈로 보는 시각도 있다. 나아가 비록 '차별' 이라고 말하기
는 어렵지만, 입양인들의 '다른 생김새' 를 의식하는 주위의 시선들
이 불안증세, 열등감 등을 입양인들에게 강요하고 있다는 주장도
있다. 그러한 주장을 펴는 쪽에서는 스웨덴 입양인들의 알코올ㆍ마
약 중독률과 실업률이 '본토인' 들보다 약 2배 정도 높다는 최근의
통계를 들어 이와 같은 부정적인 현상과 '본토인' 집단으로부터 받
는 '무의식적 차원의 이질시' 를 연결시키기도 한다. 결국 많은 진
보파 이론가의 거시적인 시각으로는 동양인의 얼굴을 하고도 유럽
일색의 성장과정으로 말미암아 동양의 언어와 문화에
관심을 가질 기회조차 없는 입양인들은 '넓
은 의미의 서양 침략' 으로 철저하게 파괴
당한 비서구권의 정체성을 상징
한다.

국제 입양에 대한, 이와
같은 진보파의 비판이 상당

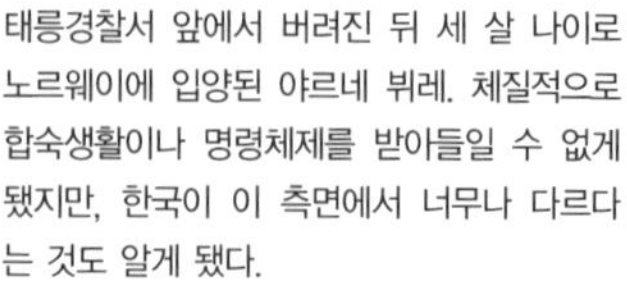

태릉경찰서 앞에서 버려진 뒤 세 살 나이로
노르웨이에 입양된 야르네 뷔레. 체질적으로
합숙생활이나 명령체제를 받아들일 수 없게
됐지만, 한국이 이 측면에서 너무나 다르다
는 것도 알게 됐다.

히 타당하다는 것은 자명하다. 20만 명 정도 되는 한국계 입양인이 서양세계에 흩어져 있다는 사실과 관련하여 한국인들이 알게 모르게 느끼는 수치심과 자괴심도 이와 같은 비판의 당위성을 입증한다. 그러나 거시적 입장에서의 비판 못지않게 입양과 입양인에 대한 미시적인 연구도 필요하다. 즉, 입양인들의 문화 체험 과정에서 '서양적 환경'과 '한국적 혈통'이 서로 어떻게 작용했는지 따위도 자세히 알아야 입양문제 전체를 좀더 정당하고 정확하게 바라볼 수 있지 않을까?

입양인들은 대부분 '한국적 혈통'과 전혀 무관한 일반 노르웨이 사람으로 살고 있다. 그런데 내가 만나보고 인터뷰한 야르네 뷔레 [Jarne Byhre, 한국 이름 최경수(崔敬洙), 29세]는 매우 예외적인 경우에 속했다. 일찍이 자신이 한국인임을 인식하여 스웨덴 스톡홀름 대학 한국어학과를 졸업한 그는 연세대와 고려대에서 한국어를 실습한 뒤, 노르웨이에서 대체복무를 마치고 현재 오슬로 대학교에서 한국어 강사로 재직하면서 한국과 무역을 할 소규모 무역업체 창업을 준비하고 있다. 자신의 생애와 문화적 정체성에 대한 뷔레의 이야기 가운데 주요한 부분을 간추려 보면 다음과 같다.

태릉에서 태어나 태릉경찰서 앞에 버려진 뷔레는 몇 군데 국내 고아원을 전전하다 세 살 때 노르웨이에 입양됐다. 한국어를 몇 마디밖에 기억하지 못하는 그는 자신을 '보통 노르웨이 사람'으로 인식하면서 좋은 환경 속에서 행복하게 자랐다.

작은 지방도시에 있는 학교를 다니던 그는 완벽한 토박이식 노르웨이어와 몸에 밴 노르웨이적인 습관 덕분인지 노르웨이 아이들 사이에서 전혀 소외감을 느끼지 않았다. 이와 같이 별 문제 없이 자라 '노르웨이화' 된 그였지만, 중학교 시절부터 별다른 이유도 없이

'한국'이라는, 기억조차 가물가물한 곳에 무한한 관심을 느끼기 시
작했다. 그가 살고 있던 지방도시에서 구할 수 있는 한국 관련 서적
은 유신시절에 박정희 정권이 찍어낸 홍보용 영문 책자가 고작이었
다. 아직 영문을 빨리 읽지 못하던 노르웨이 중학생 뷔레는 주로 그
책의 사진에 빠졌다. 깔깔 웃으면서 떼를 지어다니는 귀여운 시골
여자아이들, 스칸디나비아에서 보기 힘든 제복을 입고 단체로 일하
는 노동자들, 아직은 소달구지를 타고 다니는 꾸밈없는 얼굴의 농
민……. 뷔레는 엄청난 문화적·지리적 거리감을 느끼면서도 "나도
어쩌면 나와 똑같이 생긴 이들 중 한 명이 아닐까?"라는 의식을 날
로 굳혀갔다. 심리학자이자 열렬한 다(多)문화주의자인 그의 양부
모가 그의 '한국인으로서의 자각'을 이해해 주고 반겨준 것을 그는
매우 고맙게 여긴다.

　'명실상부한 한국인이 되기 위해서' 고전기타 연주자의 꿈을 접
고 그 당시 스칸디나비아에 하나밖에 없던 스톡홀름 대학 한국어
학과에 들어간 그는 '한국인으로서의 정체성'을 되찾으려는 입양
인들의 모임에 열성적으로 참여했다. 그러나 스톡홀름대 학생 시
절 꿈꾸었던 한국 유학(1996~1998)을 다녀오고 나서 그가 확고히
느낀 것은 자신의 스칸디나비아적 성격을 완전히 포기할 수 없다
는 것이었다. 그가 포기할 수 없는 스칸디나비아적 성격이란 무엇
인가?

　첫째, 그는 혼자서 생각하며 미술이나 예술 감상하기를 즐긴다.
이와 같은 취향 때문에, 그는 한국에서 신문조차 거의 읽지 않았다.
남의 글만 읽으며 시간을 보내면 자기 성찰을 언제 하느냐는 것이
그의 좌우명이었다. '외톨박이', '괴짜'들을 존경하고 이해해 주는
스칸디나비아 사회에서는 그런 성격으로 살아가는 데 별 어려움이

없지만, 부단히 '인연'을 만들고 챙겨주어야 하는 어울리기식 '회식 문화' 중심의 한국 사회에서는 살아가기 어려웠기 때문이다.

둘째, 국가 조직이나 군대를 거부하고 부정하는 것이 뷔레에게는 일종의 '가통(家統)'이었다. 그의 양부도 이미 1950년대에 군 복무를 거부하고 당시만 해도 비교적 흔치 않던 대체복무를 택했기 때문이다. 뷔레도 한 학교에서 학생폭력 방지 상담요원으로 대체복무를 했다. 젊은이들로 하여금 폭력의 길 근처에도 가지 못하게 해야 한다는 것이 그의 평소 신념이다.

"전문 군인이 지구상에서 사라지면 폭력도 사라질 것"이라는 그의 정치적 신념도 한몫 했지만, 그가 이미 체질적으로 합숙생활이나 명령체제를 받아들일 수 없게 된 것도 이유라고 한다. "남이 시키는 대로만 하면 퇴보하여 비인간화할 것 같다"는 것이 그의 주된 생각이다. 평화주의가 강한 노르웨이 젊은이들 사이에서는 뷔레의 이러한 생각이 별로 유별나게 보이지 않지만, 이런 측면에서 한국은 너무나 다르다는 것을 그는 이미 알고 있었다.

셋째, 이른바 한국의 '명문대학교'에서 몇 년 동안 공부해 본 뷔레의 느낌으로는, 재미와 지적인 관심의 충족을 위해서 공부하기보다는 취직과 성공을 위해 인맥부터 쌓아야 하는 한국 대학교의 패턴에 자신을 '뜯어맞추기'가 거의 불가능했다고 한다. 전체적으로 돈과 사회 신분의 획득을 최종 목표로, '연줄 만들기'를 주요 수단으로 할 수밖에 없는 현대 한국의 일상생활이 '술 실력'(?)도 변변치 못한 그에게는 견디기 힘들었던 것이다.

'별종의 한국인.' 조금 특수한 경우지만, 뷔레와 같은 한국계 입양인은 한국인으로서의 언어적·문화적 정체성, 자아의식의 회복과 함께, 성장 지역의 문화적 특성들을 잘 간직할 수 있다. 몰랐던 한국말을 배워 대학교에서 교편을 잡을 만큼 완벽하게 구사하고, 한국의 예의범절을 같은 나이 또래의 한국인보다 더 철저하게 지키는 반면, 여느 스칸디나비아 사람 못지않게 국가의 폭력성과 자유 시장의 잔인함을 거부하고 낭만적인 고독을 소중히 여기고 지향하는 뷔레는, 어쩌면 양쪽의 장점을 모두 취한, 즉 '이중의 득'을 보았다고 여길 수도 있다. 그런 측면에서 동서양의 불평등한 교류라는 국제 입양의 성격을 직시하면서도 '좀더 넓은 가치의 교류'라는 긍정적인 가능성들도 아울러 생각해 볼 수 있지 않을까 한다.

그러나 문제는 뷔레처럼 자신의 '한국적 자아'를 재발견하거나 회복한 '자각한 입양인'들이 아직은 극소수라는 사실이다. 한국 문화도 서양 지역에 많이 알려지고 수출되는, '동등한' 세계화가 이루어져야 이와 같은 자각이 좀더 쉽지 않을까? 그리고 결코 적지 않은 그들 '별종의 한국인들'에게 한국에서도 법적으로나 사회통념 상으로나 좀더 많은 사회 참여 기회를 부여한다면 한국 사회의 바람직한 세계화, 선진화에 크게 기여할 수 있을 것이다. 그들이 국내에 체류하고 취직하는 데 필요한 법적 절차를 간소화하는 등 그들에 대한 사회적 의식이 긍정적이고 협력을 강조하는 형태로 변모하기를 기대해 본다. 그럴 경우 그들이 외국에서 터득한 것을 한국인에게 전수하는 등 그 동안 불평등한 교류가 낳은 '화(禍)'들을 한국 사회의 선진화, 실질적이고 적극적인 세계화 촉진의 '복(福)'으로 전환할 수 있지 않을까 한다.

다른 문화로 가는 가시밭길

미국에 나가서 영어와 미국 문화를 완벽하게 체득한 최초의 한국인이자 대표적 친일파 윤치호, 민영 언론의 개척자이자 미국 찬양의 '대가' 서재필, 친미반공 체제의 상징적 인물 이승만, 미국에서 망명생활을 하면서 한국의 독재정권을 비판한 전직 서울대 총장 유기천……. 각기 다른 형태로 한국 근·현대사의 흐름을 좌우한 이들의 한 가지 공통점은 국제결혼을 했다는 것이다. 조선시대에는 생각하기 어려웠던 국제결혼은 근대가 한국인에게 준 '자유'의 소산이라고 여겨봄직하다. 국제결혼을 통해서 얻는 세계성이 한국적인 근대성 형성에 크게 기여했다는 점은 두말할 것도 없다.

그러나 위에서 열거한 한국 근·현대 '인물'들의 '국제결혼 생활'이 과연 쉽기만 했을까? 한국 문화를 등한시한 서재필의 미국인 부인이 서울에서 살 때조차 남편에게 단호하게 양옥과 서양 음식만 요구했다는 『윤치호 일기』의 기록이나 한국인에 대한 불신과 이질감을 극복하지 못한 이승만의 부인이 미국인 가톨릭 신부를 통해서 한국의 국가 기밀을 미국 대사에게 정기적으로 제공했다는 1950년대 주한 미 대사관의 기록을 읽노라면, 인종주의·배타성·국가주의로 얼룩진 근·현대적 세계에서 국제결혼을 하고 이를 유지하는 것이 얼마나 복잡하고 어려운지 생생하게 느낄 수 있다. 근대성 자체가 인간이 감당해야 할 고통과 고뇌의 증가를 의미하는 만큼 근대성의 상징인 국제결혼도 그야말로 가시밭길이라고 할 수 있다.

한국 근대화의 작은 열매랄 수 있는 노르웨이 한국인 사회는 200여 명밖에 안 되는데, 노르웨이 남성에게 시집 온 한국 여성이 대다수를 차지한다. 사실 최근까지만 해도 국제결혼 이외에는 노르웨이로 이민 갈 방법이 별로 없었다. 이민 여성마다 사정이 다른 만큼 전체적으로 이야기하기는 불가능에 가깝지만, 1960~1970년대 국제결혼의 주요 동기는 경제적·사회적 어려움과 가정에 대한 책임감이었다. 물론 개인적인 동기는 결혼 상대자에 대한 사랑이었을 테지만……. 또 꼭 그것을 의도한 것은 아니었지만, 노르웨이 이민법이 지금처럼 까다롭지 않던 당시만 해도 한 여성의 국제결혼과 이민은 장차 전 직계 가족이 '선진국으로' 갈 수 있는 기회이기도 했다.

한국 사회가 급변한 만큼 사회적·경제적 동기 차원에서 1980년대 후반부터 1990년대에 이민 온 세대는 그 전 세대와 많이 다르다. 1990년대에 국제결혼을 통해 노르웨이에 온 젊은 한국 여성들은 문화·생활 양식의 차이에 훨씬 민감하다. 어떤 의미에서 1990년대 한국인 여성 이민자를 '문화 이민 세대'로 말할 수 있을 듯하다. 또 개인적인 사연 외에 국제결혼을 선택한 사회적 동기를 물으면, 대부분 '한국 남성의 우월주의, 한국 사회의 권위주의와 보수성에 대한 불만' 때문이라는 대답한다.

그렇다면 사랑과 함께 근대성과 '세계성'을 찾아 과감하게 지구의 반대쪽으로 건너온 그들은 과연 만족감을 느낄까? 그들이 '몸'으로 체험한 노르웨이 사회의 국제성과 관용은 과연 어느 수준인가? 내가 최근에 만난 한국 여성의 이야기를 통해 그 질문에 답하고자 한다.

국내 명문대 영문과 출신 아무개(29세)는 노르웨이에서 2년 넘게 살아온 사람이다. 그는 노르웨이가 자신에게 놀라운 발견과 각성을 준 땅이라고 했다. 그 발견 중에 가장 마음을 울린 것은 전혀 생각지도 못한 '북한'의 발견이었다. 한국에 있을 때는 북한을 단순히

'같은 민족, 적대적인 후진국가' 쯤으로 생각하고 별로 관심을 두지 않았던 그녀는 노르웨이에서 기록영화를 통해 북한을 휩쓴 대기근의 규모와 실상, 재중 탈북자의 눈물과 희망 등을 본의 아니게 깊이 접할 수 있었다. "우리 민족이니 잘 지내고 통일해야 한다"는 당위적인 '민족' 이야기에는 별다른 반응을 보이지 않았지만, 스웨덴 영화감독이 보여준 북한 사람 개개인의 고통과 절규, 순수한 웃음은 그의 심금을 크게 울렸다. 노르웨이 텔레비전을 통해 추상적인 '동포'가 아니라 고통받는 개인을 볼 수 있었던 것이다.

이와 같은 '북한과의 개인적인 만남'이 있은 뒤에, 그는 한국의 통일 교육을 한심하게 평가하기 시작했다. 그리고 아프리카와 아시아, 동구 등지에서 온 이민자들을 접하면서 한국에 있을 때 이렇듯 다양한 문화에 대해서 배우지도 듣지도 못한 사실을 안타까워했다. 한국의 '문민' 정부와 '국민'의 정부가 부르짖는 '세계화'는 결국 "한심하고 집단적인 미국 따라하기에 지나지 않는다"는 것이 그의 분노에 찬 결론이었다.

그러나 그가 가장 한심해 한 것은 한국의 교육 현실 전체다. 네 살 무렵부터 무얼 먹고 싶은지, 무얼 하고 싶은지 아이의 의견을 묻고 대화를 이끌어내는 노르웨이식 교육과 "엄마 말 들어야지"를 반복하는 한국식 교육의 차이가 결국 선생님을 자신과 동등한 인격적 상대로 보고 거침없이 자기 주장을 펴는 노르웨이 학생과 권위 앞에서 움츠리는 한국 학생의 행동양식의 차이를 결정짓는다는 것이 그의 결론이었다.

요즘 그는 복종을 강요하지 않는, 개인의 창의력을 키우기 알맞은 환경에서 자란 서구 젊은이와 어릴 적부터 인격과 사고를 이미 만들어진 틀에 맞춰가며 자란 한국의 젊은이가 장차 함께 경쟁해야 한다는 사실에 마음 아파하고 있다. 그녀가 내린 또 하나의 결론은 연령과 빈부귀천, 성적과 무관하게 자녀나 제자를 동등한 인간, 곧 인격적 동료로 대하는 것, 부모와 자녀, 학생과 선생의 동등한 '만남' 만이 진정한 양육이자 교육이라는 사실이었다.

결국 노르웨이에서 결혼생활을 하면서 '북한', '학생', '자식' 이라는 전체적인 카테고리보다 개개인의 마음과 희망과 창의력이 흘러넘치는 자유로운 반란이 훨씬 중요하다는 진리를 터득한 그녀는 근대성·세계성의 이상에 나름대로 가까워졌다고 볼 수 있다. 근대가 부여한 국제결혼이라는 자유를 통해 그녀는 생각지도 못한 방식으로 자신을 실현하고 있는 셈이다.

그러나 이 근대적 자유의 대가 역시 상상을 초월한다. 그녀는 친절하고 정중한 현지인들이 공적인 공간에서 자신을 차별하거나 잘못 대한 적은 없지만, 가정과 가까운 사적인 공간에 타인이 다가서는 것은 절대 용납하지 않는다고 지적했다. 철저한 노르웨이식 사생활 본위주의도 큰몫을 했겠지만 "역시 외국은 외국이구나" 하고 한숨 짓지 않을 수 없었다 한다. 척결 가능하고 상대적으로 많이 사라진 공적인 차별과 달리, 이민자의 마음을 갈기갈기 찢는 이와 같은 사적인 차별은 쉽게 사라질 수 없을 것이다.

남편의 친척이 있다면 다행히 어느 정도 고립에서 벗어날 수 있지만, 아는 사람도 없이 노르웨이로 홀로 이민 온다는 것은 사회의 미시적 문화 차원에서 거의 불가능에 가깝다는 것이 그녀의 생각이다. 그러나 뒷바라지를 아끼지 않는 남편이 있다 해도, 대다수 한국인이 여기에 온 뒤 우울증을 경험한 것처럼 이질적인 공간에서 하루하루 힘들게 싸워야 하는 현실을 이기지 못해 한국으로 돌아가버릴 생각을 자주 했다는 것이 그녀의 고백이다. 모든 것이 낯설고 거의 매일 혼자 우는 현실, 그것은 그녀가 '근대성을 터득' 하기 위해 치른 결코 적지 않은 대가다.

한국의 근·현대 형성에 크게 기여했고 지금도 기여하고 있는 국제결혼. 그 가능성이 엄청난 만큼 아픔 역시 우리의 상상을 초월한다. 지금도 이 문제로 고민하는 많은 한국인—특히 '국제결혼' 이나 '이민' 과 연계된 여성—에게 충고하고 싶은 것은, 그 변화와 아픔을 버텨낼 만한 내면적 능력이 과연 본인에게 있는지부터 잘 판단해야 한다는 것이다.

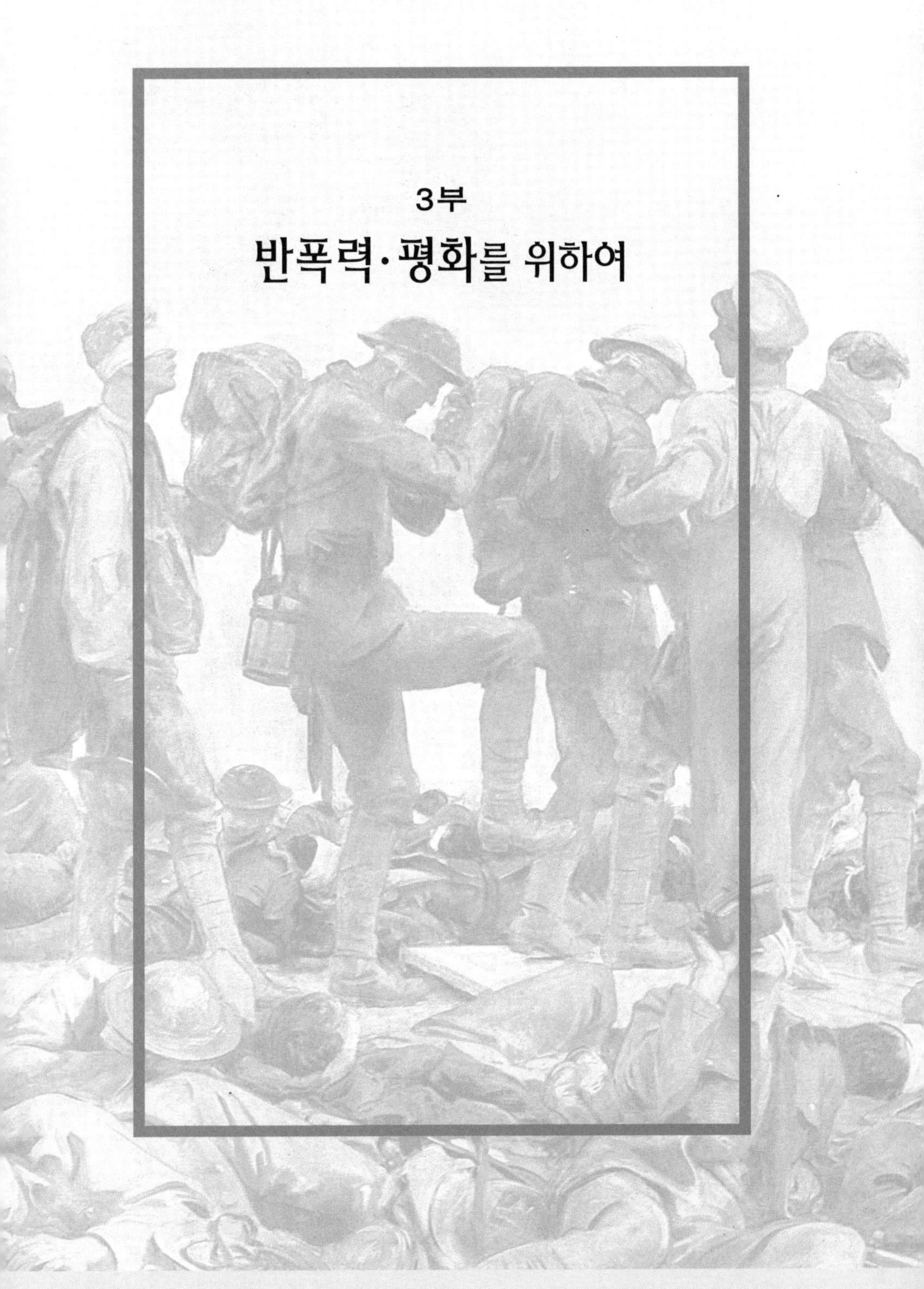

3부
반폭력·평화를 위하여

악의 씨앗, 폭력에 반대한다

스카우트, 그 악의 씨앗

"준비돼 있어라!"

"예, 준비돼 있습니다!"

위와 같은 대화는 내가 열 살이 되면서부터 5년간 거의 매일 해야 했던 것이다. 그 당시 소련에서는 그 나이의 거의 모든 청소년이 '비오네르(영어 pioneer에서 따온 말)' 라는 전국적인 훈육조직에 가입해야만 했다. 그리고 '비오네르' 의 멤버가 되면 단위 부대의 부대장에게 "늘 준비하고 있다"는 다짐을 매일 해야 하는 것말고도 매주 몇 번씩 대열 행군과 자동소총 분해 · 조립을 연습해야 했고, 한 학기에 몇 번씩 합숙 야영과 전쟁훈련 게임을 빠지지 않고 해야 했다.

'비오네르' 의 기본 목적은 권위주의 국가의 청소년 훈육단체답게 '애국정신과 당성 교육, 군사훈련' 이었다. 거수경례와 함께 그 다짐을 녹음기처럼 반복해야 했던 나는 악몽과 같은 훈육조직과 '다짐의 말씀'이 다 소련 공산당의 창작물이겠거니 생각했다. 그러나 알고 보니 나의 순진한 오판이었다. 소련의 '비오네르'—1946년에 발족한 북한의 소년단도—는 결과적으로 서방세계의 스카우트 (scout)를 모방한 것에 지나지 않았다. 예를 들어 "준비하고 있어 라"라는 표어는 스카우트의 표어 "Be Ready"의 단순한 직역이었 다. 모방하는 과정에서 바뀐 것이라곤 스카우트의 '하느님에 대한 의무'와 '국가·사회에 대한 충성'을 '애당(愛黨)정신과 국방정신' 으로 바꾸고 의무 가입을 실시한 정도였다.

어린 날의 악몽이던 훈육조직이 스카우트 운동의 일그러진 갈래 라는 사실을 알고 나서 나는 스칸디나비아에도 비슷한 훈육단체가 있는지 궁금해졌다. 그리고 얼마 뒤 스칸디나비아 훈육단체의 활발 한 활동을 접하고 놀라움을 금치 못했다. 영국과 관계가 밀접했던 스칸디나비아 각국에서는 1907년 영국에서 보이스카우트 단체가 처음 발족한 직후 스카우트 그룹들이 우후죽순처럼 생겨 대대적인 호응을 얻었다. 맨 먼저 1908년에 스웨덴에서 스카우트 운동이 시 작되었고, 그 다음 1909년 덴마크에서, 당시 러시아의 식민지였던 핀란드에서 1910년에 각각 스카우트 조직이 설립됐다.

상대적으로 주변부였던 노르웨이에서는 10년이 더 지나고 나서 야 스카우트 운동이 인기를 끌기 시작했다. '스카우트 선언문'을 채택한 제3차 스카우트 세계총회가 다른 곳이 아닌 덴마크 코펜하 겐에서 1924년에 열린 사실도 결코 우연이 아니었다. 지금도 스칸 디나비아 각국에서는 약 15~20%에 달하는 청소년이 남녀 스카우 트의 멤버가 되거나 그 활동에 간헐적으로 참가한다. 노르웨이에서 도 스카우트 조직이 없는 동네를 찾기 어려울 만큼 스카우트 운동 이 보편적인데, 스카우트 단체의 인터넷 홈페이지가 1,000개가 넘

보이 스카우트와 걸 스카우트 대원들의 행사에 빠지지 않는 국기.

을 정도다.

물론 스칸디나비아 현실을 그대로 반영하는 노르웨이 스카우트들의 목적과 일상은 옛 소련 시절 '비오네르' 들의 자동소총 다루기나 대열 행군과는 다르다. 현재 스카우트 교육은 주요 목표를 가장 '정치적으로 합당한' 부분들, 곧 인종적·문화적 다양성을 이해하고 환경의식을 함양하는 데 두고 있다. 아울러 민주적인 리더십(부담이 되거나 거부감을 일으키지 않으면서 잘 이끌어나가는 기술)과 단체생활에 동등하게 참여하는 방법을 가르치는 등 사회민주주의국가의 시민을 '준비하는 과정' 으로 여겨도 무방하다. 이와 함께 어릴 때부터 상황이 어떻든 폭력과 폭언은 무조건 안 된다는 것을 가르치는 것도 '조용한' 준법사회를 만드는 데 핵심적인 부분이다. 스카우트의 리더인 어른들(보통 대학생이나 30~40대의 직장인)이 돈 한 푼 받지 않고 스카우트 단체에 자원 봉사한다는 사실도 매우 교육

주요 국경일인 '제헌절(5월 17일)'에 왕궁 앞을 행진하며 국기를 흔드는 노르웨이 국민들.

적이다.

그렇다면 스칸디나비아의 스카우트들을 '비오네르'의 악몽과 전혀 무관한 '민주시민의 준비과정'으로 볼 수 있을까? 물론 현재의 노르웨이 스카우트 어린이들은 리더로부터 "준비하고 있어라!"는 명령을 듣지 않는다. 그러나 스칸디나비아의 스카우트들이 지금도 입고 다니는 제복—색깔과 모양이 같은 조끼와 스카프—이나 노르웨이 스카우트 잡지에 나오는 '국기 게양 규칙'과 같은 자료를 보면, 정도의 차이는 있어도 스카우트과 '비오네르'가 똑같이 단체주의적 색채를 강하게 띠고 있다는 데 놀라지 않을 수 없었다.

다같이 큰소리로 외워야 하는 스카우트 선서에 '국가에 대한 충성' 같은 조항이 지금도 들어 있다는 사실을 감안하면, 스카우트 조직의 '메뉴'에 민주주의와 인권 같은 '반찬'과 함께 국가의식이라

162

는 '밥'이 '기본'으로 고스란히 올라와 있다는 결론을 내릴 수밖에 없다. 스카우트와 같은 단체가 이토록 활발하지 않았다면, 노르웨이의 주요 국경일인 '제헌절(5월 17일)'에 국기를 흔들면서 왕궁 앞으로 모여드는 대중이 그처럼 많을 리가 없지 않겠는가(나는 노르웨이의 제헌절 때 일렬로 행진하는 각 학교 학생과 군중을 보고 충격받은 일이 있었다).

그러나 현재의 '문명적' 국가의식 주입에 흐뭇해 하는 노르웨이의 스카우트 지도자들이 기억하고 싶어하지 않는 사실이 있다. 서구의 스카우트 운동이 초기에는 오히려 체제옹호적인 국방정신 위주의 '비오네르'와 훨씬 더 가까웠다는 것이다. 세계 최초로 영국 스카우트 조직을 창립한 베이든포웰(Robert Baden-Powell, 1857~1941)은 베추아(Bechua), 아샨티(Ashanti) 같은 아프리카 종족 학살과 남아프리카 침략전쟁(1899~1902)에서 이룩한 '업적'으로 명성과 장군 계급장을 얻은 영국 제국주의·침략주의의 '베테랑'이었다. 철저한 인종주의자이자 제국주의자, 군국주의자였던 그가 스카우트 운동을 시작한 직접적 동기도 징병제를 도입하기 전인 1900년대의 영국에서 "씩씩하고 멋진, 백인다운 군인과 식민지 개척자를 길러 나중에 대영제국의 일꾼으로 삼자"는 것이었다.

1920년대에 '백인종'과 기독교 신앙을 소련 국가와 레닌사상으로 대체해 스카우트를 수입한 소련이 '비오네르(개척자)'란 이름을 채택한 것은 스카우트 창립자가 자신의 저서에 식민지를 개척할 '일꾼'의 '준비'에 중점에 두었다고 지적하고 있기 때문이다. '개척자(pioneer)'란 단어가 그 저서 곳곳에 등장한다. 그리고 군국주의의 전성기이던 1920~1930년대에 스칸디나비아를 포함한 서방 국가와 소련, 일본 등이 스카우트를 수입하고 장려한 배경에는 제1

차 세계대전 때 군사훈련을 철저히 받은 스카우트 출신 병사들이 전과를 많이 올렸다는 사실도 깔려 있다. 원래 '제국의 기사(騎士)'라는 별명으로 불릴 만큼 군사훈련에 중점을 두었던 스카우트가 시민사회의 문화와 사상을 교육하는 단체로 변모한 시기는 대개 1950~1970년대부터다. 이처럼 서방의 스카우트가 평화와 인권 운동의 물결에 부딪혀서 모습을 바꿀 때, 세계적 흐름에 둔했던 소련의 스카우트, 즉 나의 악몽이었던 '비오네르'는 1920년대의 군국주의적 '원형'에 계속 충실(?)했다. 그러나 '정탐꾼'이나 '밀정'을 의미하는, 군국주의적 냄새가 짙은 '스카우트'라는 이름(1920년대 일본과 식민지 조선에서는 '척후단'으로 번역했다)은 아직까지도 바뀌지 않고 있다.

위와 같은 역사적 배경을 고려하면, 스칸디나비아의 스카우트 운동을 역사적 '신진대사'라는 매우 흥미로운 시각에서 볼 수도 있음 직하다. 무덕(武德) 함양 단체에서 평화 교육 단체로 나아간 스칸디나비아 스카우트의 변모는 세계사적으로 보기 드문 경우라 하겠다. 그러나 과연 '흑인의 무리를 이길 씩씩한 백인'을 키우겠다는 베이든포웰의 광기와 야만이 완전히 사라졌다고 볼 수 있을까? 그 '신진대사'를 완벽한 것으로 볼 수 없게 하는 것으로 노르웨이 스카우트의 목적 중에 "(남을) 기독교 신앙으로 인도하고 신앙을 계발"한다는 항목이 버젓이 들어 있는 사실을 꼽을 수 있다. 즉 남과 함께 누리는 평화, 남에 대한 존중을 교육 목표로 삼으면서도 '우리'의 국교인 루터교를 '정체성 교육'의 핵심으로 설정한 셈이다. 어릴 때부터 다른 신앙을 가진 '남'과 기독교 신앙과 가치를 지닌 '우리' 노르웨이 사람을 구별하도록 가르친다는 것 자체가 이러한 '신진대사'의 불완전성을 보여주는 것이다.

더욱이 세계적 가난과 불안 속에서도 '복지의 섬'으로 남아 있는 유럽에서 제3세계 이민자와 이슬람으로 대표되는 제3세계 종교에 대한 배타성과 극우적 만행이 날로 심화·악질화해 가는 현상황에서 스칸디나비아 스카우트식 '기독교적·국가적 정체성 교육'은 우익적 정서를 어린이들의 마음속에 파종하는 측면이 크다. 비록 괄목할 만한 '신진대사'를 이루었다 하더라도, 폭력적 단체주의의 상징인 베이든포웰이 지은 악인(惡因)은 언제라도 역사적 상황에 따라 큰 악과(惡果)를 불러올 씨를 지니고 있는 것이다.

"포르노를 불살라버려라"

선(禪)불교에 '돈오(頓悟)'라는 개념이 있다. 오랫동안 경전을 읽고 참선을 실천하는 것이 모두 득도(得道)를 위한 준비지만, 그것이 어느 한순간에 갑작스러운 깨침, '돈오'로 다가올 수도 있다. '돈오'의 경험을 오도송(悟道頌, 도를 깨치는 노래) 등을 통해 비유적으로 표현하기도 하는데, 일반적으로 표현하기는 힘들다. 다만 확실한 것은, '깨침'을 얻은 사람은 행동거지가 본격적으로 달라진다는 점이다. 삶에 대한 의식이 지금까지와는 달라지는 것이다. 그러한 '깨침'을 경험함으로써 인간 모양을 한 하루살이가 진정한 의미에서 인간이 되는 셈이다. 예술이나 문학의 걸작들도 생각과 행동을 바꾸는 '깨침'의 계기가 될 수 있다.

최근에 많은 스칸디나비아 주민이 다큐멘터리 한 편을 통해 일종의 '깨침', 곧 개안(開眼)을 경험하게 되었다. 한국에서도 Q채널이 소개하고 제4회 서울 다큐멘터리 영상제에서 상영한 이 다큐멘터

볼프 감독의 영화를 본 뒤 유선 텔레비전에서 포
르노 상영을 금지하는 법안에 관해 자신의 의견을
밝히는 스웨덴 문화부 장관(위). 인터넷 포르노를
논하는 〈다그블라데트〉의 기사(아래).

리의 제목은 〈어느 소녀의 포르노 보고서
〉(1999년 스웨덴에서 만든 작품으로 원제는
Shocking Truth)다. 스웨덴의 볼프(Alexa
Wolf) 감독이 포르노 생산과정의 가혹한
현실을 고발한 작품인데, 포르노 문제에
별로 관심이 없던 나나 포르노가 풍부한
성생활을 위한 방편이라고 믿고 그것의
생산과 소비를 기정사실로 보는 많은 노
르웨이인들이 이 영화를 통해 우리 주위
에서 일어나는 끔찍한 폭력과 인간의 비
인간성에 새삼 눈을 뜨게 됐다. 모범적인
인권국가로 명성을 떨치고 있는 이웃나
라 스웨덴에서 여성에 대한 폭력과 강간
을 일종의 '이미지 상품'으로 버젓이 생
산하고 널리 소비한다니……. '스칸디나
비아 생활양식의 도덕적 건전성'을 믿는
노르웨이 사람에게는 세상을 다시 보게
하는, 비길 데 없는 충격이었다.

　……남자 몇 명이 한 여성을 천천히,
그리고 폭력적으로 윤간한다. 욕육으로 번들거리는 남성들의 얼굴,
겁에 질려 고함을 지르는 여성의 얼굴, 여성의 음부를 도구 등으로
공격하는 모습……. 그 남성들은 섹스 자체뿐만 아니라 희생자의
무력함과 고통, 그들의 '권력'을 즐긴다. 그러나 울어야 할 여주인
공이 끝에 가서 만족한 듯 미소를 짓는다…….

　결국 폭력의 즐거움과 "여성도 즐기니 긍정적으로 해석하라"는

거짓말을 남성들에게 주입하는, '강간의 교재' 쯤으로
보이는 이 포르노 영화는 볼프 감독이 암시장에서
어렵게 산 것이 아니다. 인권국가 스웨덴의 대중 유
선 텔레비전 채널에서 찾아낸 하드코어(강도 높은)
포르노 프로일 뿐이다.

볼프 감독

수백만 명의 시청자가 저녁마다 보는 이 채널의 프로
그램 내용에 대해서 왜 볼프 감독 이전에 아무도 문제를 제기
하지 않았을까? 여성에 대한 폭력을 엄격하게 처벌하는 스칸디나
비아 국가가 살인을 방불케 하는 섬뜩한 이미지 폭력에 대해서는
왜 그토록 관대할까?

이미지 폭력과 실제 폭력은 서로 무관하며, 돈을 받고 카메라 앞
에서 강간을 연출하는 여성은 스스로 자신의 몸에 대한 '결정권'을
행사했을 뿐이라는 통념이 이러한 관대함의 근거다. 그러나 볼프
감독이 만든 이 작품의 진정한 '충격'은 텔레비전 포르노의 야만적
인 폭력성을 보여준 데 있지 않았다.

볼프 감독은 연출과정에서 '직업적으로' 윤간을 당하는 여성 포
르노 배우들을 인터뷰함으로써 포르노 출연자들의 '자유결정권 행
사'라는 신화를 깨뜨렸는데, 이것이 볼프 영화의 진정한 공로다. 그
들이 볼프 감독에게 이야기한 자신의 과거와 포르노 배우가 된 이
유는 그야말로 충격이었다. 여성 포르노 배우들은 대부분 어렸을
때 부모나 친척, 친구들로부터 '진짜' 강간을 당한 것이 포르노 배
우가 된 진정한 계기라고 주장했다. 가장 믿었던 남성에게 강간당
하고도 이를 폭로하여 사법 처리할 용기가 없었던 그들은 결국 극
심한 자폐증에 빠진 채 자신을 '버린 몸'으로, 또 남성의 성적인 폭
력을 '불가피한 현실'로 인정하기에 이르렀다. 정신·신경 질환으

로 말미암아 정상적으로 배우지도 못하고 직장생활도 제대로 할 수 없었던 그들은 결과적으로 포르노 산업의 유혹을 뿌리치지 못했다. '자유결정권'이 아니라 어렸을 때부터 경험한 남성들의 성폭력이 그들에게 선택 아닌 선택을 강요한 것이다.

"돈을 받고 연출하는 것이므로 여성에게도 직업적인 만족감을 얻고 재정적으로 자립할 수 있는 길이 된다"는 그 동안의 통념을 완전히 깨뜨린 것도 또 하나의 충격이었다. 볼프 감독이 인터뷰한, 20여 년 동안 3,000번에서 4,000번씩 강간을 연출한 '중견' 여성 포르노 배우들에게 그 일은 '만족'이 아니라 피로와 체념, 자기 멸시를 가져다줄 뿐이었다. 그들은 자기가 '동물 노릇'을 했다고, 자신이 출연한 영화를 결코 보고 싶지 않다고 말했다. 또 몇 번씩 포르노 산업에서 탈출해야겠다고 마음을 먹었지만, 배우지 못한데다 직장 경험도 모자라 불가능했다고 말한다. 그들은 대부분 남성 사회가 요구하는 '직업적 강간거리'의 길을 숙명으로 받아들인다. 그러나 문제는 통념과 달리 몇천 번씩 '합법 강간'을 당하는 것이 그들을 부자나 중산층으로 만들어주지 않는다는 것이다.

초기에는 몸값이 중산층 소득과 맞먹지만, 몇 년 지나지 않아 나이를 먹으면 소득이 하류층 수준으로 떨어진다. 일류 포르노 스타 대열에 끼는 것은 극소수에 지나지 않는다. 평생 가난과 불안정한 생활, 각종 정신적 · 성적 질환, 극심한 자괴지심에 시달려야 하는 것 외에도 가족의 따뜻함을 누려보지 못하는 것이 그들 대부분의 운명이다. 이와 대조적으로 포르노 산업 자본가들의 소득은 지난 수십 년 동안 계속 올라가고 있다는 사실을 새삼 이야기할 필요가 있을까? 하급 노동자인 여성 포르노 배우들의 불행은 자본가들의 치부(致富)와 남성 소비자들의 '눈요기', 성적 욕망의 생산과 부추기기의 이면이다.

연출한 것과 실제 폭행은 무관하다고? 사회통념 중에 이만큼 위험한 것도 없다. 볼프 감독의 영화는 포르노를 본 뒤 스크린에서 본대로 한 여성을 윤간한 스웨덴 십대들의 이야기도 담고 있다. 사실 포르노를 접한 남성들은 대부분 결국 남성 위주의 폭력적인 성행위를 정상적인 행위로 착각하게 된다(이는 이미 1970년대 말에 연구를 통해 밝혀진 것이다).

여담이지만, 포르노 여배우와 여건이 비슷한 남성적 직종으로는 프로 권투선수를 꼽을 수 있을 듯하다. 포르노 여배우들이 어릴 때 경험한 '진짜' 폭력의 충격으로 말미암아 폭력적 욕망을 충족시켜 주는 포르노 산업의 마수에 걸려든 것처럼, 대부분 폭력이 일상화된 빈민가 출신인 권투선수들도 어릴 적에 경험한 불행한 폭력으로 인해 평생의 '직업'을 선택하게 된다. 포르노 여배우가 그렇듯이, 복서 역시 극소수만 '스타' 대열에 오르는 반면 대부분 심신의 퇴락으로 '몸값'이 떨어져 결국 마약과 알코올로 불행한 여생을 보내는 하류층이 되고 만다. 그러나 포르노 여배우와 마찬가지로 복서들의 '도둑맞은 청춘'으로 떼돈을 벌어들이는 스포츠 기획사들은 해마다 자산을 늘리고 있다. 자본주의적 소외로 인한 공격성과 폭력 충동 등 현대적 대중의 변태적 욕망을 충족시켜 주는 링 안에서의 폭력이 실제 생활에서의 폭력으로 이어진다는 현실도 마찬가지다. 권투라는 '공인된' 위치가 많은 젊은이에게 싸움질 잘하는 것이 역시 남성답다는 생각을 심어주기 때문이다. 그들이 텔레비전에서 본 복서들의 '남성다운 행위'를 길거리에서 몸소 재현한다는 것은 다들 아는 사실이다.

물론 경찰제도가 잘 정비돼 있고, 성폭력은 물론 여성의 성을 매매하는 행위까지 범죄로 보는 스웨덴에서 포르노 소비자들이 영화 속의 장면을 실생활에서 재현하기는 쉽지 않다. 그러나 성매매를 국가의 기간산업쯤으로 생각하는 태국까지 안 가더라도, 매춘을 합법화한 네덜란드에 가면 포르노 영화식 욕망을 얼마든지 채울 수 있다. 네덜란드 매춘녀의 상당수가 인신매매로 팔려온 아시아나 동구 출신 현대판 노예라는 사실을 그들이 인식하고 있을까? '인권의 천국' 인 스웨덴의 포르노 영화가 제3세계 여성의 인권을 가장 심하게 유린하는 인신매매를 부추기는 역할을 하고 있는 것이다. 무관심 속에서 제3세계에 대한 범죄가 자행되고 있는 셈이다. 볼프 감독의 명작은 노르웨이 주민만이 아니라 스웨덴과 노르웨이 위정자들에게도 하드코어 포르노의 해악과 반인권성에 대한 돈오(頓悟)를 가져다주었다. 그 영화가 스웨덴과 노르웨이 국회의사당에서 상영된 뒤, 두 나라에서는 포르노의 생산과 소비에 대한 새로운 통제 메커니즘을 마련하기 시작했고, 포르노 여성 출연자의 전업(轉業)을 위한 각종 프로그램을 준비하기에 이르렀다. 그러나 문제는 포르노를 합법화하고 있는 덴마크나 스웨덴은 물론, 성기 이미지의 생산과 소비를 법으로 엄격히 통제하고 있는 노르웨이에서마저도 이미 포르노의 소비가 남성의 성장과정에서 결정적인 요소가 됐다는 것이다.

사실 성에 대한 궁금증으로 가득 찬 십대들은 인도의 『카마수트라』 같은 진정한 고급 교재 대신 '강간을 원하는(?)' 여성에 대한 '즐거운 폭력' 의 이미지를 소비하면서 이성 교제의 묘리를 배운다. 가장 개인적이며 중요한 생활영역인 성생활에서 평등과 사랑보다 폭력을 먼저 배운 그들이 동양 여성이나 제3세계 여성을 대할 때 과연 민주적일까? 볼프 감독이 포르노의 현실을 폭로하고 분석한 뒤 하드코어 포르노에 대한 통제가 엄격해졌다는 것이 인터넷과 열린 국경의 시대에 해결책이 될 수는 없다. 여성에 대한 가혹한 폭력과 차별이 담겨 있는 상업적 이미지가 자본주의적 억압의 일면을 대표한다는 의식이 대중적으로 확산되어야 타인의 불행을 오락으로 삼는 풍토를 개선할 수 있을 것이다.

사냥, 인간이 할 짓인가

관료집단의 부패와 무능으로 망해가던 옛 소련 말년에, 기득권 집단으로 변해버린 공산당 간부층을 좋지 않게 생각하던 사람들은 사냥꾼 복장을 한 채 엽총을 들고 서 있는 그들의 모습을 특히 혐오스러워했다. 어용언론들은 거론하지 않은 이야기지만, 취미로 사냥을 하던 1917년 혁명 이전의 귀족층을 흉내내어 공산당 간부들이 수렵기만 되면 보조원들을 거느리고 곰, 사슴, 늑대 등을 ‘즐기며’ 죽일 수 있는 관영 사냥터에 가곤 했다는 것은 널리 알려진 이야기다.

서민들의 눈에는 민생과 경제를 곤경에 빠뜨린 주범이 초호화 주택과 해외여행 같은 특권도 모자라 죄없는 동물까지 오락 삼아 정기적으로 죽이는 것이 가증스럽기 짝이 없는 모습으로 보인 것이다. 필요도 의미도 없는 살생을 주요 오락으로 삼는 상황이다 보니 희생당하는 동물을 사회에서 독재의 박해를 받는 자유주의자나 반체제 인사와 동일시하기도 했다. 그 당시 장군의 아들이면서도 ‘민중의 양심’으로 불린 블라디미르 브소츠키(시인 · 가수, 1938~1980)는 〈늑대 사냥〉이라는 유명한 노래에서 사냥을 당하는 ‘주인공’ 늑대를 체제의 희생자, 반대자의 이미지로 그렸다.

> 총탄의 비를 맞고 피를 흘리며 우리는 체념했다. *(중략)*
> 피에 젖은 우리의 따뜻한 가죽이 눈을 녹이고 있었다.
> 하느님이 아니라 인간이 시작한 학살극……. *(중략)*
> 숲으로 가자. 뛰어가면 죽이기가 힘들 것이다.
> 빨리 뛰어 새끼들을 살려라!
> 나는 술에 취한 사냥꾼 앞에서 날뛰면서
> 길 잃은 늑대들의 영혼들을 불러모은다…….

죽어가는 늑대의 마지막 울음이자, 압제에 넋을 잃은 민중의 영혼에 호소하는 투사의 독백이기도 하다. 이런 노래를 들으면서 자란 내 세대에게 '사냥'은 적어도 의식 있는 인간이 해서는 안 되는 것으로 각인되어 있다. 노르웨이에 오기 전까지만 해도 나는 환경과 생명에 대한 의식이 비교적 높고 현대판 '귀족층'이 없는 북유럽에서라면 '사냥' 같은 반인륜적인 행위가 없으리라 믿고 있었다.

그 순진한 믿음이 버젓이 엽총을 판매하는 것을 보면서, 사냥 애호가들의 무용담으로 가득 찬 대중잡지를 접하면서, 사냥 애호가 숫자가 늘어나는 것에 우려를 표하는 노르웨이 환경운동가와 만나 이야기하면서 산산이 부서졌다.

물론 '사회 귀족층'이라고 할 만한 계층이 존재하지 않는 노르웨이에서 사냥은 신분 과시 수단으로 기능하지 않는다. 민주·평등 국가이자 숲과 산악지대가 국토면적의 90% 이상을 차지하는 '자연의 나라' 노르웨이에서 사냥은 아무나 즐길 수 있는 '일반 스포츠' 일 뿐이다. 자연관리국이라는 국가기관에 공식 등록한 엽총과 사냥

36만여 명으로 추산되는 노르웨이의 사냥 애호가들. 엽총과 사냥 자격증 소지자의 숫자가 전체 인구의 10%에 이른다.

자격증 소지자의 숫자가 노르웨이 전체 인구의 10%에 달한다는 사실은 사냥의 대중성을 잘 대변해 준다. 또 등록된 '사냥 애호가'의 숫자가 최근 30년 동안 4~5배 가량 늘었는데, 이것 역시 사냥의 대중화 추세를 보여준다.

질서정연한 노르웨이에서는 사냥을 즐기려면 먼저 총기 관리와 사고 방지 등에 대한 시험을 통과해야 한다. 그 뒤 자연관리국에 등록하고 나서 사냥에 나갈 때마다 수수료를 내고 사전 허가를 받아야 한다. 결국 술에 취한 간부가 총기를 잘못 다루어 보조원에게 오발탄을 쏘아대던 옛 소련과는 비교가 안 될 만큼 질서정연하고 안정된 제도지만, 이러한 질서 역시 무고한 동물의 고통과 죽음을 바탕에 깔고 있기는 마찬가지다.

상당수(약 3만 명)의 여성을 포함하여 주로 숙련공이나 고학력 근로자로 구성된 노르웨이 '사냥 애호가' 들이 무고한 도요새나 사슴을 정기적으로 죽이는 것을 이토록 좋아하는 이유는 무엇일까? 인간에게 아무런 위협도 되지 않는 나약한 동물을 죽이면서 어떤 쾌락을 느끼는 것일까? 만성피로에 시달리는 한국에서는 '스트레스 해소용' 이라고 억지로 둘러댈 수 있을지 모른다. 그러나 세계 최고의 노동환경과 깨끗한 공기, 최저의 실업률을 자랑하는 노르웨이에서 '스트레스' 를 거론하기는 어렵다.

노르웨이 '사냥 애호가' 들의 이야기를 들어보면, 그들을 숲 속으로 이끄는 것은 일종의 '권력 체험' 요소다. 도심사회에서 일상적인 규범을 지키며 평범하게 살아가던 사람이, 평등한 사회에서 그 누구에게도 목청을 높이지 못하던 사람이, 숲 속에 들어가기만 하면 스릴감과 함께 절대권력을 휘두르는 군주로 변한다는 이야기다. 평등을 지켜야 하는 시민에 불과하던 사람이 갑자기 동물의 생사여탈권을 지닌 절대군주가 되는 것이다. 민주사회의 주인이 될 수 없었던 사람이 총기의 위력에 힘입어 잠깐이나마 자연의 '주인' 이 되는 것이다.

'사냥 애호가' 들의 말로는, 이와 같은 '권력 체험' 은 인간의 가장 깊은 본능에서 비롯된다고 한다. 이 '권력 체험' 이 인간에게 필요한 에너지를 보충해 준다는 이야기를 별 부끄러움 없이 대중매체에서 할 수 있다는 것은 문명의 외피 밑에 숨겨져 있는 야만의 '기저' 가 얼마나 두꺼운지 극명하게 보여준다. 다른 인간 위에 군림할 기회가 없자 동물 위에라도 군림하려는 인간이 기회만 주어진다면 다시금 인간 위에 군림할 것은 명약관화하다.

요즘 전례없이 많아진 노르웨이 남성과 제3세계 여성의 국제결혼에 대한 사회학적 설명 중에 '권력본능'과 관련된 설명도 있다. 모든 국제결혼을 이렇게 일반화할 수는 없지만, 노르웨이 남녀간의 결합이 상대적으로 평등한 데 반해서 노르웨이 남성과 소득 수준이 낮은 지역 출신 여성의 결합을 '시혜 · 지배'의 관계로 해석하여 '시혜자 · 지배자'처럼 행동할 가능성이 많다는 지적이다. 한마디로, '사냥의 쾌락'에서 보이는 현대 북유럽인의 '숨겨진 야만성'이 다른 무력한 대상에 대하여 또다른 형태로 분출될 수 있다는 것이다.

그래도 조금이나마 위안을 주는 것은 사냥의 대중화와 함께 동물권(animal rights) 보호 운동도 차차 인기를 얻고 있다는 사실이다. 동물권 보호 운동가들을 총망라한 노르웨이 동물보호연맹(http://www.dyrebeskyttelsen.no/)은 가혹한 종류의 동물 실험을 포함하는 연구의 금지와 농장에서의 동물에 대한 잔혹행위 근절 등을 주요 현실적 목표로 삼아 활발하게 활동하고 있다. 동물권 보호 운동의 최종 목표가 '사냥'의 전면 금지라는 것은 두말할 필요도 없다. 그러나 현재 노르웨이의 동물권 보호 운동가는 1만 명을 넘지 못한다. 그들이 36만 명에 달하는 '사냥 애호가'와 전체 국민의 약 70%에 달하는, 사냥을 '건전한 스포츠'로 여기는 사람들을 설득해 사냥 금지를 이루어낼 수 있는 날이 과연 언제쯤 올 것인가? 그날이 오기 전까지 얼마나 많은 동물이 뜨거운 피로 눈을 녹여야 할 것인가? 지금 이 순간에도 나약한 노르웨이 동물들은 쾌락을 느끼려는 '사냥 애호가'의 희생양이 되고 있다.

동물원, 무죄의 종신형

학술회의 참석차 독일의 수도 베를린에 들르게 되었을 때, 명성이 전세계적으로 자자한 베를린 동물원을 방문한 적이 있다. 1840년대에 건립한 베를린 동물원은 이후 미국, 러시아, 일본 같은 후발 자본주의 국가 동물원의 모형이 되기도 했고, 규모도 세계 최대다.

그러나 내 눈으로 본 그 동물원은 생각과는 다른 모습이었다. 물론 사람들은 즐기고 있는 듯 보였다. 하지만 어른들의 눈요기나 신기한 동물에다 손가락질하는 아이들의 쾌락을 위해서 아프리카와 아시아, 남미의 고온다습한 고향에서 춥고 건조한 유럽으로 강제로 옮겨온 동물들의 불편함과 고통이 새삼 피부에 와닿았다. 밀림과 초원에서 몇십 제곱킬로미터를 활동공간으로 삼는 코끼리나 사자가 몇십 미터도 안 되는 우리 안에서 평생 지내야 하고, 온갖 화학약물이 들어 있는 먹이를 먹고, 어른들과 끝없이 귀찮게 하는 어린이들을 대하는 것이 과연 작은 스트레스일까?

기린이나 사자, 고릴라의 피곤하고 생기 없는 행동을 보노라면 기후와 음식에 적응하지 못한 데다 만성적인 스트레스로 인해 일종의 신경병을 앓고 있는 듯 보였다. 그런데 가장 놀라운 것은 독일 청소년들의 견학 모습이었다. 그들은 대부분 고릴라나 침팬지에게 주먹질을 하거나 위협하고 놀라게 하는 행동을 하며 즐거워했다. 주위의 어른들도 무관심한 동물의 주의를 끌기 위해 자녀들과 함께 부지런히 노력(?)하고 있었다. 그렇지 않아도 괴로운 나날을 보내는 동물을 괴롭히기까지 하다니……. 그들이 며칠이라도 '바꿔서' 그 우리에서 생활해 보았으면 하는 생각이 들었다. 아무 죄 없이 '종신형'을 받고 매일 놀림감이 되어야 하는 생활을 해보면 동물원에 갇혀 살아가는 희생자들의 처지를 알 수 있지 않겠는가.

그러면 부모들이 아이를 거의 의무적이다시피 데려가는 동물원의 기원과 문화사적 배경은 과연 무엇인가? 동서고금을 막론하고 군주·귀족들은 언제나 신기하고 이국적인 동물들을 일종의 '위신재(威信財)' 삼아 과시적으로 기르곤 했다. 그러나 제국주의 시대인 19세기에 유럽 열강과 일본이 앞다투어 설치한 현대적 동물원들은 과거 왕실들의 이국 동물 '컬렉션'과 질적으로 달랐다.

첫째, 전세계와 무역을 해서 자본을 축적한, 세계의 '주변부'로 전락한 비(非)구미 지역을 식민지 통치하는 '열강'들은 무엇보다 전 지구의 주요 동물을 체계적으로 수집·전시하는 데 초점을 맞추었다. 유럽 제국주의가 '세계성'을 과시했듯이, 그 상징인 동물원도 빠짐없이 '주요 동물'을 만천하에 보여주어야 했다. 세계를 침략한 나라답게 허영심의 대가는 말할 것도 없이 낯선 유럽에서 고통의 나날을 보내다가 외롭게 숨진 무수한 열대·아열대 동물들의 목숨이었다.

둘째, 동물원은 '과학적인' 동물학의 중심지가 되어야 하며, 동물학 '교육'을 책임져야 한다. 과학적인 현대 무기로 지구를 정복한 제국주의자들은 무소불위의 '과학적 지식'이 자신들의 전유물이자 뒷받침이라는 것을 과시하기에 바빴다.

셋째, 현대식 동물원의 대중화는 일반인 관람객이 이국적인 동물의 포획·운송·사육을 가능케 한 제국주의적 국가와 '과학'의 위력을 실감하게 함으로써 이국적인 동물을 포획할 수 있는 배경인 세계 '주변부'에 대한 식민지 지배를 당연시하게 만드는 역할을 한다. '주변부' 민족의 문화를 '과학적'으로 파악하여 식민지 지배를 합리화했던 '민속학'이나 '세계 민족' 박물관과 함께, '주변부' 동

동물원 제도의 폐지를 요구하는 한 단체의 포스터.

물에 대한 '과학적 파악'을 의미하는 동물원은 제국주의 시대의 핵심 기관이었다. 동물원이 '백인종의 위엄'과 '국위 선양'을 의미하던 제국주의의 황금시대인 19세기보다는 덜하지만, 지금도 베를린 동물원을 찾는 독일 학생들과 아이들은 아프리카 · 아시아 동물을 독일까지 운송한 자기 나라의 힘을 알게 모르게 배우게 된다.

'생물학 교육 기능'을 존재 이유로 내거는 동물원은 사실상 제국주의의 전통대로 의식적으로든 무의식적으로든 '민족적 · 국가적 긍지'를 주입하는 기관이기도 하다. 이와 같은 '숨겨진 기능'이 없었다면, 요즘과 같이 환경의식이 고조되는 시대에, 녹색당이 집권 여당이 된 독일에서 동물원이라는 제국주의적 '동물 감옥'이 과연 국고 보조금을 계속 받을 수 있었을까?

독일을 위시한 유럽의 '주요 국가(영국, 프랑스, 러시아 등)'들은 '국위의 상징'인 대형 동물원을 이미 18~19세기에 설치했다. 그러나 당시 유럽의 '변두리'이던, 1905년이 되어서야 독립을 얻은 노르웨이는 1960년대까지 대형 동물원 설치를 꿈도 꾸지 못했다. 내

178

세울 만한 '국위', 제국주의적 '대국의식'이 없었다는 것도 중요한
요인이었다. 그러나 1960년대에 생기기 시작한 노르웨이 동물원들
은 공교롭게도 노르웨이가 산유국(産油國)이 되어 '오일달러'의 유
입이 본격화된 1970년대부터 상당히 대형화됐다. 그중에서도 관람
객이 가장 많은 노르웨이 남부 크리스티안산(Kristiansand) 시의 동
물원은 면적이 매우 넓고 동물의 종류도 아주 다양하다.

1970년대와 1980년대의 '동물원 붐'은 기본적으로 부유해지고
여유가 생긴 노르웨이 도심사회의 휴식·오락 욕구에 따른 현상이
었다. 게다가 노르웨이의 동물원들은 환경운동가들의 비판을 의식
해 기존의 '감옥형' 동물원을 답습하지 않았다. 오히려 크리스티안
산 동물원은 비판자들의 의견을 부분적으로 수렴해, 동물 우리를
아예 짓지 않고 반대로 관람객이 다니는 오솔길을 담 같은 시설물
로 보호했을 뿐이다. 잡혀와 고통받는 동물에게 자연상태와 똑같은
활동공간을 주지는 못해도 적어도 고통만큼은 줄이자는 의도였다.
어쩌면 당연한 발상이다.

최근에 단순한 동물원이라기보다 종합 오락공원의 면모를 띠는
크리스티안산 동물원에서 아이들의 관심을 끄는 부분은 동물 그 자
체가 아니라 갖가지 연극과 게임, 실내 수영장과 디즈니랜드를 방
불케 하는 최첨단 오락시설 등이다. 텔레비전·비디오·인터넷 등
을 통해 희귀한 열대동물을 언제든지 볼 수 있는 세상이 와 동물 전
시의 오락적 가치가 떨어지고 있는 것은 다행이 아닐 수 없다.

그러나 크리스티안산 동물원처럼 선진적인 동물원에서도 무죄의
종신형 죄수, 동물들의 고통은 마찬가지다. 잡혀온 동물은 모두 한
동물 가족의 소중한 구성원이다. 우리는 텔레비전에서 동물 가족을
지켜보며 흐뭇해 하면서도, 동물 포획이 얼마나 비극적인지는 생각

하지 못한다. 크리스티안산 동물원으로 운송하는 과정에서도 동물들은 약물주사를 맞곤 한다. 활동면적이 아무리 넓다 해도, 밀림이나 초원의 정신적·활동적 자유와 비교할 수는 없다는 뜻이다.

　기업체(주식회사)인 크리스티안산 동물원은 원숭이와 낙타 등이 낳은 2세들을 외국 동물원에 팔아 이윤을 좀더 많이 남기려 한다. 그러다 보니 팔리지도 않고 전시하지도 못하는 2세들을 약물주사로 죽이는 일이 다반사로 일어난다. '종신형'이 '사형'으로 이어지는 셈이다. 결론적으로, 크리스티안산 동물원과 같은 최신식 동물원들이 아무리 모범적인 시설을 갖추었다 해도, 그것 역시 기존 동물원의 부정적인 관습이 상당 부분 그대로 남아 있는 '고급 감옥'일 뿐이다. 그리고 설령 약물주사나 임의적 살해 등을 비롯하여 부정적인 관습이 없어진다 해도, 인간의 욕구를 채우기 위해 동물의 자유를 일방적으로 또 폭력적으로 박탈하는 것을 합리화할 수는 없다. 인간이라는 동물이 더 강하고 똑똑하다 해서 더 약한 동물에게 죄를 저지를 권리는 없다. 봉건시대의 군주와 귀족들이 과시적으로 사치를 일삼던 전통을 그대로 이어받은 제국주의적 '과학성'의 상징인 동물원의 존재는 인간의 야만성이 불멸한다는 것을 증명해 줄 뿐이다.

두들겨패야 잘한다?

　한국에서 러시아어를 가르칠 때의 일이다. 학생 중에 러시아어를 복수 전공하는 체육대학 여학생이 한 명 끼어 있었다. 그 학생이 체대생이란 사실을 나중에 알았지만, 처음부터 다른 여학생들과는 태도가 달라 눈에 띄었다. '깍듯이' 예의를 차리고 씩씩하게 절하는 모습이 예비역 같은 느낌을 주었기 때문이다.

한 번은 토론식 수업을 할 때 "학교 생활에서 가장 큰 애로사항이 무엇이냐?"는 질문을 던진 적이 있었다. 대다수 학생들이 취직난과 각종 '아르바이트'의 극단적인 노동 착취 때문에 겪은 고충을 러시아어로 토로했다. 그런데 그 체대 여학생은 완전히 색다른 이야기를 꺼냈다. 그녀를 가장 힘들게 하는 것은 바로 '교수와 조교, 선배들의 무자비한 폭력'이었다.

"교수나 코치가 어떻게 여학생을 때릴 수 있냐고요? 성적이 부진하거나 게임에 나가서 지면 터지도록 때려요. 남녀 구별이 따로 없어요. '두들겨패야 잘한다'는 말은 명언이지요. 우리는 사실 채찍을 맞는 말이나 소와 차이가 없어요. 훈련 때 교수나 코치가 선배들을 시켜 정규적인 폭력을 명령할 때면 몸서리가 쳐져요. 처음에는 전혀 그렇지 않던 선배들도 그렇게 후배들을 자꾸 패다 보니까, 성격도 시선도 완전히 달라져요. 점점 코치를 닮게 되는 거죠. 제 인생 계획이 무엇이냐고요? 그냥 끝까지 꾹 참고 졸업한 뒤에 스포츠와 인연을 끊으려고요. 사실은 외국 나가서 안 돌아오고 싶어요".

그녀의 목소리는 흥분으로 떨리고 있었다. 그렇다고 그녀가 비분강개하는 어투나 단죄하는 어투로 말한 것도 아니었다. 그것은 마치 긴 한숨으로 들렸다. 체벌을 '가장 효과적이고 교육적인 통제수단'으로 보는 체육대학의 교직원들, 그 교직원을 닮아가는 선배들……. 이 동문의 '카르텔' 앞에서 그 여학생 혼자 맞서서 저항한다는 것은 꿈도 꾸지 못할 일이다. 그녀가 생각하는 유일한 방안은 '도피'다. 스포츠와 체벌을 당연시하는 사회에서는 그 길이 가장 현실적일 것이다.

체육 관련 대학은 물론이고, 프로 스포츠, 실업팀에서도 체벌은 가장 흔한 그들만의 소통수단이다. 그것은 스포츠에서 선수 개인의 인격을 존중하고, 코치와 선수의 관계를 평등한 것으로 간주하는 구미 지역이나 현재의 동유럽에서는 상상하기조차 어려운 일이다. 그러나 우리의 현실은 어떤가. 선수의 허벅지에서 멍든 흔적을 찾는 게 그리 어렵지 않다. 예외적으로 폭력을 내부 고발하는 선수들이 관련 분야에서 '파문(破門)'을 당해도 사회에서 이렇다 할 만한 파장이 일어나지 않는다.

스포츠계의 폭력을 이토록 오랫동안 묵과할 수 있는 집단심리는 무엇인가? 스포츠를 오랫동안 '국위 선양'의 수단, 선수를 '국가의 전사'로 생각해 온 탓에 무의식적으로 스포츠와 군대를 동일시하게 되어, 군대의 폭력이 스포츠계에서 재현되는 것을 당연시하게 된 것인가? 아니면, 대학 스포츠의 경우 대부분이 어려운 가정 출신이므로, 장학금을 받고 학교에 다니는 학생 선수들을 일종의 '수혜자'로 파악해 그들의 인권은 무시해도 된다는 논리인가? 아니면, 전근대적인 가족주의 논리에 따라 코치를 '가장'으로, 선수들을 '아이들'로 파악하여 '남의 집 어른이 아이들을 다스리는', 그야말로 '남의 집안 일'로 보는 것인가? 사회가 무관심으로 일관하는 주된 원인이 무엇이든, 폭력이 폭력을 당하는 사람들의 인성에 미칠 영향은 상당하며, 나아가 사회에 미칠 부정적인 영향 또한 무시할 수 없다.

정글에서 숨죽인 아이들

7년 전 몇 개월 동안 한국에 머물 때, 학교폭력 추방 캠페인의 시초를 지켜볼 수 있었다. 그때까지 끔찍한 사건이 일어나지 않는 한 학교폭력 문제를 '아이 장난' 쯤으로 취급해 온 '주류 언론'이 갑자기 '왕따' 현상에 대한 기사를 집중적으로 내보내기 시작했다. 텔레비전에서 피해학생들과 가해학생들의 이야기가 처음 들리던 그때 '왕따'라는 말이 인기 신조어로 떠올랐다. 학교마다, 동네 도서실마다 '폭력 추방'을 호소하는 똑같은 스티커가 동시에 눈에 띄기 시작했다.

나는 국가가 동원할 수 있는 매체의 힘과 행정력에 새삼 놀라지 않을 수 없었다. 그러나 한편으로는 역사적 전환기를 지켜보고 있다는 느낌이 들기도 했다. 그때까지 학교에서 일어나는 폭력을 비롯하여 모든 억압·지배 관계를 '아동기 체험의 일부분'으로, 당연한 사실로 받아들여온 한국이 1960년대 말과 1970년대에 서구·미국·일본이 그런 것처럼 국가와 사회의 힘을 이용해 아동 사이의 불평등한 '역학관계'를 해체하는 데 착수했다는 것은 분명히 역사적인 사건이었기 때문이다. 아동 사이에서 나타나는 폭력·위계 질서에 대한 한국의 국가·사회의 태도가 비로소 핵심부 국가들의 태도와 비슷해진 것이다.

계급사회의 사회화(socialization) 기관인 학교에서 나타나는 '비공식적인' 힘의 위계질서와, 사적인 힘과 폭력의 사용은 그야말로 세계사적으로 보편적인 현상 중에서도 가장 흔한 현상이다. 계급분화가 일어나지 않은 사회(예를 들면 대부분의 아메리카 원주민 사회들)에서는 아동들의 사적인 폭력이 그다지 두드러지지 않은 반면, 계급사회에서는 아동기 때부터 힘을 바탕으로 한 '위계질서의 형성'이라는 현상이 나타난다. 다른 지역에 비해 비교적 비폭력적이었던 한국 중세의 양반문화에서도 '왕따 현상'의 흔적을 찾아볼 수 있다. 예컨대, 패설문학에서 학우들의 등쌀과 야유에 기가 죽어 평생 출세하지 못한 '인기 없는' 유생의 불운한 이야기를 꽤나 볼 수 있다.

그러나 유럽과 미국—특히 제국주의의 성장기인 19세기에—의 학교에서 나타난 폭력을 바탕으로 한 '위계질서화'는 그 사회적 보편성이나 강도에서 한국이나 중국과 비교하기조차 힘들 만큼 대대적인 현상이었다. 사회는 이 현상을 '아동기의 당연한 체험', 즉 '사회화 과정의 필수적인 부분'으로 인식하여 근절을 시도하기는커녕 오히려 문학작품 등을 통해서 '낭만화'하기까지 했다. 19세기 유럽 국가와 미국의 사관학교에서는 선배가 후배들을 폭력적으로 지배하는 것이 불문율이자 '자랑스러운 미풍양속'이었다. 각국의 군 당국은 이를 군에서 습득해야 할 위계질서의 '예비 학습'으로 인식해서 장려하기까지 했다.

군사기술 학교를 졸업한 도스토예프스키는 힘이 약하거나 부모가 가난한 후배를 무자비하게 폭행하는 장면을 지켜보면서 신앙만이 억제할 수 있는 인간의 본성, 즉 폭력성이라는 '원죄'에 대해 처음으로 생각하게 됐다고 한다.

일반 학교에서도 약육강식을 찬양하고 장려하는 사회진화론의 영향으로 아이들 사이에서 벌어지는, 힘을 바탕으로 한 '질서 잡기'를 '생존투쟁'의 하나로 간주하여 필연적이며 긍정적인 현상으로 받아들였다. 폭행을 당한 아들에게 권투를 배우게 해 결국 주먹이 강한 '적대자'를 때려주게 하는 '현명한 아빠'는 그 시대 유럽 문학에 자주 등장하는 주인공의 한 유형이었다. 즉 사회가 학교폭력의 근절을 시도하기는커녕 그 현상을 이용해서 힘과 담력을 연마하라고 권한 것이다.

폭력의 희생자에서 폭력의 주체로 '변신'하지 못하는 아이는 공공연하게 '낙오자', '부적자(不適者)'로 낙인 찍혔다. '주먹이 강한 아이'가 폭력을 휘둘러 '지위'를 얻는 것을 당연하게 받아들인 당시 유럽 사회에서 전쟁과 식민지 침략을 비판적으로 생각하는 사람이 소수에 지나지 않았다는 것이 과연 우연의 일치였을까? 미국과 서구에서 학교폭력 현상에 대한 대대적인 반성과 사회 차원의 근절 노력이 본격화한 것이 베트남 전쟁 반대운동이 한창이던 1960년대 말에서 1970년대 초라는 사실이 과연 우연일까? 물론 미국과 서구에서 학교폭력 근절 운동을 촉발한 것이 반전 분위기만은 아니었다. 민주화를 지향하는 진보진영이 학교에서의 폭력적인 '위계질서'가 민주·평등의 이상과 얼마나 크게 어긋나는지를 절감했다는 것도 중요하다.

몇십 년 전만 해도 피해자를 멸시하고 가해학생을 거의 '이상형'으로 취급하던 유럽과 미국 사회가 뒤늦게나마 약한 아이들에게 도움의 손실을 내민 것은 고무적인 일이 아닐 수 없다. 문제는 1960년대 말에서 1970년대 초의 다른 민주화 정책처럼, 학교폭력 근절이 아직까지 본격화하지 못했다는 사실이다. 계급사회의 불평등과 정의 부재가 가장 아프게 느껴지는 유럽 대도시의 빈민가에서는 '정글의 생존법칙'이 지금도 몇십 년 전처럼 효력을 발휘하고 있다.

세계에서 빈부 격차가 가장 작고, 복지정책이 가장 철저한 노르웨이만 해도 그렇다. '미시적인 차별', 곧 사회의 괄시와 인정 부족에 시달리는 이민자들이 밀집해 사는 오슬로 변두리 몇몇 동네는 청소년들의 폭력 때문에 한밤중에는 외출을 삼가야 할 정도다. 몇십 년 전에 본토인들이 살던 빈민가의 똑같은 풍토는 당연시하면서도 이민자 동네에서 만연한 아동폭력을 반(反)이민 선전의 근거로 삼는 우익정객들의 추태를 지켜보면 쓴웃음을 금할 길이 없다.

그러나 노르웨이를 비롯한 유럽 여러 나라의 학원 실태와 그 동안의 대책은 폭력 수준과 수법이 차츰 악질화하고 있음을 보여준다. 신자유주의의 철저한 도입으로 사회적 불평등이 가장 첨예화한 영국에서는 "여러 신화 중에서 폭력과 집단따돌림(bullying)이 없는 학교가 있다는 말이 가장 비현실적"이라는 말이 교육계의 상식으로 통할 정도로 문제가 심각하다. 여러 여론조사에 따르면, 70~75%의 학생이 폭력이나 따돌림을 한 번 이상 당했으며, 약 20~25%가 계속 피해를 당하고 있다고 한다. 1년에 10~12명의 학생이 폭력과 따돌림 때문에 자살(bullycide)을 감행한다는 것은 이 끔찍한 현상과 관련된 통계 중에서 가장 가슴 아픈 숫자다. 계급적 불평등이 덜 심한 노르웨이에서도 폭력 피해 유경험자는 약 45~50%, 지속적인 피해자는 약 15~17%로 추산된다. 중세적인 고문을 방불케 하는 영국식 폭력에 비해, 놀리기·상징적 인격 모독(침뱉기 등) 중심인 노르웨이의 교내 따돌림 형식이 덜 악질적이라 해서, 최근 들어 따돌림으로 인한 자살사건이 터지지 않았다고 해서 수년 동안 손가락질과 놀림을 당해온 어린 학생의 상흔이 치유되겠는가?

그러나 노르웨이를 비롯한 유럽 여러 나라가 학교폭력의 추방에 성공하지는 못했어도, 몇십 년 동안 대책을 마련하는 과정에서 쌓인 경험은 참고할 가치가 있을 듯하다. 그 대책들이 전체적인 피해 규모를 획기적으로 줄인 것은 아니지만, 몇 사람이라도 폭력의 지옥에서 구제해 주는 것이 중요하지 않겠는가?

첫째, 피해자의 개인적인 비극을 사회 전체의 아픔으로 승화하는 것이다. 노르웨이에서는 교육부나 아동 옴부즈맨 앞으로 보낸 피해자의 피해 진술을 주요 신문에 그대로 실어준다. 멸시, 짓밟힘, 욕설에서 벗어나기 위한 절규들은 교사와 학부모의 주의를 폭력문제로 돌리기도 하고, 교내 자치기관인 학생협회의 토론사항이 되기도 한다. 학교의 세 주체인 교사·학부모·학생이 함께 학교의 분위기를 반성한 결과 상태가 호전되는 경우도 있다.

둘째, 업무량에 짓눌린 담당교사들이 은밀한 폭력과 따돌림을 빨리 감지하지 못하는 것은 늘 있는 일이다. 피해학생의 진술을 직접 듣는다고 해도 무관심과 요식적인 언행으로 일관하기 쉽다. 즉 폭력근절 의지를 관철하려면 학교마다 폭력문제 전담 상담원을 두어야 한다. 노르웨이에서는 양심적 병역거부자들을 대체복무의 일환으로 각급 학교의 폭력방지 전담요원으로 배치하는 것이 관례다.

셋째, 교장 등 학교의 행정 담당자들의 폭력문제에 대한 의식을 높이고 무관심의 벽을 허물기 위해 '폭력·따돌림 방지 의무'를 법으로 명문화해야 한다. 피해학생이나 학부모들이 '직무유기'를 이유로 학교에 대한 소송을 손쉽게 할 수 있으면 학교 관계자의 태도도 많이 달라질 수밖에 없다. 가장 중요한 것은 교육법이나 각급 학교의 교칙이 노골적인 폭력뿐만 아니라 '언어적 괴롭힘'까지도 폭력으로 인정하는 것이다. 이는 교육계뿐 아니라 전사회의 과제인 '학교폭력 근절'을 완수할 수 없다고 해도, 상당수 피해학생들의 고통을 덜어주는 길이 될 것이다.

'살육 거부'의 역사를 쓰자

계급사회의 지배체제가 생산하고 강요하는 허위의식 중에서 가장 위험하고 유해한 것이 지배층을 위한 대량 살육(이른바 전쟁) 위주로 꾸며낸 '제도권 역사'가 아닌가 싶다. 학생들에게 강요하는 교과서나 시청자들에게 강요하는 텔레비전의 역사 프로그램에서, 모든 국민에게 강요하는 국경일의 명칭과 내용에서 해당 국가가 이긴 전쟁을 우리 모두의 명예로 추켜세우고 자국이 패한 전쟁을 수모로 여기는 풍경은 세계 어디에서나 볼 수 있다.

물론 전쟁에 대한 죄의식을 국시로 삼는 독일과 같은 고무적인 예들도 있지만, 아직은 예외일 뿐이다. 나 역시 역사를 공부하는 탓에 대량 살육을 역사의 주요 내용으로 긍정한 제도권 사학에 대해 일종의 공동 책임을 느끼지 않을 수 없다. 책임은 무엇보다 반성과 개선의 의지를 불러일으킨다. 그러면 과연 우리가 살육을 예찬하지 않는, 국가가 악용할 수 없는 역사를 생산해 낼 수 있을까? 쉽지는 않겠지만, 한국의 각급 학교에서 가르치는 국사의 경우에는 '애국과 국방 중심'의 역사에서 좀더 평화·민중·문화 중심적인 '관용과 공존'의 역사로 무게 중심을 이동하는 것이 충분히 가능하다고 본다.

예컨대 단명한 수나라(581~618)를 고구려의 숙적이나 살수대첩의 패배자로만 그릴 필요가 있을까? 물론 수나라와 고구려 지배층 사이의 충돌이 역사에 지대한 영향을 끼친 것은 사실이다. 그러나 수나라에서 꽃핀 천태종이 대략 그 시기부터 한반도에서 들어와 한국 땅에 법화(法花) 신앙의 뿌리를 내린 것을 다루지 않을 이유가 어디에 있는가? 한국사는 수나라와 고구려 사이의 대량 살육을 유

도하는 데 일조한 '걸사표(乞師表, 수나라 군대를 보내달라는 부탁 편
지)'의 저자인 신라 승려 원광(圓光)이나 대량 살육의 승리자 을지
문덕 등 살육에 직간접적으로 관여한 지배층의 구성원은 역사의 영
웅으로 만들면서, 묵묵히 일반 백성들 사이에서 참선과 착한 일을
행하는 법을 가르친 백제의 현광(玄光) 같은 평화로운 민중 승려는
잘 언급하지 않고 있다. 이러한 역사가 학생들에게 어떤 의식을 심
어주겠는가?

역사가 취사선택과 해석의 기술인 만큼 지배층을 위한 애국적인
살육보다 민중 사이에서 평화로운 의식과 신앙이 성숙해 가는 과정
을 주요 내용으로 택하면 의식 있는 시민사회를 만드는 데 훨씬 도
움이 될 것이다. 세계사의 경우, 16세기 이후 자본주의의 건설·발
전·위기의 역사가 대량 살육의 역사이자 살육 거부의 역사였음을
간과해서는 안 된다. 거부자들이 소수였다 해도, 그들은 우민화를
주도한 사람들이 인식조차 하지 못했던 대다수 민중의 진정한 이해
관계를 대변했다.

17세기……. 신생 자본주의 입헌국가(네덜란드, 영국)와 절대왕권
(프랑스, 스페인) 사이에 무역 패권을 둘러싼 다툼이 점차 심해져가
고 식민지적 약탈의 규모도 차차 거대화한다. 독일에서는 신·구교
양쪽 군주들 간의 싸움이 국제화되어 독일 일부 지역의 인구를 절
반 가까이 감소시킨 이른바 30년 전쟁이라는 미증유의 대량 학살이
진행된다. 한마디로 자본주의의 발전은 유럽 안에서의 국가 폭력과
유럽 밖으로 향한 야만적인 학살·약탈 행위를 배가한 셈이다.

그러나 온갖 폭력의 도가니가 돼버린 17세기 유럽에서 모든 종류
의 폭력을 완강히 거부한 민중들의 종교적 운동이 점차 확산된다.
재침례교(Anabaptism), 퀘이커교(Quaker), 메노교(Mennonites) 등

폭력 진영과 비폭력 진영이 전세계적으로 부딪친 제1차 세계대전의 참화. 화가 존 싱어 사전트의 작품이다.

일부 민중적 신교 교파들의 신도들은 교수대에 오르면서도 국가적 폭력에 참여하기를 완강히 거부한다. 점점 더 많은 피를 강요하던 초기 자본주의 세계를 그들은 예수의 사랑으로 정화하려 한 것이다. 많은 경우 유럽의 구대륙에서 불온분자로 낙인 찍힌 그들은 이민이라는 신념의 대가를 치러야 했다. 그러나 북미주로 이민 갔다고 해서 문제가 해결된 것은 아니었다. 인디언들을 학살하여 백인이 개척할 땅을 만드는 과정에서 민병대(militia)에 참가하기를 거부하던 비주류 민중 교파 신도들은 보이콧과 구타, 강제 추방 등 갖가지 박해를 받아야만 했다. 그들이 폭력과 맞서 벌인 투쟁은 고통스럽기 짝이 없었지만, 결국 자본주의의 국가적 살육을 부정할 수 있

"해치우자"고 소리치며 전선으로 나아가는 프랑스 병사를 그린 제1차 세계대전 전시 공채 구입 포스터. 대량 살육을 긍정한 역사는 이제 거꾸로 써야 한다.

는 자유의 기반을 만들어주었다.

18세기……. 인권이라는 용어를 대량으로 유포한 1789년의 프랑스 대혁명은 서구 역사상 최초로 철저한 징병제를 실시함으로써 커다란 아이러니를 남기고 만다. 신생 부르주아 국가에서는 다른 사람을 죽이지 않을 권리를 인권으로 인정하지 않았다. 마찬가지로 그 전의 미국혁명(1775~1783)의 전개과정에서는 양쪽 어디에도 서지 않고 살인에 참여하기를 거부한 비주류 교파 신도들이 지속적인 박해를 감수해야 했다. 미국 초기 국회에서는 양심적 병역 거부에 대한 언급을 헌법의 제2 수정조항에 포함하자는 제안이 기각당하고 만다. 새로 틀을 잡아가던 부르주아 국가의 질서 속에서 양심적 폭력 거부의 위치는 극히 불안하고 좁았다. 그러나 폭력을 거부하고 자유를 향해 나아가려는 민중의 의지는 이어진다.

19세기……. 전 지구의 노예화 프로젝트를 성공적으로 수행해 가던 유럽의 열강들은 19세기 말에 접어들면서 극단적인 국수주의·군국주의 경향을 띤다. 그러나 자본주의와 살육방법의 발전과 함께 반대의 목소리들도 강해진다. 미국의 문호 소로(H. D. Thoreau, 1817~1862)도, 개인의 영성과 무소유 위주의 새로운 기독교를 지향했던 러시아의 문호 톨스토이(L. N. Tolstoi, 1828~1910)도 식민지적 약탈과 살육, 군국주의적 애국주의를 비판하고 양심적인 병역 거부를 이상적인 해결 방법으로 생각했다. 부르주아 국가를 부정하거나 회의적으로 생각하는 무정부주의자와 사회주의자들도 전쟁 참가를 거부했다. 대량 폭력을 통해서 자신들의 위치를 유지하려는 기득권 세력과 일체의 폭력을 부정하려는 민중세력 사이의 전선이 점차 분명해지고 있었다.

20세기……. 폭력 진영과 비폭력 진영이 처음 전세계적인 규모로 부딪치게 된다. 자본가와 관료들의 이익을 위해 3,800만 명의 사람들(현재 남한의 총인구에 해당하는 수)을 온갖 방법으로 죽이거나 불구자로 만든 제1차 세계대전 때, 입영을 거부한 평화주의자들은 모든 참전 국가의 공적이었다. 프랑스 즉석 재판에서 사형을 선고받고, 미국에서 옥고를 치르다 죽고, 영국에서 투옥돼 사회에서 생매장당한 그들은 야만의 시대에 야만인이 되기를 거부한 진정한 인간들이었다. 전쟁 히스테리로 정신을 잃은 구미 사회의 밑바닥으로 떨어질 수밖에 없었던 그들의 고생은 결국 민중투쟁으로 결실을 맺을 수 있었다.

1920년대와 1930년대에 걸친 간디의 인도 독립운동, 1960년대에 마틴 루터 킹 목사가 주도한 흑인 차별 철폐 운동, 현재의 티베트 독립운동 등으로 대표되는 중심부·주변부 민중의 비폭력적인 해방운동은 도덕적 헤게모니를 착취자나 억압자로부터 **빼앗아오는** 데 성공한다. 대영제국과 미국의 패권주의, 중국의 국가주의적 유사 사회주의의 폭력적 본질이 적나라하게 드러난 것이다. 제2차 세계대전 때 미국의 양심적 병역 거부자 1만 2,000여 명이 끌려간 수용소(CPS: Civil Public Service camps)들은 결국 흑인 차별 철폐 운동의 온실이 되었다. 1991년의 걸프 전쟁 때도 2,500명 정도의 미국 군인들이 양심적인 참전 거부 권리를 행사했는데, 이는 신식민주의적·자본주의적 폭력과 민중의 비폭력적인 양심의 대립이 아직 끝나지 않는다는 것을 보여준다.

새로운 유혈을 준비하고 있는 미국이 한반도를 다시 전장으로 만들 수도 있는 지금, 인간이 역사를 만드는 만큼 역사도 인간을 만든다는 사실을 기억해야 할 때다. 과거 지배층의 대량 살육에 대해 무비판적으로 배운 젊은이는 또다시 살육의 장으로 쉽게 끌려갈 수 있다. 반면 지배층의 폭력과 '밑으로부터'의 비폭력적인 해방적 저항이라는 세계 역사의 진면목을 아는 사람이면, 손쉽게 미군의 총알받이가 되지는 않을 것이다. 역사를 공부하거나 가르치는 사람들, 아이를 키우면서 역사를 이야기해 주는 우리 모두 깊이 생각해 볼 일이다.

테러리즘을 보는 또다른 시각

이슬람의 이광수, 루시디

영국의 역사학자 토인비의 사관에는 '도전과 응답'이라는 도식이 중심에 놓여 있다. 각 문명권은 역사의 전환기에 내부적 모순이나 외부 세력의 '도전'을 받게 돼 있고, '도전'의 형태·심도·규모와 자신의 능력에 따라 '응답'을 제시한다는 논리다. 그 논리에 따르면, 사회현상들의 의미와 인과론적인 뿌리를 내외부적 상황의 '도전'에서 찾아야 한다는 역사 연구의 접근방식이 성립한다. 나는 토인비의 관념주의에 별다른 매력을 느끼지 않지만, 세상의 표피만 보지 말고 '도전'이라는 '뿌리'를 중시하라는 신중한 논리에 동의하지 않을 수 없다.

토인비의 '도전과 응답론' 이야기를 꺼낸 이유는 요즘 노르웨이를 포함한 북구 사회에서 반전 여론이 비등하고 있기 때문이다. 노르웨이의 경우, 평상시에 주로 우파를 두둔하는 루터교회(노르웨이의 국교)마저도 주요 이슬람 단체와 공동으로 강한 반전 성명서를

194

낼 정도였다. 주요 좌익정당인 노동당의 대
중적 기반인 전국노총(LO, 약 80만 명의 노조
원을 대표함) 등 핵심적 단체들이 확고한 반
전 입장에 서 있는 것은 불문가지다. 보수적
일간지마저도 미국의 전쟁을 "중앙아시아의
자연자원에 접근하기 위한 인종주의적 민간
인 말살과 인권 침해"로 보고 있는 만큼, 인
종차별 방지 운동가와 인권 옹호 운동가들이
앞장서서 전국적으로 데모를 이끌어나갔다.
또 "내 식구들을 이유도 없이 죽인 미국을 나
는 평생 용서하지 못할 것"이라는 미군 폭격
희생자 유가족의 인터뷰도 선보였다.

살만 루시디. 이 이슬람권 출신 작가는 중
동 상황의 표피만 건드린 채 자신의 글을
누가 어떻게 이용할지에 대해서는 관심이
없다.

　그런데 이번 사태의 책임을 전적으로 아랍·이슬람 세계에 물어
미국 행동의 '당위성'을 암시하는 저명 지식인의 논문이 나와 반전
운동에 찬물을 끼얹은 일이 있었다. 그 논문의 영향력이 크지 않을
수 없는 이유는 저자가 바로 살만 루시디(Salman Rushdie, 1947~)
라는 인도 출신 영국 문호이기 때문이다. 몇 작품이 각급 학교의 교
과서에 실릴 정도로 명성을 떨친 그는 〈악마의 시〉라는, 이슬람교
의 교주 마호메트를 풍자한 포스트모던 소설로 1980년대 후반부터
이슬람 극우의 극단적인 노여움을 산 뒤 경찰의 보호를 받으며 살
고 있는데, 미국의 〈뉴욕타임스〉(2001년 11월 2일자)와 노르웨이의
〈다그블라데트〉(2001년 11월 3일자)에 실린 그 논문의 비중은 매우
높았다. 그러나 찬란한 문체로 쓰인 그의 논문을 읽어가면서 느낀
것은 사회 현상의 표피 뒤에 숨겨져 있는 '도전에 대한 응답'이라
는 인과론적 구조를 루시디가 전혀 의식하지 않는다는 것이었다.

루시디의 논문은 제목부터 도발적이다. ‘그게 바로 이슬람이 문제다’ 라는 제목은 “이슬람과 벌이는 전쟁이 아니고 테러리스트와 벌이는 전쟁”이라며 궤변을 늘어놓는 미국 지도부의 맹점을 찌른다. 루시디 진단의 핵심은 전쟁의 원인이 이슬람 과격분자들의 ‘반서구적·반근대적 편집병’에 있다는 것이다. 루시디가 생각하는 ‘편집병 증후군’은 이슬람주의를 이질시·적대시하는 대다수 서구의 보수 논객들이 많이 언급하는 신에 대한 공포심리 강조와 여성 인권의 부정, 성직자에 대한 무조건적 복종의 강요와 현대 대중문화의 절대적 부정 등이었다. 한마디로 루시디는 이슬람주의를 “근대에 대한 중세 복고적·정신병적 반란”으로 규정하고, 이 반란은 마땅히 패배해야 한다고 결론내렸다.

루시디의 논리가 헌팅턴의 악명 높은 ‘문명충돌론’과 확연히 다른 점은 그가 이슬람주의를 ‘문명’도 아닌 단순한 ‘집단 정신질환’으로 보고 “이슬람권의 이슬람주의로부터의 해방”을 외친다는 것이다. 루시디는 수백만 명의 이슬람 신도가 동시에 ‘집단 정신질환’에 걸린 이유로 미국의 “부패한 독재정권 지원”도 빠뜨리지 않고 언급하지만, 주된 이유로는 “근대에 적응하지 못한 점과 종교를 사생활로 보는 개인주의 수용의 실패” 등을 제시했다. 요약하자면 서구적 근대를 제대로 자기화하지 못한 자신들이 결국 ‘문명’한 인류를 위협할 만한 집단 정신질환이 생길 토양을 만들어낸 만큼, 반성하여 ‘근대화’에 좀더 힘을 써야 한다는 이야기였다.

물론 루시디는 아프간을 공격하는 미군과 영국군을 공개적으로 ‘집단 정신질환을 치료해 주는 의사’로까지 칭찬하지는 않는다. 그러나 문맥상 그가 이번 전쟁에 ‘정신질환 치유’라는 명분을 부여하고 있다는 것은 분명하다. 지성인답게 루시디는 우선적으로 “우리의 공동 책임 유기에 대한 이슬람 세계 지성인의 반성”을 촉구하고 나섰다. 식민주의 침략의 책임이 열등하고 개화하지 못한 조선인들에게 있다는 개화 지상주의자 출신 친일파 윤치호나 이광수의 논리와 놀랍게도 닮은 루시디의 논지는 몇몇 보수적인 노르웨이 독자로부터 호응을 얻었고, 반전운동의 확산을 억제하는 쪽으로 작용했다. ‘억제’ 까지는 못해도, 적어도 “이 전쟁에 명분이 있다”는 주장을 펴고자 하는 일부 우파와 극우들의 위치를 크게 강화하기는 했다. 그들 ‘주전(主戰)’ 쪽에서 루시디의 ‘근대화 실패론’ 을 귀중하게 평가하는 이유는 외부인인 서구인이 아니라 이슬람 문화권 내부인이 이슬람의 ‘내재적 결함’ 을 논했기 때문이다.

루시디의 글을 읽으면서 안타까웠던 것은 이슬람권 출신 작가가 중동의 상황을 표피만 보고 근본적인 문제들을 전혀 파악하지 못한 채 피상적으로 글을 썼다는 점과 그 글을 누가 어떻게 이용하든 관심 없다는 투의 무책임성이었다. 루시디가 글머리에 언급한 토인비의 ‘도전과 응답론’ 만이라도 인식했다면, “근대를 제대로 수용하지 못했기에 이슬람주의라는 집단 정신병에 걸렸다”는 자기비하적이며 단순한 논리를 펴지는 않았을 것이다. 세상이 다 아는 서구와 미국, 그 첨병인 이스라엘의 노골적인 침략과 약탈, 제국주의적 착취에 의한 ‘강요된 빈곤’ 이외에도 이슬람권이 20세기에 직면한 ‘서구의 도전’ 이 과연 자유주의와 개인주의의 지적인 도전 정도였는가?

서구의 제국주의적 ‘근대’ 가 중동의 후진성 심화라는 결과를 초래한 예를 하나만 들어보자. 루시디 자신도 미국의 ‘중동 독재정권 지원’ 을 간단히 언급했지만, 이를 좀더 정확하게 표현하자면 대다수 이슬람 국가 정권들의 전반적인 예속화와 대미예속 관계에 따른 독재의 영구화라고 해야 할 것이다. 중동·북아프리카의 주민들은 친미독재 정권을 약탈자·폭군으로밖에 보지 않는다. 몇천 명의 주민을 "이슬람 게릴라를 지원했다"는 혐의로 살육한 알제리의 군사정권, 고문기술로 전세계적에 악명을 떨친 이집트의 독재, 군부 쿠데타로 정권을 잡은 파키스탄의 무샤라프 장군도 정통성의 부재를 미국의 원조로 메우고 있다. 친미 약탈정권의 희생자인 주민들이 결국 반미운동의 중심지인 사원과 이슬람주의를 구심점으로 결집하는 것을 정상적인 국가가 부재한 상황에서 과연 '집단 정신병'만으로 취급할 수 있는가? 과연 민중 복지와 교육, 전통 풍속의 옹호에 주력하는 이슬람주의자들이 다 테러리스트인가? 그리고 친미압제하에서 약탈적 정권의 희생자들이 힘을 모을 수 있는 또다른 구심점—예컨대 좌익정당이나 독립적 노조—이 존재하는가?

현재 뉴욕 고급 주택가에서 살고 있는 루시디가 고문과 암살 위험 속에서도 압제에 반대하는 사람들의 운동방식을 '정신병'으로밖에 보지 않는 것은 그야말로 용서받을 수 없는 오만한 귀족주의다. 그리고 과연 그는 양민들을 죽이는 미군의 폭탄이 중동인들에게 사생활과 여성 인권, 개인주의의 중요성을 가르칠 것이라고 믿을 만큼 순진한가? 미국의 침략이 중동의 '저항적인 종교적 극우'들의 영향력만 키울 것이라는 것은 이미 많은 사람이 이해하는 사실이다.

루시디는 반전운동의 무의미성을 암시하지만, 사실상 그가 갈망한다는 '중동의 근대화'는 반전운동의 성패에 달려 있다. 반전운동의 궁극적인 목표인 미국의 독재 지원이 사라져 중동에서도 민주화가 진척돼야 그들이 공포·복종 심리를 떨쳐버리고 개인주의의 매력과 사생활의 귀중함을 생각할 수 있을 것이기 때문이다. 결국 루시디가 이 단순한 진리를 이해하지 못한 것은, 그가 속한 포스트모던 문화의 한계를 잘 보여주는 대목이다. 그와 같은 '문화 귀족'들이 약자의 보호라는 문학인 본연의 의무를 망각하고 제국주의의 주구 역할을 하는 것이 사회에 해악을 끼칠 수는 있지만, 궁극적으로 반제 · 반전 운동의 큰 흐름을 바꾸지는 못할 것이다.

노르웨이, 이건 아니다

지금 중동에는 심상치 않은 전운이 감돌고 있다. 노르웨이 노동당의 알선으로 이스라엘 노동당과 아라파트 일파가 맺은 1993년의 오슬로 협정도 사실상 깨지고 말았다. 평화도 가져오지 못한 데다 아랍인에 대한 종래의 잔혹성 일변도의 인종주의적 태도를 하나도 고치지 못해 이스라엘의 국제적 위신을 실추시킬 대로 실추시킨 이스라엘 노동당은 정체성과 자기 색깔을 완전히 잃고 전범 샤론(Sharon)이 구성한 연립 내각에 '마이너 파트너'로 끼어들어가는 수준으로 전락하고 말았다. '사회주의자'임을 자칭하는 그들은 2002년 4월 제닌 피란민 수용소에서 벌어진, 아랍인 수백 명을 대량 학살한 사건을 비롯하여 파시스트 샤론이 저지른 모든 전쟁범죄에 공동 책임을 지게 됐다.

팔레스타인 쪽에서는 노르웨이 노동당이 그토록 믿고 밀었던 아라파트와 그 일파가 원칙 없는 타협주의와 극심한 부정부패로 인심을 크게 잃어 대표성을 상실할 위기에 직면한다. 잃었던 나라와 인간의 존엄성을 되찾겠다는 일념으로 아픔과 죽음을 불사하는 대다수 팔레스타인 사람들은 오슬로 협정과 같은 침략자와의 타협을 더 이상 허용하지 않을 것이다. 오슬로 협정에서 이상하리만치 전혀 다루지 않은 이스라엘 점령하의 동부 예루살렘 문제, 300만 명에 달하는 팔레스타인 피란민의 재산권 보상문제와 귀환 권리, 팔레스타인의 비극에 대한 이스라엘 쪽의 역사적 책임 인정과 사과, 과거 청산 문제 등 가장 긴요한 현안들이 공평하게 처리되지 않는 한, 더 이상의 '협상'과 '협정'은 대다수 팔레스타인 사람들에게 아무 의미도, 아무 구속력도 없을 것이다.

그런데 오슬로 협정과 관련하여 한 가지 흥미로운 문제가 있다. 양쪽의 협상을 중재한 노르웨이 정치인과 외교관들이 결국 협상과 협정을 무의미하게 만들, 아랍인들에 대한 이스라엘 노동당의 인종주의적 멸시와 이스라엘 위주의 협정 내용 등을 왜 미리 감지하지 못했을까? 파시스트 샤론과 노동당 일부 거물들의 정치적 연합을 가능하게 만든, 이스라엘 노동당 정치인과 군사적 파시즘의 깊은 관계에 그 당시 노르웨이는 왜 그토록 무관심했을까? 그리고 팔레스타인 피란민들의 재산권과 미래에 대한 구체적인 언급이 협정에 없는 것을 보고도 왜 눈을 감았을까? 이와 같은 중대한 결함이 결국 협정 자체와 중재국 노르웨이의 위신을 의문에 빠뜨릴 줄 과연 생각하지 못했을까? 한마디로 거의 반세기에 걸친 팔레스타인 사람들의 아픔과 희생을 어떻게 이토록 가볍게 처리할 수 있었을까? 이러한 태도의 배경인 노르웨이 외교관과 정치인들의 팔레스타인관은 과연 무엇이고, 이스라엘관은 무엇이었는가? 그리고 중동분쟁 전체에 대한 노르웨이의 근본적인 태도는 어떤 요소에 의해서 어떻게 형성·변모됐을까?

사실 노르웨이의 공식 외교원칙과 정치·경제·사회적 상황만 놓고 보면, 노르웨이가 여러 서구 국가 중에서도 팔레스타인의 가장 열렬한 지지자가 되어야 할 근거는 충분하다. 첫째, 노르웨이 외무부가 공식적으로 천명한 노르웨이 외교의 주요 원칙은 '인간 존엄성과 인권의 전세계적 신장·보호'다. 매일같이 이스라엘 군인과 유대인 정착촌 무장 주민으로부터 욕설, 구타, 사살을 당하는 팔레스타인 사람들의 존엄성과 인권이야말로 노르웨이 외무부의 보호—아니, 적어도 관심—가 필요하지 않은가? 둘째, 영국이나 프랑스와 달리, 노르웨이는 아랍권을 식민주의적으로 침략하고 약탈한 경력도, 중동에 중대한 이해관계도 별로 없다. 셋째, 미국이나 영국, 프랑스와 달리, 노르웨이는 유대계 시민이 1,000명에 불과하다. 게다가 그들 중 상당수가 이스라엘의 군국주의와 국수주의를 준열히 비판한다. 미국과 같은 유대계 시민의 친이스라엘 로비를 노르웨이에서는 상상할 수도 없다. 그리고 넷째, 60년 동안이나 노르웨이 정치를 이끌어온 노동당은 적어도 원칙상 늘 제3세계의 해방운동에 호의적 관심을 보였다. 노르웨이와 비슷한 사회민주주의적 정치체제를 가진 이웃 나라 스웨덴만 보더라도, 1970년대에 '팔레스타인의 대변인'이라 불릴 만큼 이스라엘의 침략을 비판하는 데 늘 앞장섰을 뿐 아니라, 이스라엘을 '침략·테러 국가'로 지목해 가급적 이스라엘 대통령과 국무총리의 스웨덴 방문을 불허한다는 방침을 비공식적으로 세우기도 했다. 그 동안 덴마크와 핀란드도 비슷한 친팔레스타인적 경향을 보여왔다. 그러나 노르웨이는 이 문제에서 기타 스칸디나비아 국가와 처음부터 상당히 다른 입장을 유지했다.

팔레스타인 주민의 추방과 아랍인에 대한 무분별한 학살 속에서 이스라엘이라는 국가가 탄생한 직후부터 노르웨이는 이스라엘의 '튼튼하고 믿음직스러운 후견인'을 자처하기 시작했다. 유엔에서 이스라엘의 모든 행위에 무조건적 지지를 표하는 것은 물론 이스라엘에 재정적·기술적 지원을 아끼지 않았다. 심지어 핵무기 개발에 쓰일 게 뻔한 중수(重水)를 1970년대 말까지 비밀리에 지원하기까지 했다. 물론 이스라엘로부터 "무기 개발에 안 쓰겠다"는 언약을 받기는 했지만, 그 언약의 진위를 노르웨이 외교관들이 몰랐을 리 없다. 1967년의 '6일전쟁' 때는 노르웨이 주류 일간지에 "이스라엘을 도울 의용군을 보내자!"는 노르웨이 주요 정치인들의 호소문이 실리기도 했다. 그리고 놀랍게도 제3세계 문제에서 가장 객관적이어야 할 노르웨이 노동당과 전국노총(LO) 지도자들마저 이스라엘에 강한 애착을 나타냈다. 나아가 그들과, 이스라엘을 '야만적인 중동에서 유일하게 정상적인 국가'로 보는 보수 정치인들은 이스라엘에 대한 일종의 '충성 경쟁'을 벌였다. 반면 팔레스타인에 대해서는 1970년대 말까지 철저하게 냉대 일변도의 태도를 보여, 서구 국가 중에서 유일하게 팔레스타인 피란민에 대한 인도주의적 구호 물자 지원도 거의 안 했다.

신념상 사회주의자였던 노르웨이 노동당 정치인과 외교관들이 미국 보수파를 능가할 정도로 이스라엘을 옹호한 이유는 무엇이었을까? 물론 1941년부터 1945년까지 독일군이 노르웨이를 점령했을 때 독일·노르웨이 파시스트에게 학살당한 700여 명의 노르웨이 유대인에 대한 죄책감도 하나의 이유가 됐다. 또 유대인에 대한 폭력은 가까운 유럽에서 일어난 '가시적인 문제'였지만, 이스라엘에 의한 아랍인 학살은 머나먼 곳에 일어나는 '보이지 않는 문제'였기 때문이기도 했다. 그리고 고급스러운 노르웨이 좌파 정치인에게는 신념상으로나 문화상으로 유창한 영어와 독일어로 '사회주의적 이스라엘의 건설' 성과를 설명하는 유럽 출신 이스라엘 노동당 정치인들이 '브로큰 잉글리시(broken English)' 몇 마디로 '우리 조국, 우리 땅, 우리 피붙이'만 외쳐대던 팔레스타인의 '속 좁은 민족주의자'보다 훨씬 더 친근했을 수도 있다. 고난과 식민화를 경험해 보지 않은 노르웨이 사회주의 정치인들이 팔레스타인 지도자들을 극단적인 민족주의자로 만든 절박한 상황을 어떻게 이해할 수 있었겠는가.

그러나 노르웨이와 기타 스칸디나비아 국가들의 중동 분쟁관을 다르게 만든 가장 근본적인 원인은 다른 데 있었다. 다른 스칸디나비아 국가와는 비교도 안 될 만큼 노르웨이의 노동운동은 종교적이었다. 독실한 루터교 신자들이 꽤 있는 노르웨이 노동당·노총 간부 사회와 진보계 외교관들은 '하나님의 선택을 받은' 유대족을 '팔레스타인 성지'의 '당연한 주인'으로 인식했다. 성경을 문자 그대로 해석하여 구·신약에 '현대적 의미'를 부여하는 그들은 구약의 '유대인과 팔레스타인 토착민의 사투'와 이스라엘·아랍의 갈등을 동일시했다. 이와 같은 종교적 분쟁관에 따르면 팔레스타인 사람들은 '선민(選民)의 영원한 적대자인 사교(邪敎) 집단'일 수밖에 없었다. 물론 이러한 입장의 형성에 유럽인들의 뿌리 깊은 오리엔탈리즘(이슬람교와 아랍·중동 문명에 대한 멸시·적대감)도 엄청난 영향을 끼쳤다. 결국 노르웨이 노동당의 시각으로 본 중동분쟁은 후진적이며 배타적인 '중세적' 사교 집단에 대한 사회주의적 지향의 선진적 선민의 '의로운 투쟁'이었다. 노르웨이의 보수파 정치인들이 공·사석의 구별 없이 "하나님의 보이지 않는 손이 이스라엘을 보호한다"는 식의 발언을 무수히 한 것도 이 때문이다.

그러나 1982년 이스라엘의 야만적인 레바논 침략과 피란민 학살 등이 위와 같은 분쟁관을 크게 흔들기 시작했다. 노르웨이 외교계의 요인들이 아라파트 일파를 처음으로 상대하기 시작한 것도 그때부터였다. 그리고 그때부터 노르웨이는 피란민들에게 상당 액수를 지원하는 '팔레스타인의 재정적 후원자'가 돼 팔레스타인 지도부의 신임을 얻기 시작했다. 그러나 친이스라엘적 근본 입장에는 별 변화가 안 보였다. 노르웨이는 팔레스타인해방기구(PLO)와의 새로운 관계를 "이스라엘 평화와 안정의 보장을 위하여" 활용하려고 했다. 양쪽간 최초의 중재(1988~1989)는 이스라엘 노동당의 부탁에 따른 것이었고, 그 의도는 역시 아라파트 일파의 입장을 좀더 '온건한(즉, 타협주의적인)' 것으로 만들려는 것이었다. 오슬로협상 동안 중재국 노르웨이는 내내 팔레스타인 입장의 온건화·현실화·중도화에 주력했다. 그 결과가 이스라엘 극우파의 가혹행위도 막지 못하고 팔레스타인 민중의 욕구도 전혀 충족시켜주지 못한 오슬로 협정이었다. 이스라엘의 기만정치, 노르웨이의 친이스라엘적 편향성, 아라파트 일파의 부패·타협주의의 당연한 결과인 것이다.

최근에 노르웨이 고급 관료들의 친이스라엘 편향이 또 한 가지 노출됐다. 오슬로 협정의 주역을 맡은 노르웨이 외교관 료드라르센과 주이스라엘 노르웨이 대사인 그의 부인 모나 율 부부가 페레스 센터라는 이스라엘 민간단체로부터 1999년에 '상금' 명목으로 10만 달러를 받았다는 사실이 알려졌기 때문이다. 물론 그들이 노르웨이 외무부에 신고하지 않은 '상금'을 꼭 '뇌물'로 규정할 만한 법적인 근거는 없다. 그 당시 상황에서 정확하게 대가성을 입증하기 어렵기 때문이다. 그러나 우연히 알려진 그 사실이 노르웨이 고급 관료와 이스라엘 엘리트의 금전 관계를 보여주는 빙산의 일각에 불과했을 가능성도 없지 않다. 전반적인 배경이 그렇다면, 노르웨이 외교관에게 진지한 중립성을 기대할 수 있겠는가?

오슬로 협정이 깨지고 팔레스타인 민중이 다시 생사를 건 투쟁의 길에 오른 현재, 노르웨이 여론과 외교정책에 과연 근본적인 변화가 생길까? 이스라엘을 보호하는 '보이지 않는 손'이 하나님과 무관한 미국 국방부와 거대 자본이라는 사실을 충분히 인식할 것인가? 그리고 침략자와 피침략자 사이에 '중도 타협'이 부적절할 수도 있다는 사실을 깨달을 것인가? 문화적·종교적 이질성과 때문은 편견들을 넘어서 팔레스타인 사람들이 겪는 고통의 실상을 바로 볼 수 있을 것인가?

최근 노르웨이 매체의 중동 관련 보도의 방향을 보면 팔레스타인에 대한 이해의 폭이 분명히 넓어져가고 있음을 알 수 있다. 그리고 전국노총이 늦게나마 이스라엘 제품의 불매운동을 주도하게 된 것은 경사가 아닐 수 없다. 지금까지 중동외교 실패에서 얻은 교훈을 많은 노르웨이 사람들과 대중매체, 노동운동가와 정치인들이 인식하기 시작한 것이다.

전쟁? 바밍 캠페인?

러시아에 가거나 러시아 친지들을 만날 때마다 나는 한 가지 사실에 대해서 새삼 놀라게 된다. 공산당 독재시절 어용매체에 대해 늘 경계심을 늦추지 않던 지식인들이 국제뉴스에 관한 한 현재의 주류 매체 보도를 거의 그대로 믿고 따른다는 것이다. 20년 전 옛 소련 군대가 처음 아프가니스탄을 '사막화'하기 시작했을 때, 그 지식인들은 소련 침략의 진면목을 보기 위해 밤을 세워 서양 라디오 방송을 듣는 데 매진하곤 했다. 그러나 20년이 지난 지금 미국이 이미 사막과 거의 다름이 없는 아프가니스탄에서 괴뢰정부를 세우고 빨치산 토벌에 나서는 등 옛 소련의 전철을 그대로 밟을 때, 그들은 대개 '테러와의 전쟁'을 지지하거나 적어도 적극적인 반대 의사를 보이지 않았다.

현재 외제 프로파간다는 옛날에는 상상하기조차 힘든 성공을 거두고 있다. 가끔은 믿어지지 않을 만큼 기괴한 상황들이 벌어지기도 한다. 예컨대 체첸에서의 인권침해 실태를 고발하는 데 큰 공로를 세운 '메모리얼(Memorial, www.memorial.ru)'이라는 러시아 굴지의 인권단체는 미국의 아프가니스탄 침략 개시에 즈음해서 '대(對)테러 전쟁 지지 선언서'까지 내기에 이르렀다. 이유가 무엇일까? 옛 소련의 공산당 기관지 〈프라우다〉의 갖가지 조작과 거짓들을 그토록 잘 꿰뚫던 사람들이 왜 외국의 〈프라우다〉들—〈더 타임스 *The Times*〉나 〈파이낸셜 타임스 *The Financial Times*〉 같은 보수적인 일간지—앞에서는 그 정도로 비판의식을 잃는 것인가?

물론 한 가지 이유만은 아닐 것이다. 서구·미국 계통의 회사와 구미 계통 재단, 세계 핵심부의 연구·교육 기관 등에 취직하여 지원금과 연구비 따내기, 연구 협력 등 크고 작은 일에 의존해야만 하는 주변부 지식인의 사회·경제적인 상황부터 고려해야 한다. 예컨대 위에서 언급한 '메모리얼'은 미국의 주요 재단에서 지원금을 받을 뿐만 아니라 러시아 정권과 충돌할 때마다 미국 신문의 '지원 사격'에 도움을 받곤 한다. 물론 서구와 미국에 경제적으로 의존한다고 해서 서양의 침략주의를 무조건 무비판적으로 받아들이라는 법은 없다. 그러나 생계 곤란에서 구제해 준 서구와 미국의 '은인'들의 전체적인 세계관, 국제정치의 이해방식을 전적으로 무시하기 힘든 것도 현실이다.

또 하나의 이유로는 서구를 전통적으로 '문명의 발상지', '근대 문물의 근원지'로 인식해 온 러시아 식자층의 고질적인 사대주의를 들 수 있다. 그러나 내가 무엇보다 주목하고 싶은 또 하나의 이유는 구미 지역 주류 매체 자체의 교묘함이다. 〈프라우다〉의 촌스러운 모습과는 너무나 다르다. 중립성과 객관성으로 일컬어지는 주류 매체야말로 고성능 폭탄과 순항미사일 못지않게 서양 제국주의의 '전략적인 무기'에 해당한다.

노엄 촘스키 교수의 표현을 빌리면, '합의의 조작' 기술을 몇 가지 주요 수법으로 분류할 수 있다. 하나는 '배경 무시'라고 할 수 있다. 제국주의 침략 대상이 된 비(非)서구 지역의 역사와 문화를 서구 중심적인 일반 교육과정에서 배울 기회는 거의 없다. 예컨대 이라크를 식민화해서 자연자원을 착취한 영국이 1920~1930년대에 '아랍인 폭동(독립운동)'을 진압할 때 사상 최초로 민간인 거주 지역에 대량 폭격을 가하고 화학무기를 사용하는 '신기록'을 남겼다는 사실을 안다면, 걸프전쟁과 지금 준비 중인 미국의 새로운 이라크 침략을 제국주의 역사와 연결시켜 전혀 다른 시각에서 볼 수도 있다. 문제는 이 사실들을 대부분의 사람들이 모른다는 것이다. 그러나 이라크와의 전쟁 준비를 당연한 일처럼 보도하는 구미의 주류 방송사나 신문들이 현대 이라크의 역사적인 배경에 대해 장황하게 이야기할 리가 없다. 결국 서구 중심적인 교육과 제국주의 합리화에 혈안이 된 매체들의 협력이 하나의 '시너지 효과'를 내는 데 성공한 셈이다.

둘째는 '전후 문맥 무시'라는 수법이 널리 쓰인다. 예를 들면 3월 중순에 일어난, 짐바브웨(Zimbabwe)라는 작은 아프리카 국가의 부정선거가 서양 주류 언론의 집중 사격대상이 됐다. 그러나 짐바브웨의 선거문제를 그토록 예리하게 밝히는 서방 언론들이 왜 콩고 같은 짐바브웨 주변 국가의 선거문제는 보도하지 않는가? 콩고민주공화국의 최고 통치자인 조지프 카빌라가 아예 어떤 선거형식도 거치지 않고 최고의 권력을 피살당한 아버지에게서 그대로 물려받음으로써 부정선거를 비판할 여지조차 없기 때문인가? 그러나 중세적인 냄새를 풍기는 권력세습이라면, 오히려 '민주적인' 서양 언론의 비난을 사야 하지 않는가? 그것이 바로 문제의 핵심이다.

콩고의 독재자인 카빌라는 그 나라의 자원을 착취하는 서방의 광산재벌과 '밀월관계'를 유지하고 있다. 그러나 짐바브웨의 반(半) 독재자인 무가베는 총경작지의 70%를 웃도는 백인들의 농장을 흑인 농민들에게 분배하는 것을 주요 정책으로 내걸었다. 그래서 남아공화국을 제외한 아프리카 서남부의 대다수 국가들을 독재·반(半)독재 정권이 통치한다는 문맥은 전면적으로 무시하고, 해당 지역에서 가장 개방적인 정치문화를 가진 짐바브웨의 문제들만 늘 부각하는 것이다. 서양 일각의 진보 매체마저도 아프리카 서남부 현실의 전후 문맥을 무시한 채 무가베에 대한 맹목적인 공격에 참여하고 있다.

셋째, 서방의 '주류' 언론은 독자와 시청자로 하여금 미국 등 서방정부들의 정책과 자신을 동일시하게끔 용어를 아주 교묘하게 이용한다. 예를 들면 1999년에 2,000명이 넘는 세르비아 민간인들을 죽인 나토의 유고슬라비아 폭격을 서양 언론에서는 늘 '전쟁'이 아니라 '바밍 캠페인(bombing campaign)'이라고 불렀다. 언뜻 보면 별 차이가 없는 듯하지만, 캠페인이라면 선거 캠페인쯤을 생각하는 서양 일반인에게는 어감의 차이가 매우 크다. 실제로 유고슬라비아에 대한 나토의 공격을 마땅히 '침략'이나 '침공'이라고 해야 했지만, 그러한 용어를 주류 언론에서는 찾아볼 수 없었다. 지금의 아프가니스탄에 대한 침공과 탈레반 소탕작전 역시 '반테러 캠페인'이라고 한다. 이라크에 대한 침공을 미국이 시작하면, 그것도 사담 후세인 정권 타도를 위한 '캠페인' 쯤으로 부르지 않을까 싶다.

'캠페인'이라는 말을 듣거나 읽을 때, 폭격과 기아로 죽은 유고슬라비아·아프가니스탄·이라크 어린이들의 얼굴이 떠오르지 않는 것은 서양 언론으로서 참 '편한' 점이다. 마찬가지로 이스라엘이나 팔레스타인과 관련된 소식이 전해질 때마다 '폭력의 악순환'과 같은 용어가 늘 쓰인다. 팔레스타인 지구를 불법 점령하는 이스라엘의 탄압과 팔레스타인의 해방투쟁이 동질의 '폭력'인가? 그렇다면 제2차 세계대전 때 프랑스를 점령한 파시스트 독일의 탄압과 프랑스의 저항운동인 반파시스트 투쟁도 똑같이 '폭력'으로 불러야 할 것이다. 그러나 서방의 주요 방송사와 신문사 기자들은 이스라엘과 팔레스타인 양쪽의 행위를 똑같은 '폭력'으로 기술하는 데 조금도 주저하지 않는다.

물론 위의 세 가지 수법 이외에 서양 언론들은 '거친' 방법들을 쓰기도 한다. '불필요한' 정보를 아예 싣지 않는 것도 그 가운데 하나다. 예를 들어 최근에도 미국과 영국 폭격기들이 이라크 변경 지역들을 정기적으로 폭격한다는 사실을 주류 일간지에서 과연 읽을 수 있는가? 확인 불가능한 정보의 자의적인 이용도 곳곳에서 발견된다. 예컨대 이라크와 북한의 '대량 살상무기 생산'을 들먹이는 미국 언론들은 근거가 불확실한 자국 정보기관의 자료를 마치 사실인 것처럼 인용한다. 그러나 '거친' 방법을 쓰지 않는 고급 일간지라고 해도 위에서 언급한 세 가지 교묘한 수법을 쓰는 것은 예사다. 주로 보수진영에 속하는 '주류' 매체의 대주주와 광고주들이 보도 방향에 영향력을 행사하는 것은 한국만의 문제가 아니기 때문이다.

공산당식 프로파간다의 허구성을 과거에 꿰뚫어봤음에도 현재 서양 '주류' 매체가 과시하는 정보 능력과 '중립성', '객관성'에 빠져 교묘한 기만성을 놓치는 러시아 지식인들을 보기가 실로 안타깝다. 바깥세상에 대한 정보의 공급에서 독립성을 지키지 못하고 일방적인 의존성을 면치 못한다면 과연 '자유인' 소리를 들을 수 있을까? 늘 '주류'를 의심하고 '주변'의 소리에 귀기울이고 외신의 '세계적인 권위'에 굴복하지 않는 태도야말로 진정한 자유인의 태도일 것이다.

미국에 대한 응징은 정당하다?

2001년 9월 11일에 일어난 미국 테러 참사 이후 침울한 분위기에 빠져 있던 내 기분을 그나마 살린 것은 노르웨이 사회의 이성적인 반응과 판단이었다. 테러 참사 소식을 접한 대학교 동료와 학생들의 첫 반응은 "역시 올 것이 왔다"는 말과 "미국의 보복으로 무고한 생명들이 고통을 받지 않았으면 좋겠다"는 바람이었다.

박정희의 쿠데타에 대한 윤보선의 반응을 생각나게 하는 이 "올 것이 왔다"는 말은 무슨 뜻일까? 세계 최대 규모의 무기 판매와 기지 건설, 사우디아라비아 성지(聖地)에의 미군 주둔과 친미정권 양산, 이스라엘에 대한 지지와 러시아의 체첸 침략 방관 등 미국의 무모하고 이기적인 외교정책들이 언젠가 이와 같은 일을 초래할 수밖에 없었다는 뜻이었다.

한 교수는 내게 "납치범은 아마 그런 끔찍한 일을 저지르기 전에 미국의 경제 제재로 굶어죽은 수백만 명의 이라크 아이들과 노약자를 생각했을 것"이라면서 "나도 같은 입장이었으면 비슷한 일을 저지를 충동이 일어났을 것"이라고 덧붙였다. 그리고 미국의 극우파가 이 '절호의 기회'를 명분 삼아 고(高)예산의 장기적인 '더러운 전쟁(dirty war)'을 벌이리라는 예상들을 했다. 사실 참사의 날부터 지금까지 미국의 전쟁 추진을 저지하는 게 노르웨이의 양식 있는 지식인들의 주된 목표였다. 이곳 국교인 루터교의 대다수 주교들이 반전 성명서를 내기도 했고, 국제 사면기구의 지부가 앞장서서 평화시위를 크게 하기도 했다. 노벨 평화상 추천위원의 일부는 이번 사태의 평화적인 해결을 조건으로 부시 미국 대통령을 평화상 수상의 후보에 올리자는 제안까지 내놓았고, 수많은 기존 평화상 수상자들이 부시에게 보복 저지를 촉구하는 성명서를 발표하기도 했다. 안타깝게도 지지난해 수상자 김대중 대통령의 이름은 그 성명서 발표자 명단에 보이지 않았다.

그러나 노르웨이 지식인 사회의 차분하고 자성적인 분위기 속에서도, 이색적으로 보이는 의견들이 가끔 나왔다. 2001년 9월 30일자 〈다그블라데트〉가 표지 기사로 보도한 트롬소(Tromso) 지역의 국립병원 원장 길베르트(Mads Gilbert)와 외과의사 후숨(Hans Husum)의 발언이 그것이다. 중동지역에서 줄곧 의료봉사를 해온 두 의사의 의견은 한마디로 압축하면 "테러리스트들의 행위에도 나름의 명분이 있다"는 이야기였다.

약 3,000~4,000명의 생명을 앗아간 행위에도 명분이 있다는 이야기를, 다른 사람도 아닌 의사가 한다는 것은 〈다그블라데트〉의 기자에게는 물론 수많은 독자에게도 보통 충격이 아니었다. 그러나 후숨의 이야기를 자세히 듣다 보니 개인적인 경험에 기반을 둔 그의 논리를 일축하기가 상당히 힘들었다. "양민을 죽이는 것을 의사인 당신이 어떻게 변호하느냐"는 분노 섞인 기자의 질문에 후숨은 다음과 같이 답변했다.

"이스라엘이 레바논을 무자비하게 침략한 1982년에 나는 레바논의 수도 베이루트에서 의료봉사를 했다. 그때 환자 중에 '타리크'라는 레바논 소년이 있었다. 이스라엘 군인들이 그 아이의 부모와 가족, 친척과 친구들을 섬멸해 버렸다. 타리크는 이 세상에 혼자 남았다. 수술을 여러 번 거듭한 끝에 그를 어느 정도 치료했지만 끝내 오른손은 못 쓰게 됐다. 그런데 그 애는 말도 안 하고 음식도 안 먹었다. 완전히 절망한 것이다. 어느날 나는 그에게 의욕을 주기 위해 '왼손으로 총을 다룰 수 있을 것' 이라고 했다. 그때부터 그 아이는 그야말로 다시 살아났다. 나는 그때 그 아이가 싸움에 몰두하다 죽

노르웨이의 저명한 미디어 연구가 루네 오토센 교수. 그는 〈다그블라데트〉와의 인터뷰에서 이번 전쟁을 '거짓말 전쟁' 으로, 미 국방부를 '거짓말 공장' 으로 규정했다.

으리라는 것을 느낄 수 있었다. 그 아이에게 '싸우지 말라'는 말을 할 수 있는가? 싸우는 것이 불가능했다면, 그 아이는 죽고 말았을 것이다."

이 이야기를 마친 뒤, 후슘은 기자와 많은 일반 노르웨이인들의 근본적인 세계관에 대해 언급했다. "부유한 쪽에서 사는 우리는 의식적·무의식적으로 큰 폭격기를 타고 제3세계에서 '또 하나의 작은 목표'를 파괴하려는 조종사의 눈으로 이 세계를 보고 있다. '새로운 십자군'을 들먹이는 부시의 망언들을 당연한 것처럼 듣는 우리는 그 거대한 '십자군'에 희생당할 사람들은 생각하지 못하는 것이다."

후슘은 이번 사태를 긴 역사적인 안목에서 진단하려고 한다. "이는 부유한 '북'과 가난한 '남'이 벌여온 오래된 싸움의 한 장면이다. 중세적·근대적 서구가 세계사의 무대에 등장한 때부터, 이미 50대에 걸쳐서 비서구 지역의 주민들은 십자군의 약탈과 노예 매매, 정복과 식민화, 약탈의 결과인 아사 사태에 시달려왔다. 그러다가 평화로운 농민들이 결국 투사로 성장하는 것이다. 이제 서구의 역사적 죄악에 대한 형벌이 내려지기 시작했다. 대량 테러가 왜 하필이면 미국과 이스라엘만의 전유물이 돼야만 하는가?"

현재의 테러 참사가 '제1세계 약탈자에 대한 제3세계 민중의 정당한 저항'이라는 논리의 일환으로, 길베르트와 후슘은 그 수단까지도 이해해 보려고 노력했다. 길베르트의 말로는, "미국이 이라크를 폭격하여 수많은 양민을 학살할 권리를 가졌다면, 핍박을 받은 자에게도 미국을 응징할 권리가 있다"는 것이었다. 인터뷰 말미에 후슘은 "물론 나는 의사인 까닭에 비행기를 납치하여 빌딩을 파괴하지는 못할 것이다. 그러나 수십 년 동안 중동에 대량 폭력을 행사해 온 미국을 응징하는 것은 정당하다"고 결론지었다.

이번 사태를 객관적으로 보려는 현재 노르웨이 지성계에서마저 길베르트와 후슘의 의견은 '극단'이라는 평가를 받지 않을 수 없었다. 물론 중동인들이 자살 테러를 하는 근본 배경은 서구와 미국, 그 첨병인 이스라엘의 침공·약탈·학살 행위다. 9월 11일에 테러를 저지른 행동대원들도 굶어죽은 이라크 아이와 총탄에 맞아 죽은 팔레스타인 아이들의 얼굴을 떠올리면서 그 끔찍한 일에 착수했을 것이다. 그러나 사우디 왕실과의 친밀한 관계 속에서 떼돈을 번 빈 라덴의 부친도, 미국과 유럽의 유가증권에 많은 투자를 해온 갑부 빈 라덴 자신도 '제3세계 민중을 위한 투사'는 아니다. 9·11 테러의 의도가 과연 빈 라덴 조직의 강화와 위상 제고를 가져다줄 미국의 무모한 보복 유발인지, 아니면 사우디아라비아에서 대권을 장악하기 위해 사우디의 보수적·반미적 종교계로부터 인정받고자 행한 '자기 확립'인지 이해하기 어렵지만, '제3세계 민중을 위한 투쟁'으로 보기는 어렵다.

설령 테러리스트들이 '제3세계를 위한 설욕'을 표방했다 해도, 미국의 민중을 대량으로 희생시킨 그들의 폭거는 미성숙과 계급적 연대의 망각으로밖에 볼 수 없을 것이다. 정세의 이해와 무관하게, 길베르트와 후슘이 제시한 의견의 근본적인 문제점은 미국의 이라크 폭격 등에 따른 중동 희생자들의 이름으로 지금의 테러 폭력에 정당성을 부여하는 것이다. 미국의 폭력에 희생된 사람들의 원혼들을 달래려면, 새로운 희생자들을 낳는 것보다 폭력의 악순환을 끊기 위해서—즉, 폭력을 확대재생산하는 세계 자본주의 체제의 점차적 해체를 위해서—노력하는 쪽이 낫지 않을까?

그러나 길베르트와 후슘의 대담한 발언에서 건질 것은 한 가지

노르웨이의 한 국립병원 원장인 길베르트(오른쪽)와 외과의사 후숨(왼쪽)은 "테러리스트들의 행위에도 나름의 명분이 있다"고 과감히 이야기한다.

있었다. 지금은 어느 때보다도 역지사지(易地思之)의 지혜가 필요하다. 미국과 영국이 이라크 민중을 굶기면서 폭격했던 1990년대에 우리는 그 희생자들의 입장을 생각해 보았는가? 희생자들을 생각한 나머지 미제 상품의 구매나 미국 유학을 기꺼이 포기할 수 있었는가? 세계 최대 폭력집단인 '형님 나라' 와의 관계 때문에, 매향리 문제나 주한미군 범죄 때문에 들고 일어나긴 했어도, 머나먼 중동에서 쓰러져가는 아이들을 생각할 여유(?)까지는 없지 않았는가? 우리는 이제라도 이기심을 버려야 한다. 미제 폭탄이 약하기 그지없는 아프가니스탄 아이들을 수도 없이 죽이는 것을 가만히 구경만 하면, 우리는 분명 넓은 의미에서 공범이며 미구에 닥칠 더 큰 자살 테러를 비판할 자격조차 없을 것이다.

진짜 깡패왕국, 사우디

2001년 9월의 테러 참사와 뒤따른 일련의 사건들은 노르웨이 지식인 사회에서 빈 라덴의 고국인 사우디아라비아에 대한 열띤 토론을 불러일으켰다. 미국의 예속국가(client state)인 사우디에서 어떻게 빈 라덴과 같은 골수 반미주의자가 성장했으며 지지기반은 누구인가, 사우디 같은 '석유왕국'에서 이슬람 근본주의의 폭발적인 성장은 누구의 책임인가, 지금과 같은 친미정권이 사우디를 비롯한 '석유왕국'들을 과연 오랫동안 지배할 수 있는가 등이 중요한 화두가 됐다.

지금 노르웨이에서 진행되는 '석유왕국' 관련 논쟁에서 자료로 가장 많이 이용되는 것은, 베르겐 시(市) 상업전문대학 산하 에너지연구소 주임교수인 오에위스테인 노렝(Oeystein Noreng)의 『석유와 이슬람』(1997)이라는 저명한 저서다. 노렝 교수의 저서는 빈 라덴과 같은 이슬람 근본주의자들을 단순한 '광신도'로 취급하는 서양의 분석가나 언론인과 달리, 중동에서의 미국 헤게모니와 전반적인 대미 예속관계라는 맥락 속에서 반미적인 근본주의를 '광신과 기형'이 아닌 '불가피한 현실'로 서술한 것이다. 노렝 교수와 같은 전문가들의 객관적 판단은 미국의 대(對)아프간 공격에서 절대적인 중립과 불참을 주장하는 노르웨이 좌익 지성인들의 주요 근거 자료가 된다.

"사우디의 갑부인 빈 라덴이 왜 미국을 그토록 미워하는가?" 표면적으로 보면, 미국과 멀리 떨어져 있는 나라의 갑부 출신이 결사적인 반미주의자가 되는 것을 이해하기가 힘들다. 그러나 노렝 교수가 지적하는 것처럼, 사실상 미국을 떼어놓고는 사우디의 과거와 현재를 생각할 수조차 없을 만큼 이 지역에 대한 미국의 영향력은 거의 절대적이다. 그리고 빈 라덴 등 반미주의 세력의 출현으로 상징되는 현재의 위기도 결과적으로 미국의 사우디 정책 실패의 위기로 봐야 할 것이다.

알사우드 왕조를 중심으로 사우디의 부족들이 통일왕국을 이룬 1932년부터 신생 국가의 '보호자' 역할은 그 당시 중동의 패권 제국이었던 영국이 맡았다. 그러나 제2차 세계대전 시절부터 세계의 새로운 패권자인 미국이 사우디를 '전략적인 관심 지역'으로 지정하고 사우디 왕국을 실제적인 '보호국'으로 관리(?)하기 시작했다. 1940년대부터 사우디아라비아의 공군기지를 사용하고 사우디 군대의 훈련과 무기 공급을 거의 독점해 온 미국은 실제로 아라비아 반도에 대한 군사적인 통제권을 장악하게 된다. 사우디 왕국 경제의 기간을 이루는 석유산업도 미국 재벌들의 통제하에 놓여 있었는데, 아라비아 반도의 석유를 처음 탐사하기 시작한 1930년대부터 석유산업을 장악한 기업은 독점 이권계약을 따낸 미국의 엑슨(Exxon)과 스탠더드 오일(Standard Oil) 등이 참여한 합작회사 알암코(ARAMCO; Arabian American Oil Company)였다.

알암코를 사우디가 국유화한 1988년까지 세계 최대의 산유국인 사우디아라비아의 석유산업은 실제로 미국 대자본의 손아귀에 쥐어져 있었다. 대신 나라의 살림을 관리하다시피 한 미국 자본은 예속 왕조와 귀족층의 호화판 생활을 보장할 만한 로열티를 지불했다. 그 로열티의 일부는 대규모 공사계약을 따낸 한국 건설업체의 주머니에 들어가기도 했지만, 홀연히 세계적 갑부로 부상한 왕조의 주요 구입항목은 바로 미국 무기였다. 1947년부터 1991년까지 사우디아라비아는 약 600억 달러라는 천문학적인 비용을 들여 각종

사우디 왕족들. 민주적 민의 수렴 기구가 전혀 없는 왕국에서 높아져만 가는 불만은 결국 폭발로 이어지고 말 것이다.

미국 무기를 사왔다. 정부 예산의 약 36%를 국방에 투자하는 사우디는 중동의 권위주의적 정권 중에서도 특히 '군국주의 국가'로 알려져 있다. 걸프 전쟁 이후 1995년부터 1997년까지 130억 달러 상당의 미국 무기를 사들인 사우디 왕국은 '세계 최고의 미국 무기 구입자'라는 명예(?)를 차지하게 됐다(참고로 미국 언론이 '불량국가'로 분류하는 이라크의 군사예산은 사우디 국방예산의 5분의 1도 안 된다). 노렝 교수의 말대로 사우디는 오랫동안 미국 석유기업과 군산복합체의 '황금알을 낳는 닭'이었다. 미국 자본으로부터 받는 석유 로열티를 다시 무기 대금으로 미국에다 바치는 '효자 정권'으로서, 사우디는 여러 예속정권 중에서도 특출했다.

아랍 민족주의와 좌익·반제 운동의 노도가 휩쓸던 1950~1970년대의 중동에서 사우디라는 친미적 보수주의의 '오아시스'를 보존하기 위해 가장 수구적인 세력과 경향들을 가장 효과적으로 지원해야 한다는 것이 미국 지도층 사이에서 이루어진 판단이었다. 실제로 군사·경제·외교적으로 미국의 '보호국' 신세였던 사우디는 세계의 어느 친미적 예속 독재정권과도 비교가 안 될 만큼 심한 수구적 노선을 취했다. 국회도, 정당도, 정치적 운동도, 독립적 언론도, 노조도, 파업도 전혀 없는 사우디는 박정희나 전두환도 상상하기 어려웠던 '멸균실' 수준의 수구적 왕권이다. 후진성이 영구화된 이 '수구주의의 이상향'을 유지하는 것은 가공할 만한 억압체제다. '인권' 개념 자체를 인정하지 않는 사우디에서는 정부에 대한 비판 한마디로 사람을 불구자로 만들거나 공개 참수하는 것이 다반사다. 최근 20년 동안 1,200명 이상을 참수한 사우디의 사형수 비율은 세계 최고 수준이다. 그러나 '민주와 인권의 보호자'를 자칭하는 미국은 사우디의 인권문제에 눈을 아예 감고 있다. 노렝 교수에 따르면, 천문학적인 석유·무기 판매 이득에 눈이 먼 미국은 바로 이 차원에서 치명적인 정책적인 오류를 범했다. 왜냐하면 민주적인 민의 수렴 기구가 전혀 없는 왕국에서 높아져가는 불만은 결국 폭발로 이어지지 않을 수 없기 때문이다.

1990년대는 알사우드 왕조에게 위기의 시기였다. 줄어드는 석유 소득과 인구 증가로 1인당 국민소득이 약 3배로 떨어졌고, 1990년 걸프 전쟁 이후 주둔한 7,000명의 미군은 사우디 주민들의 종교적·민족적 감정을 극도로 자극했다. 이슬람적 세계관에서 보면 이교도인 미군들이 이슬람의 성지 메카가 있는 사우디아라비아에 진을 치고 주둔하는 것은 종묘사직 자리에 미국 대사관이 자리를 잡은 것 이상 가는 심한 모독이다. 결국 여러 가지 불만요소가 결합하면서 이슬람 근본주의 운동이 급속히 인기를 모았다.

미국의 매체들이 이슬람 근본주의를 거의 '악마적인' 광신주의로 서술하고 있지만, 노렝 교수는 군비 절감과 고가 외제 소비재를 즐겨 쓰는 지배층의 풍토 정화, 국부의 정당한 분배와 대미관계에서의 주권 회복, 무엇보다도 미군 철수를 요구하는 이슬람 근본주의

운동을 '민중 요구의 상당 부분을 반영하는 운동'으로 분석한다. 정상적인 상황에서라면 좌익운동을 통해서 분출될 수도 있는 이와 같은 요구가 사우디아라비아에서 종교운동을 통해서 표현되는 것은 종교 이외의 사회생활을 사실상 금지하는 억압정책의 당연한 결과일 뿐이라고 한다.

그러나 사우디 왕국의 억압으로 인해 민중의 요구에서 비롯된 이슬람 근본주의라는 종교적 운동도 제 소리를 전혀 낼 수 없는 상황이 되자 결국 빈 라덴과 같은 급진적인 운동가들이 국외인 아프가니스탄으로 망명하여 최후의 수단인 테러를 사용하게 됐고, 대부분의 온건파 근본주의자들은 체포와 고문의 위험을 무릅쓰고 계속 인기를 모아가고 있다는 것이다. 노렝 교수의 예측에 따르면, 장기적으로는 근본주의자들의 영향력이 확실히 커질 것이고, 그들에 의한 정권 탈환 가능성도 배제할 수 없다고 한다.

노렝 교수의 결론은 현상 유지를 위해서 사우디 민주주의의 발전을 가로막은 미국의 '수구주의 지원' 정책이야말로 사우디 반정부 정치운동이 종교적·우파적 색채를 띠는 결정적 원인이라는 것이다. 많은 노르웨이 지식인들은 근본주의가 득세할 가능성이 매우 높은 만큼 서방 쪽이 '테러(근본주의)'와의 전쟁 대신 진지한 대화를 시도해야 한다고 주장한다. 미군 주둔, 고가 무기의 대량 판매와 같이 근본주의자의 분노를 불러일으키는 미국의 정책을 재고·수정하지 않는 한 테러 가능성은 결코 낮아지지 않을 것이다. 그리고 바로 이와 같은 판단이 노르웨이 지성인들의 반전운동에 하나의 정책적인 근거로 자리잡아가고 있다.

테러와 복수의 '적대적 공생'

미국에서 2001년 9월 11일의 대참사가 발생한 직후 내 주위에 있는 대부분의 노르웨이 친구나 동료들의 일상이 눈에 띄게 변했다. '그 일'이 있고 나서 며칠 동안 보통 때처럼 웃고 이야기하는 모습을 전혀 찾아볼 수 없었다. 표정이 시무룩해지고, 이야기의 주제가 저절로 미국에서 일어난 끔찍한 일로 모아졌다. 세상이 이미 근본적으로 아주 바람직하지 못한 방향으로 크게 바뀌었다는 점, 차후에는 더욱 좋지 않은 방향으로 바뀔 것이라는 예감을 대부분 공유하는 듯한 분위기였다.

무엇보다도 무고한 생명의 희생은 모두에게 억울함과 고통을 안겨줬다. 화염 속에서 사라진 생명들, 빌딩의 폐허 밑에서 오랜 고통 끝에 숨진 생명들의 마지막 순간은 상상하기조차 무서울 정도다. 이들 유족의 절망과 영원한 이별의 고통이 지금 비로소 시작될 뿐이다. 수많은 생명들의 신음과 절규를 생각하면 이 일을 더 이상 논평할 마음도 기력도 사라진다. 사연과 이념이 무엇이든 남에게 고통을 주는 것은 악이라는 말밖에, 더 이상 무슨 말을 할 필요가 있는가?

좀더 생각을 편다면 희생된 사람들이 대부분 일반 직장인과 노동자였다는 사실이 떠오른다. 사무원, 청소부, 소방관, 조종사와 승무원……. 가족의 생계를 위해서 노동 현장을 지키던 그들이 죄없이 고통스럽게 숨진 것은 끝없이 억울한 일이다. 이 끔찍한 일을 저지른 집단이 누구라 해도, 무고한 생명들을 고의적으로 희생시킨 그들은 분명히 진보의 편에도, 사회적 약자의 편에도 설 수 없다. 테러 집단의 목적이 추상적인 '미국 위세의 상징'에 대한 공격이었겠지만, 희생된 사람 중 상당수가 중동과 인도, 일본 출신이었다. 그 테러 집단이 '미국의 죄'를 추궁한다 해도 무관한 이들까지 왜 '마구잡이' 식으로 죽여야 했을까? 죽은 사람 중에는 유아와 청소년들도 많이 있었을 텐데, 미국에서 태어나거나 체류한 '죄' 밖에 없는 그들까지도 미국이라는 국가를 공격하는 집단의 표적이 되어야 하는가?

사실 '국가의 죄'를 그 국가의 영토 안에 있는, 정부와는 무관한 민간인에게 '묻는다'는 것은 가장 끔찍한 국가주의적·집단주의적 발상 중 하나다. '진보'는 어떤 상황에서도 신성한 생명의 권리를 가진 개인과 국가라는 통제체제를 제대로 구별하여 특정 국가에 대한 원망을 개인에게 풀지 않을 때 의미가 있다.

무고한 생명의 죽음이 비길 바 없이 억울한 일이라면, 그들 뒤에 살아 남은 사람들의 과제는 어디까지나 더 이상의 어리석은 참사를 방지하는 것이 아닌가? 그러나 바로 이 대목이 현재 아주 심각한 우려를 불러일으키고 있다. 노르웨이를 포함한 전세계 진보적 매체들이 이미 누차에 걸쳐서 지적한 바지만, 이슬람 극단주의자로 추측되는 집단이 자행한 참사는 분명히 부시 정권을 비롯한 제1세계의 극우·군국주의 세력들의 입지를 크게 강화시켰다. 한 극단의 반인륜적인 행동이 반대쪽 극단의 위치를 공고히 할 수 있다는 '적대적 공생'의 논리는 북한의 극좌세력과 남한 극우세력의 관계에서도 확인할 수 있다.

북한 정권의 소행으로 판명되거나 추측되는 극단적인 폭력행위들이 남한 극우들의 정치적 생명을 많이 늘렸다는 것이 바로 한국 현대사의 비극이다. 사실 지금까지 '북한의 테러'로 간주해 온 많은 사건이 북한과 무관했을 가능성이 아주 많다. 수지 김 살해 사건이 '납북 시도'가 아니라 안기부가 '북한 테러 미수'로 꾸민 단순 범죄였음이 이미 밝혀졌지만, 1987년의 KAL기 폭파(?) 사건에도 의문의 시선을 던지는 이들이 적지 않다. '범인'으로 보도된 김현희 씨가 북한인이라는 사실부터 객관적으로 입증이 안 되는 데다가 김일성 정권이 왜 하필이면 정치·외교적으로 손해밖에 볼 것이 없는 끔찍한 일을 저질러야 했는지 이해가 되지 않기 때문이다. 그러나 실제 상황이 어땠든 간에 '적대적 공생'의 논리상 '북괴의 테러'가 필요했던 남한 정권은 각종 무리를 범하면서도 북한의 '야만성'을 적극 선전했다.

마찬가지로, 요즘 보도되는 바에 따르면, 9·11 테러 계획에 대한 보고를 사전에 접수한 부시는 놀라울 정도의 '책임 유기'를 저질러 그 보고들을 사장시키고 말았다. 대형 테러 사건이라는 전쟁 빌미가 필요했던 전쟁광 부시가 의도적으로 '책임 유기'를 범한 것은 아닐까? 결국 남한이든 미국이든 '적대적 공생'이라는 논리의 희생자는 언제나 무고한 양민들이다.

이 비극적인 악순환이 지금 전세계적인 규모로 되풀이될 가능성이 매우 크다. 부시 정권은 이번 일을 핑계 삼아 미사일 방어 체제 같은 무모한 계획을 더 적극적으로 추진하고 있다. 게다가 '특별 대우'를 약속하여 러시아의 푸틴 정권까지 이 계획에 참여하게 만들었다. 이번 참사는 결속력이 강한 테러 집단이 미사일 없이도 거의 '맨손'으로 미국 수뇌부를 효과적으로 공격할 수 있다는 사실과 미국의 미사일 방어 체제가 무용지물에 불과하다는 것을 증명했다.

하지만 미국 전역의 호전적인 분위기를 바탕으로 전국민적·극우적 동원 풍토를 조장한 부시 정권으로서는 군산복합체를 더욱더 살찌울 수 있는 마당에 실제적인 효과를 깊이 고려할 까닭이 없다.

일단 명분이 주어지고 여론몰이가 쉬워졌으니 좀더 힘차게 밀고 나갈 것이 불 보듯 뻔한 일이다. 그 결과, 중국과 북한, 이라크와 시리아 등 반미적 정권들의 연대는 더욱 강해질 것이고, 그 연대는 역시 미국 국방예산 증가의 새로운 명분으로 떠오를 수 있을 것이다. 양극의 상호 자극이 궁극적으로 어떤 결과로 나타날지 상상조차 하기 싫다. 이와 관련해서 9·11 테러로 심적인 위축과 좌절감을 면치 못한 서방의 진보 진영은 어려운 상황이지만 미국 군산복합체의 실체와 군국주의의 위험성을 설명하고 반대하는 노력을 한시라도 쉬면 안 될 것이다.

미래의 갈등을 촉발할 수 있는 미사일 방어 체제보다 훨씬 가까워져 있는 위협은 미국의 보복 공격이 이라크 등 중동의 주요 반미 정권까지 목표로 삼는 것이다. 이 경우 이집트, 사우디, 파키스탄 등 이 지역의 주요 보수 친미독재 정권이 반미 이슬람주의자에게 줄줄이 무너져 중동 전역에서 엄청난 규모의 전쟁이 일어날 가능성도 적지 않다. 이 과정에서 미국이 중동 지역에 대한 영향력을 잃어 세계적 헤게모니가 크게 실추될 수도 있지만, 중동 지역의 양민들이 당할 희생의 규모는 상상을 초월한다. 사실 미국의 민중에게도 이와 같은 미래는 전혀 반갑지 않을 것이다. 장기 전쟁은 미국 내의 인종적·이념적 소수자에 대한 탄압의 증가를 의미한다.

현재 노르웨이를 비롯한 여러 유럽 국가가 아프간 공격에 군사적으로 참여해 미국의 새로운 제국주의적 범죄의 공범이 됐다. 그러나 보수주의자라 해도, 군산복합체의 입김이 미국보다 훨씬 약한 유럽의 정치인들은 이라크와의 전쟁 등 제3차 세계대전을 초래할 수 있는 대형 모험을 전혀 원하지 않는다. 그리고 진보주의자들은 미국의 '테러와의 전쟁'이 엄청난 규모의 국제적 유혈 사기극에 불과하다는 사실을 분명히 의식하고 있다. 사실 이름도 얼굴도 없는 자살 테러를 전쟁으로 억제할 수도, 섬멸할 수도 없다는 것은 정치인이나 정세 분석가가 아닌 일반인들도 알 만한 일 아닌가? 아랍권을 비롯한 제3세계의 생활여건이 나아지고 팔레스타인에 대한 이스라엘의 점령과 탄압이 중지되는 등 객관적인 상황이 호전되면, 반미 기류나 테러를 가능하게 하는 분위기도 수그러들 수 있다. 하지만 특정 아랍·이슬람 국가를 미사일로 폭격한다고 해서 과연 자신의 목숨을 대가로 미국을 해치고 싶은 자살 테러리스트 후보자의 수가 줄어들 리 없다. 오히려 그 반대일 것이다.

미국의 극우적 정권이 미구에 준비할지도 모를 대(對)이라크 공격이 궁극적으로는 한국 경제와 정치의 전망에 부정적인 영향을 끼칠 것으로 분석되기도 한다. 친미정권들의 대대적 붕괴 등 걸프 지역에서 대규모 정치적 혼란이 일어나면, 큰 폭의 유가 상승이 불가피하다. 그렇게 되면 걸프 석유에 의존하는 한국과 일본의 경제에 1970년대의 '오일 쇼크'보다 훨씬 심한 타격이 가해질 가능성도 있다. '악의 축' 망언 등으로 드러난 부시 정권의 북한관도 언제든 한반도의 복잡한 정치·안보 상황을 극단적인 긴장으로 몰고갈 여지가 있다. 만약 미사일을 비롯한 북한 무기의 수입국으로 추측되는 시리아와 이란까지 미국과의 전쟁에 걸려들면, 한반도의 정세가 심각하게 악화될 가능성도 있다. 상황을 이와 같은 각도에서 보면, 우리가 미국의 전쟁 모험을 단순히 인류 박애의 인본주의적 입장뿐만 아니라 구체적인 국익의 입장에서도 분명히 반대할 근거가 있다.

현재 극우·주전(主戰) 일색의 분위기로 돌변한 미국은 또 한 가지 함정에 빠져들고 있다. 이미 500만 명이 넘는 미국 내 이슬람 신도, 중동 출신 이민자들에 대한 차별과 박해가 그것이다. 미국 당국은 말로는 '선량한 대다수 중동 이민자'와 '극악무도한 테러리스트'들을 구분해야 한다며 미국인들의 관용과 자제를 호소했지만, 이슬람 신자와 중동 계통 이민자에 대한 백인 극단주의자의 구타, 살해, 건물 방화보다 무서운 것은 미국 당국의 '국가적인 테러'였다. 천 명이 넘는 무고한 중동 출신을 제대로 된 영장도 없이 체포·고문하고, 수만 명의 중동·북아프리카 계통 이민자들을 '불법 이민자'로 규정해 정상적인 심사도 없이 긴급 추방한 미국은 이미 인권국가도, 법치국가도, 민주국가도 아니다. 피해자와 그들의 동포의 눈으로 보면, 미국은 이미 이스라엘과 구별이 안 되는 '불구대천의 원수'가 되고 말았다. 범죄적인 '대테러 전쟁'이 낳은 이와 같은 분위기에서는 차후의 테러도, '적대적 공생'의 지속도 불가피할 것이다. 어쩌면 이성을 마비시키는 광적인 '총동원' 분위기와 중동 출신에 대한 무분별한 '마녀사냥'은 제대로 극복도 반성도 하지 못한 채 수백 년간 계속되어 온 인종차별 '전통'의 당연한 결과가 아닌가 싶다. 이 '업장'을 '소멸'시키지 못하는 한 미국은 차후에 새로운 '악운'을 타고 새로운 악행을 저지를 게 뻔하다.

 9·11 사태는 이슬람 민족을 학살하고 탄압해 온 미국과 러시아의 관계를 급격히 진전시켰다. 러시아에 나토(NATO) 준가입국의 지위를 부여하고 미사일 방어 체제 프로젝트에 참여시킨 미국은 그 대가로 중앙아시아의 구소련 군사기지 등에서 많은 이권을 챙겼다. 또 러시아는 아프간 침략 때 정보를 제공한 대가로 미국의 묵인하에 체첸에서 학살을 자행했다. 눈감아주는 것을 넘어 빈 라덴과 관계가 있는 것으로 추측되는 체첸 독립군 장군이 러시아에 살해되면 빠짐없이 푸틴의 '성공'을 '축하'할 정도였다. 그러나 "백인의 대동단결과 이슬람 야만인들과의 큰 전쟁"을 노골적으로 거론하는 두

나라 지배층의 야합은 중동의 이슬람주의적 풍토를 더욱더 강화시킬 것으로 보인다. 결국 부시와 푸틴이 선전하는 '냉전의 완전 종결'은 새로운 대결구도의 시작일 가능성이 크다.

제1세계의 극우인 부시와 제3세계의 극우인 빈 라덴 사이에 벌어지는 무자비한 전쟁이 전세계 민중의 고통을 가중시키리라는 것이 현재 노르웨이 지식인들의 종합적인 상황 판단이다. 2001년 9월 11일의 테러가 끔찍했지만, 미국의 무리하고 반이성적인 반응이 훨씬 더 끔찍한 사태를 낳고 있다는 것이다. 전쟁을 방지할 유일한 대안은 제3세계 빈곤의 해소와 제3세계 주요 피압박 집단들에 대한 이해 증진과 인권 보호를 골자로 하는 포용과 관용의 방침이다. 복수에 더 큰 복수로 응답하면 고통은 영원히 끝나지 않는다. 그러나 부시든 푸틴이든 세계 자본주의의 '지도자'들에게는 이미 종교도 기본적인 이성도 존재하지 않는다. 단기적인 이해에 눈이 멀어 전쟁과 인권 유린을 멈추지 않는 그들은 9·11이라는 업보보다 더 끔찍한 업보를 머지않아 받을 것이다.

양심의 권리가 더 신성하다

군복무, 합법화된 폭력

서구적 근대성을 말할 때, 여러 가지 '보급'이나 '보편화' 현상으로 설명하는 것이 통설이 된 지 오래다. 문자의 보급과 고등교육의 보편화, 유럽에서만 발생하던 전염병의 전세계적 보급과 의료 서비스의 보편화, 설탕과 담배의 보편화, 참정권의 전례없는 확산과 정치운동의 보편화⋯⋯. 그러나 국가권력의 고도화와 강화, '국민국가' 이념의 보급으로 인해 보편화된 또 한 가지 현상이 바로 국가의 합법화된 조직적 폭력, 즉 군복무였다.

프랑스 혁명과 나폴레옹 전쟁 이전까지 소수의 귀족 장교와 제비뽑기 등으로 차출(差出)된, 천민 취급을 받던 평민 졸병의 몫이었던 군복무는, 19세기에 와서 모든 '국민'의 '신성한 의무'로 탈바꿈했다. 국민개병제의 확산에 따라 1816년부터 군복무를 의무화한 노르웨이도 예외는 아니었다. 물론 나폴레옹 전쟁 이후 전쟁을 거의 하지 않은 중립국 스웨덴에 합방돼 있던 노르웨이는 징병제를 상당

228

히 '부드러운' 방법으로 실시할 여유가 있었다. 자연 여건이 어려운 북부 지역 주민은 전원 면제하고 대부분의 도시민들에게 면제 등 갖가지 특혜를 주었을 뿐 아니라, 실제 복무는 제비뽑기로 선발한 소수의 인원만 하는 방식이었다. 이와 같이 '부드러운'—사실 그 전의 차출제도와 상당히 흡사한—체제는 유럽에서 군국주의가 극성을 부리기 시작한 20세기 초까지 계속됐다. 그러나 노르웨이식 국민개병제의 융통성에도 불구하고 처음부터 '신성한 군복무 의무'에 반기를 든 사람들도 많았다.

살생을 엄격하게 금지하는 예수의 가르침에 따라 팽창해 가는 국가가 개인의 종교적 양심을 유린한다고 믿었던 퀘이커와 같은 종교 소수자들은 군복무 반대운동에 앞장섰다. 그들은 살생을 절대적으로 거부하다 그리운 고향을 버리고 미주로 이민을 떠나는 고통을

군대와 군사주의를 혐오하는 젊은 노르웨이 대중음악가의 연주회 포스터. 이 연주회의 입장료는 모두 감옥에 갇혀 있는 터키의 반(反)군 복무 운동가를 지원하는 데 쓰였다.

겪기도 했지만, 자신들의 내면을 철저하게 지켰다. 그리고 19세기 후반부터는 자본가들의 이익만 챙겨주는 국가를 위해 자신의 피를 흘리고 다른 나라 프롤레타리아들의 피를 흘리게 할 필요가 없다고 굳게 믿은 일부 사회주의자들도 반(反)군복무 운동의 또 하나의 축을 이루었다. 결국 예수와 마르크스의 가르침을 따르는 이들의 헌신적인 노력으로, 노르웨이 땅에서 유럽적 근대성의 가장 부정적인 측면인 '국가적 폭력의 보편화'가 어느 정도 견제되어, 민주적·인권적 근대의 모습이 지켜졌던 것이다.

노동당과 공산당의 끈질긴 노력으로 드디어 1922년에 양심적인 병역 거부를 허용하고 대체복무 제도를 도입하는 최초의 법안이 노르웨이 국회에서 채택됐다. 이 법안 채택의 배경에는 국내 군복무 반대운동의 성과뿐만 아니라, 제1차 세계대전의 참상에 분발한 평화주의자들의 열띤 투쟁의 결과 영국, 덴마크, 네덜란드 등지에서 통과된 대체봉사 관련 법률의 영향도 있었다. 사실 대체봉사 제도를 가장 늦게 법적으로 인정한 프랑스(1963), 벨기에(1964), 스위스(1996)만 제외하고는, 양심에 따른 병역거부권은 이미 1920~1930년대에 유럽 대부분의 민주법치 국가에서 보편화됐다. 사실 그때부터 병역거부권의 존재 여부는 민주법치 수준의 주요 기준으로 인식되기 시작했다.

인권에 문제가 많았던 동독마저도 1964년부터 병역거부권을 인정하기 시작했다. 그것은 이 기준에 따라 '민주국가'로서 공인(公認)을 받아야 했던 필요성과 무관하지 않았다. 이와 비슷한 문맥에서, 병역 거부운동의 선봉에 섰던 유럽 노동운동에 대한 영향력을 잃지 않으려는 초기의 소련도 상당히 오랫동안(1939년까지) 적어도 법률상 종교적 신념에 따른 병역거부권을 인정했다. 한마디로 1920

~1930년대부터 노르웨이를 포함한 대다수 유럽 민주국가에서 '유럽적 민주주의'와 '병역거부권 인정'은 동의어로 통하기 시작했다.

현재 통계상 1년에 징집되는 젊은이들의 약 10~15%는 16개월(정상적 병역기간의 거의 2배)의 대체복무를 택한다. 그러나 내 경험으로 봐서 대학생 중 거부 의사자의 비율이 거의 절반에 달한다.

복무의 분야는 매우 다양하다. 중·고등학교에 학교폭력을 방지하는 상담 요원으로 파견되어 자신의 반(反)폭력 신념을 실천적으로 살리는 사람들이 있는가 하면, 좌익계 거부자들은 아동 구조·대외 원조 기구에 취직하여 세계적 불평등 구조를 조금이나마 고치려는 의지를 실천에 옮기기도 한다. 그러나 국가와의 이와 같은 타협까지도 뿌리치고 '완전 거부'의 어려운 길을 택하는 사람들도 1년에 100~200명이나 된다. 자신의 신념과 어울리는 복무까지도 안 하겠다는 젊은이들이 있다는 말을 한국에서 하면 '배부른 사람들의 장난'이라는 비아냥거림을 들을지도 모른다.

그러나 '완전 거부자(total objector)'의 말을 귀기울여 들어보면 상당히 일리가 있어 보인다. 그들은 병역의 근거인 국가의 '국민동원권' 자체를 원칙적으로 인정하지 않으려고 한다. 그들의 논리에 따르면, 국가가 국민에게 일정 기간의 군복무나 대체봉사를 강요하는 것은 고대 유럽에서 노예주가 노예를 부리거나 중세 동양사회에서 전제군주가 백성을 토목공사에 징집한 것과 전혀 다르지 않은 반민주적이고 반인륜적인 폭력이다. 그들에게는 이와 같은 폭력과 타협해서 편안한 대체봉사의 길로 간다는 것이 폭력의 공범이 되는 것과 다를 바 없다. "힘에 굴종하는 것은 부끄러운 것"이란 말이 그들의 표어다. 그러면 국가의 힘에 굴종하지 않는 대가는 보통 무엇

노르웨이 '군 완전 거부자' 협회의 인터넷 홈페이지. 미래의 불이익을 각오하고 국가와의 정면 충돌을 선택한 그들의 감옥 체험담과 법률조언을 만날 수 있다.

인가?

1993년의 새로운 법에 따르면 '완전 거부자'는 90일의 구류를 당할 수 있다(특별한 경우에는 180일간의 구류도 가능하다). 그리고 물론 전과자가 되어 나중에 공무원으로 출세하기도 어려울 것이다. 미래의 불이익을 각오하고 국가와의 정면 충돌을 선택한 그들의 감옥 체험담과 법률 조언들을 '완전 거부자' 협회의 공식 웹사이트(http://pluto.wit.no/doogie/ga/huset/kmv/)에서 찾아볼 수 있다. 그들의 신념을 같은 평화주의자 사이에서도 일종의 극단으로 간주하는 사람들이 있지만, 국가를 전혀 두려워하지 않는 젊은 운동가들이 존재한다는 것이 노르웨이 진보운동 전체에 대단히 다행이라고 노르웨이인들은 생각한다. 타협과 안주를 체질적으로 거부하는 사람들이 있기에, 최근에 대체복무 제도의 장기적인 정상 운영으로 만족과 침체에 빠진, 노르웨이의 반전·반폭력 운동의 생명과 활력이 유지되기도 한다는 것이다.

유럽에서 최초의 대체복무법(1916)을 쟁취한 영국의 평화주의자들은 냉전도 아닌 열전(제1차 세계대전) 상황에서 군복무를 거부하여 영창에 끌려가곤 했다. 지금도 한쪽에선 그리스와 대치하고 있고, 또 한쪽에선 쿠르드족과 사실상 교전 상황에 있는 터키에서는 일부 사회주의자와 무정부주의자들이 군복무를 거부해 재판을 받고 있다. 결국 아직까지도 대체봉사법이 없는 터키에서 이 법이 채택된다면, 지금과 같은 '전쟁 속의 병역 거부운동' 의 결과일 것이다. 마찬가지로 군사적 파시즘이 이미 일상화된 군국주의 국가 이스라엘에서도 극소수 양심 분자의 병역 거부투쟁이 끈질기게 계속되고 있다. 그 결과, 여성과 종교적인 남성에 한해서 대체봉사 제도가 부분적으로—매우 제한적인 모습으로—도입되었다. 그렇다면 국가간의 대치상황이나 전쟁이 대체복무 제도를 불가능하게 만드는 것도 아니고, 이 제도의 쟁취를 위한 투쟁을 불가능하게 만드는 것도 아닐 것이다.

그러면 한국에는 아직 대체봉사 제도가 없는데, 이 제도가 필요하다는 문제의식이 '인권 입국' 을 부르짖는 김대중 정권 당국자나 '주류' 종교 지도자에게 희미한 근본 원인은 과연 무엇인가? 보통 이와 같은 질문을 한국 지식인에게 하면 '전통적인 국가주의' 를 탓하는 사람들이 많다. 그러나 전통 시대 말기에 조선 천주교 신도들이 세계사에서 보기 드문 자기 희생 정신을 보여, 양심의 자유를 위한 비폭력운동을 전개하지 않았던가? 개인의 양심과 신념보다 '국가적 필요성' 이 한국인들의 의식을 지배하기 시작한 것은 군사적 광기가 짙었던 일제 말기의 '국민 총동원' 시기다. 태평양전쟁 시기의 군국주의적·국수주의적 세뇌장치들을 남북한 정권이 각각 그대로 이어받아 "국가를 위한 살생도 종교적·도덕적 죄"라는 단순한 논리조차 생기지도 못하게 국가와 군대를 이전의 일본 천황과 같은 '신성 불가침' 한 존재로 만들어놓았다. 지금 한국의 반(反)군복무 운동을 짓누르는 것은 남북의 분단과 대치 자체라기보다는

남·북한 정권의 많은 공통점 중 하나인 일제식 세뇌장치의 무분별
한 이용이다. 앞에서 이야기한 것처럼 노르웨이 반군복무 운동의
'쌍두마차'를 이룬 것은 예수의 살생 금지를 실천하려는 일부 기독
교인과 계급 국가에 불복종하려는 일부 좌파였다. 한국의 경우에는
극우반공 체제라는 상황에서 좌파 운동이 상상을 초월하는 탄압을
받았고, '주류' 종교집단들은 대부분 일제시대의 전례대로 국가와
타협하거나, 독재국가와 충돌한다 해도 '신성불가침한' 안보와 병
역 문제는 건드리려고 하지 않았다.

그러나 한국에서도 각종 터부들이 점차 무너져가고 일제로부터
물려받은 세뇌 메커니즘이 본격적으로 흔들리고 있다. 병역을 거부
한 불자 오태양 씨가 일으킨 '양심적 병역 거부의 공론화'에서 볼
수 있듯이, 우리에게는 양심과 엇갈리는 국가의 요구를 거부할 권
리도 있다는 단순한 진리를 깨닫는 사람들의 수는 점차 많아지고
있다.

시베리아를 넘어, 체첸을 넘어…

나는 지금도 페레스트로이카(perestroika, 소련 사회주의 개혁)가
한창이던 1980년대 말기를 생생하게 기억한다. 소련 사회의 개혁
을 위해 나선 민중적·진보적 지식인들은 과연 당시 개혁의 목표를
어떻게 생각했을까? 서구보다 훨씬 '근본주의적'인, 복지예산의 비
율이 훨씬 낮은 자본주의 나라가 된 지금의 러시아 사람들에게는
거의 믿어지지 않는 일이겠지만, 그 당시 페레스트로이카 주도자들
의 주요 목표와 당시 사회·경제적 모델로 가장 인기를 모은 것은

미국식 자본주의가 아닌 스칸디나비아의 사민주의였다.

그러나 사회·경제적 모델보다도 페레스트로이카 시대 젊은 러시아인의 주요 관심사는 국가와 개인의 문제였다. 스탈린의 대량 학살과 1970~1980년대 '사상범 탄압' 등 소련 역사의 어두운 면들이 줄줄이 밝혀지던 페레스트로이카 시절, 진보적인 젊은이들이 가장 절실하게 원한 것은 국가로부터의 개인의 진정한 독립과 개인 인권의 절대적 가치 인정, 애국애족과 같은 허구적인 이데올로기가 아닌 법과 인권에 따른 개인과 국가 간의 합리적인 관계 성립이었다.

소련의 1980년대를 어둡게 만든 아프간 침공을 지켜보면서 살았던 젊은 세대는 인권을 생각할 때마다 '사람 죽이라는 명령을 거부할 권리', 즉 병역에 대한 양심적 거부의 권리를 먼저 의식하곤 했다. 그들에게는 페레스

러시아군의 폭격으로 목숨을 잃은 체첸의 어린이들.

트로이카의 목표가 국가를 위한 살생을 합법적으로 거부할 수 있는 성숙한 사회의 건설이었다고 말해도 과언이 아닐 것이다. 서구에서 시민사회가 이미 이 목표를 달성했다는 사실은 그들에게 큰 힘이 되기도 했다.

페레스트로이카의 열정도 식고 구소련이 산산이 부서진 지 어언 10년 넘게 지났다. 부정부패의 체감지수로 따지면 인도네시아 다음으로 꼽히는 현재의 러시아에서 페레스트로이카 시절의 꿈이었던 '스칸디나비아 모델'을 언급하면 웃음거리밖에 되지 못한다. 러시아보다 인구가 20배나 적은 스웨덴의 국민총생산이 러시아의 그것과 비슷한 수준인데, 러시아와 스웨덴의 사회복지를 비교할 수 있겠는가? 소련의 붕괴와 사기극에 가까운 옐친의 개혁이 초래한 러시아의 탈산업화, 탈근대화의 규모를 생각하면 한숨밖에 나오지 않는다. 소련의 산업·과학 복합체가 아직 돌아가고 있었던 페레스트로이카 시절에는 꽤나 현실적으로 느껴지던 스칸디나비아식 복지국가 건설의 꿈은 오늘의 러시아에서는 말 그대로 '단꿈'일 뿐이다.

그러면 그 당시 또 하나의 꿈, 즉 국가가 강요하는 살생을 거부할 수 있는 합리적인 인권사회의 꿈은 과연 어떻게 됐을까? 지난 10년간의 양심적인 병역 거부, 대체복무 제도의 도입을 위한 투쟁의 연혁을 들여다보면, 거대 군국주의 국가에 맞선 러시아 시민사회의 고투가 얼마나 치열했는지 그대로 느낄 수 있다.

구소련이 붕괴된 직후, 러시아의 헌법에는 "양심에 따라 병역을 거부하고자 하는 시민은 대체복무를 신청할 권리가 있다"는 조항이 첨가됐다. 그러나 보수적인 군부조직의 끈질긴 반발을 뚫고 대체복무 제도를 구체적으로 도입하는 것은 훨씬 어려웠다. 대체복무 관련 법률 제정 및 제도 도입을 담당하는 국회위원회도 만들어졌지만, 옐친이 1993년 10월 국회를 무력으로 해산할 때 그 위원회도 자연히 없어지고 말았다.

한편 군부의 지지에 힘입은 옐친이었지만, 국내외 민주여론을 완전히 무시할 수도 없었다. 옐친의 측근들이 작성하고, 1993년 12월 국민투표로 통과된 러시아의 새로운 헌법에는 신념이나 신앙에 따른 대체복무 신청이 가능하다는 조항이 들어 있었다. 그러나 국가 최고의 법인 헌법에 양심적 병역 거부 · 대체복무 신청에 대한 조항이 들어 있다고 해서 승리한 것은 아니었다. 해당 법률 제정과 구체적인 제도 도입 없이는 헌법 조항은 사문화될 수밖에 없었고, 군부 · 공안 · 군산복합체 세력들은 법률 제정과 제도 도입을 막기 위해 결사적인 저항을 벌였다.

인권 · 민주 단체 관련자들은 대체복무법의 초안을 1994년과 1998년에 국회에 상정한 일이 있었다. 국회에서 활발한 토론이 벌어졌지만, 두 번 다 진보운동 쪽의 법안이 부결됐다. 그 이유는 보수적인 친정부 여당과 주요 야당인 공산당이 다양한 신념들을 최대한 존중하는 이 서구형 법안을 '애국심과 사병의 사기를 저하시키는 매국적인 우거(愚擧)'로밖에 취급하지 않았기 때문이다. 결국 국회의원들의 '불타는 애국충정'을 충족시킬 만한 법안을 작성하기 위해 러시아식 군사주의적 어용 애국의 '심장'인 국방부가 나섰다. 2002년 1월 24일 국회에서 발표된 국방부 '애국지사'들의 작품은 말 그대로 가공할 만했다. 그 작품의 공식 명칭은 '대체복무법'이지만, 차라리 대체복무를 신청하는 자들을 '처벌'하기 위한 법이라고 해야 마땅할 정도였다. 법안을 보면, 대체복무 기간은 정상적인 군복무 기간의 2배나 되는 4년이다(단, 대졸에게는 2년). 그 법을 보는 순간 젊은이들의 소신이 흔들리기 시작하리라고 기대한 셈이다. '4년간의 격리생활'로 젊은이를 위협한 뒤에, 법은 "군에서의 비전투 요원 복무라면 받아들이겠다"는 거부자들에게는 '3년간 복무'라는 '당근'을 던져준다. 살고 싶으면 우리와 타협하라는 이야기다.

그러나 타협한다 해도 국방부는 총을 싫어하는 사람을 인간으로 대접하려고 하지 않았다. 법안에 따르면, 전형적인 대체복무자든 비전투 요원이든 군대를 위해 출신지와 가장 동떨어진 지역에서(시베리아 광산 노동 등) 막노동을 해야 한다는 것이다. 오죽했으면 전력을 다해 군국주의적 '애국주의'를 고취하던 푸틴 정부의 부총리들마저 국방부 관계자들에게 이 법안을 정정하라고 공식 요청했을까. 박애주의를 들먹이는 얼치기들을 시베리아 광산으로 보내고 싶어도 서구의 시선이 두려웠던 모양이다.

좌익 운동가들이 이 법안에 대해 또 한 가지 지적을 한다. 2~4년 동안이나 막노동해야 하는 병역 거부자들에게는 직장 선택권이 없는 것처럼 파업할 권리도, 직장 상사의 명령에 불복할 권리도 없었다. 총을 들지 않을 뿐, 시베리아 광산에서의 생활은 다른 측면에서 군복무와 많이 다르지 않을 것이다. 노동자의 기본 권리마저 없는 그들을, 정권과 자본이 파업하는 노동자 대신 파견 근무를 시키는 등 일종의 '파업 파괴자 집단'으로 만들 작정이었던 셈이다. 양심을 살리려고 군대에 가지 않으려는 사람을 노동자의 투쟁을 파괴하는 도구로 사용하려 하다니, 민중에 대한 극도의 멸시와 냉소라고 말할 수밖에 없다.

권좌에 앉아 있는 '애국자'들이 그들의 제도적 폭력을 거부하려는 사람들을 어떤 식으로 '모양 좋게' 처벌할 것인지 궁리하고 있는 동안, 헌법에 보장된 '양심적 병역 거부의 권리'를 실천하기 위한 힘든 투쟁은 계속 이어져간다. 1992~1993년부터 지금까지 보통 1년에 약 1,500명의 징병 대상자들이 종교적 신념 등을 근거로 대체복무를 신청한다. 광활한 러시아에서 그들의 운명은 거부 지역과 본인의 의지력, 그리고 운에 따라서 다를 수도 있다. 가령 모스크바의 인권단체나 반정부 언론, 외국 특파원들의 시선이 잘 닿지 않는 오지 출신의 경우 의지력이 약한 거부자는 명분상 군시설이지만 사실상 고급 장교의 별장을 짓는 '건설부대'로 보내지기도 한다. 폭력문화를 접한 일이 거의 없는 거부자가 이 부대에 가면, 군내 폭력 등으로 건강한 심신으로 돌아갈 확률이 매우 낮다.

그러나 거부자가 국내외 매체의 관심을 끌거나 법원의 독립성이 어느 정도 보장된 모스크바 등 '선진' 지역에서 산다면, 헌법에 호소하여 몇 개월이나 몇 년의 재판 과정을 거쳐 대체복무 판정을 따낼 수도 있다. 그들은 보통 규정이 정해질 때까지 무기한 복무 연기 판정을 받거나, 소방서나 철도, 연금 생활자 지원 단체에서 2~3년 동안 근무한다. 정권이 군사적 총동원 분위기를 다시 조장하게 되면 언제든 '군 미필자'로서 병무청에 끌려갈 수도 있는 불안정한 처지지만, 일단 신념을 관철한 만큼 승리를 거두었다고도 볼 수 있다.

이미 10년 넘게 걸린 러시아에서의 대체복무를 위한 투쟁은 아직 끝을 맺지 못하고 있다. 그러나 그 투쟁이 러시아 사회에 기여한 바는 실로 크다. 국가 폭력에 대한 비판적인 분위기가 조성된 만큼, 체첸 전쟁과 같은 국가의 대량 폭거들은 예전에 비해서 훨씬 더 강한 비판을 받게 됐다. 그리고 푸틴류의 '공안꾼'들이 공포 분위기를 조장하려는 시도에 대한 민중의 저항에도 큰 보탬이 됐다. 한국의 반전, 반폭력 투사들이 러시아의 전례에서 얻을 수 있는 교훈은 과연 무엇인가? 첫 번째로는 쉬운 성과는 없다는 사실이다. 두 번째는 러시아에서의 양심적 병역 거부운동이 체첸 전쟁에 대한 비판적인 여론을 확산시킬 수 있었던 것처럼, 한국에서도 양심적 병역 거부가 수구세력과 부시 정권의 대북 공격 선동을 억제하는 데 도움이 될 수 있다는 것이다.

푸틴, 공포의 확대재생산

2002년 1월, 1년 6개월 만에 고향인 상트페테르부르크와 모스크바를 갔다왔다. 짧은 여행이었지만 많은 러시아 사람들을 만나고 러시아 생활을 직접 체험하면서 한 가지 사실을 몸으로 체험할 수 있었다. '러시아의 부흥'을 주장하는 러시아 어용매체뿐 아니라 서구 매체마저도 경제성장 등의 거시지표를 근거로 푸틴 정권의 행각을 '성공적인 서구식 자본주의의 건설'로 본다는 것이었다.

그러나 그 이면에 숨겨진 진짜 모습은 다름 아닌 집단적인 공포심리다. 공산당 독재정권 시절의 '전지전능한' 전체주의적 국가에 대한 기존의 공포가 없어지지 않고 오히려 푸틴의 경찰국가 건설 정책의 결과로 크게 부활·강화되고 있는 것이다. 그리고 국가에 대한 공포라는 러시아 소시민의 기본적인 집단심리에, 후진 자본주의 사회에 불가피한 생계 공포, 범죄 공포 등이 덧붙어 사실상 일반인들의 생활은 과거보다 훨씬 고통스럽다.

한낮에 젊은 남녀 한쌍이 손을 잡고 모스크바 거리를 천천히 산책하고 있다. 갑자기 청년의 남자 앞에 몇 명의 경찰관이 나타난다.

그 남자의 모습이나 행동에 수상한 것은 없었지만, 일단 불심검문에 걸린 것이다. 경찰관을 보자마자 남자는 떨리는 손으로 '국내 여권(러시아식 주민등록증)'을 재빨리 꺼낸다. 나이가 27세 이하(러시아에서의 현역 복무의 하한 연령)라는 점과 군 미필자라는 점을 확인한 경찰관들은 여자의 울음소리와 비명소리를 뒤로하고 남자를 붙잡아 어디론가 데려간다. 남자는 "대학생으로 공부하는 동안 입대를 연기할 권리가 있다"고 주장하면서 학생증을 보여주지만 소용이 없다. 경찰관들이 "지금 군대에 갈 사람이 없으니까 너라도 국방의 신성한 의무를 해야지" 하면서 낄낄 웃고, 겁에 질린 다른 보행자들은 이 장면을 못 본 척한다.

이 즈음에서 이 남자가 경찰관들에게 미화 약 100달러 정도를 줄 수 있다면 '국방의 신성한 의무를 다하는' 대신 대학생으로서 입영 연기 권리를 당당하게 행사하고 여자친구와의 사랑도 계속 유지할 수 있을 것이다. 당장 '상납'하지 못한다 해도, 마지막 기회는 병무청의 징병과 담당 장교다. 그러나 거기에서도 성공적인 뇌물 수수가 이루어지지 못하면, 졸업할 때까지 병역 걱정하지 않고 마음 놓고 공부해야 할 이 대학생은 난데없이 독립군과의 전쟁이 끝나지 않은 체첸 산악지대나 머나먼 시베리아 오지의 미사일 부대로 끌려갈 가능성이 매우 크다. 부모나 인권단체들이 법에 호소해 봐야 헛수고가 되고 만다. 참고로 27세 이하의 나이라는 죄밖에 다른 죄가 없는 청년을 연행한 경찰도 병무청도, 당사자의 부모에게 강제 입영 사실을 보통 통보하지 않는다. 시체 공시소와 경찰서들을 다 두루 가본 부모들 스스로 눈치를 채서 병무청에 연락을 하면 '입영 사실을 확인' 해 줄 뿐이다.

한국전쟁 시절이나 그 직후의 남한 현실을 방불케 하는 위의 에

피소드는 2002년 푸틴 치하의 모스크바에서 일어난 실화다. 믿어지지 않지만 지난해 12월에서 올해 1월 사이에 모스크바 경찰과 병무청이 불법적으로 '납치' 해서 군에 보낸 병역 면제 권리 · 입영 연기 권리 소유자들이 이미 몇백 명에 이른다. 몇 군데 대학교의 기숙사를 일시에 '덮쳐' 뇌물을 바치지 못한 학생들을 군에 보낸 적도 있다. 그것보다 훨씬 끔찍한 것은 합법적인 병역 면제 권리를 가진 숙환 환자나 둘 이상의 자녀를 둔 아버지, 가난한 연금생활자 부모의 외아들마저 경찰과 병무청에 '납치' 당하는 것이다. 막노동을 못하는 환자가 장교와 고참들의 구타를 견뎌내고 살아서 돌아올 가능성이 거의 없다는 것도, 군대에 잡혀간 남성의 가난한 가족들이 매매춘과 구걸 없이는 생계를 이어나갈 수 없다는 것도 불 보듯 뻔하다.

대낮에 시내에서 청년을 잡아 사지로 보내는 군과 경찰은 그런 행동을 변명하지도 않고 오히려 '병역 면제와 입영 연기 권리의 대폭 감소' 에 관한 법안을 국회에 상정하는 등 뻔뻔스러움을 과시한다. 인권 · 반전 단체들이 노력해도 불법적으로 '강제 입영' 을 당한 사람 가운데 몇 명밖에 구제할 수 없다. 지역 법원이 '강제 입영' 의 불법성에 대한 확인 판결을 내려도, 군부대들이 계속 항소를 하는 등 납치 희생자들을 쉽게 보내주지 않기 때문이다.

서구와의 좀더 가까운 관계, 유럽 연합 · 나토와의 전략적 동반자 관계 구축 내지 가입을 목표로 생각하는 친서방 정권 치하에서 어떻게 부정부패로 세계적으로 악명을 떨친 옐친 시대에도 거의 없던 이 같은 대량 인권 유린이 쉽게 감행 · 방치되는가. 군 미필자들의 뇌물을 노리며 감행하는 쪽의 논리는 별다른 설명 없이도 이해가 된다. 그러나 아직까지 이렇다 할 만한 입영자 부족에 시달리지 않

은 푸틴 정권이 주변 세계의 구설수에 오를 가능성을 무릅쓰고 군
과 경찰의 전례없는 전횡을 방관하는 속셈은 과연 무엇인가?

인권·노동 단체 관계자들의 관측으로는 정권이 일차적으로 '전
통적'인 국가에 대한 공포분위기를 확대재생산함으로써 푸틴에 대
한 진지한 반대운동—특히 젊은이들의 반정부운동—을 미연에 방
지하려는 속셈이라는 것이다. 병역 연기 권리를 합법적으로 누리는
학생도 언제든 경찰의 '습격'을 받아 체첸 같은 곳으로 끌려갈 수
있다면, 과연 정권의 미움을 사는 운동에 나서기가 쉽겠는가? 결국
정권 유지와 재창출을 위해 국가 권력기관들의 위법 행위를 '적당
히' 이용하는 셈이다. 그리고 베트남 전쟁 때 한국군의 파월 대가로
미국 보수언론으로부터 '경제 개발의 영웅'으로 대접받은 박정희
처럼, 첩보 등의 분야에서 미국의 아프간 침략을 적극 지원한 탓에
푸틴도 인권 유린을 저지른다 해도 서방의 보수적 주류 언론을 별
로 두려워할 이유가 없는 것도 사실이다.

경찰 제복만 보이면 이미 몸이 떨리는 러시아 청년들. 최근 그들
의 전통적인 국가 공포 콤플렉스에 나날이 심각해져 가는 생계의
공포가 첨가됐다. 이미 한 달 200~250달러에 달한 실제 소득이
꾸준히 는다 해도, 인플레이션과 함께 실생활 비용이 훨씬 더 빨리
는다는 것이 러시아 사람들의 공통된 의견이다. 따라서 푸틴 정권
이 적극 선전하는 연평균 4~5% 경제성장이 이루어진다 해도, 주
요 공산품 가격이 이미 한국 수준에 도달한 모스크바에 거주하는
하층민·중산층 하류는 심해져가는 생활고만을 체감하게 되는 것
이다.

물론 러시아 자본주의의 총아인 모스크바와 상트페테르부르크만
보면 대다수 노동 인구의 생활이 그리 궁핍하지는 않다. 그러나 그

들의 '성공적'인 생존 비결은 무한대의 과잉노동 제공이다. 아침에는 관광회사에서의 가이드로 일하고, 낮에는 본교에서 강의하고, 그 다음 과외수업을 마치면 저녁에 또 번역회사에서 주문한 상업적인 번역…….. 이것은 상트페테르부르크 국립대학에서 강의하는 한 젊은 교수의 전형적인 일과다.

한 회사에서 보스가 떠나라고 말할 때까지 정해진 근무시간 없이 땀 흘려야 하는 한국의 하급 사무 노동자와 구체적인 착취 유형은 다르지만, 세계체제 주변부의 전형적인 '노동력 집중 과잉 착취'라는 점에서는 상통하기도 한다. 1년에 18~20% 정도 물가가 높아져 갈수록 '부수입'의 필요성이 절실해지고, 일과가 고달퍼지고, 저녁에 책을 보거나 오페라 극장에 갔다올 수 있었던 공산당 시절이 점점 그리워진다. 그러나 모스크바만 해도 한 달에 약 300명 정도씩 얼어죽는 노숙자나 술꾼들의 비참한 모습을 보면서 그나마 자본주의 체제에 노동력을 팔 수 있는 건실한 러시아 평민들은 일종의 안도감마저 느낀다. 최빈 인구를 굶어죽거나 얼어죽게 놓아두는 예측 불가의 '시장사회'에서 적어도 생존하고 있다는 데 대해 두려움 섞인 자축을 하고, 앞으로도 아사를 면하기 위해서 계속 일감을 걱정하는 것이다.

러시아의 노동자와 지식인들은 푸틴이 구상하는, 억압적인 통치하에서 값싸고 잘 순치된 고학력 노동력과 자연 자원을 공급해 주는 주변부 러시아에서 살고 싶어할까? 그들은 과연 국가와 시장의 폭력 앞에서의 공포심리를 계속 '숙명'으로 알고만 있을 것인가? 내가 보기에는 결코 그렇지 않다. 과거 러시아의 혁명적·자유주의적 전통이 앞으로도 개인의 인권과 존엄성을 위한 '조폭형' 국가와의 투쟁으로 계속될 것이다.

'군대 해체'를 상상하자

한국의 근·현대사에서 진보세력의 도전을 받아보지 않은 사회제도나 조직은 거의 없을 것이다. 자본주의와 불평등한 세계질서를 부정하는 '정통' 좌익, 국가 그 자체를 부정하려는 아나키즘 운동, 국가의 구체적인 억압적 장치들(예컨대 국가보안법)을 철폐하고자 하는 각종 민중운동들도 한국 근·현대사에 발자취를 남겼다. 그런데 비판의 대상은 자주 됐으면서도 부정되거나 철폐 요구를 받아본 적이 없는 국가장치가 하나 있다. 바로 군대다.

군대에 대한 각종의 비판이야 민간인 학살로 얼룩진 6·25 전쟁 때부터 베트남전 때의 한국군 만행들이 밝혀진 최근까지 수없이 제기돼 왔다. 군비 축소 없이는 아직도 고질적인 후진성을 벗어나지 못하는 교육과 같은 분야의 질을 선진화할 수 없다는 사실은 적어도 진보계에서는 이미 진부한 진리가 된 지 오래다. 군사문화가 현재의 상명하달식 사회구조와 폭력적 사회 분위기의 형성에 결정적인 역할을 했다는 것은 진보를 자처하지 않는 사람들도 대개 인정한다. 그렇게 군대에 대한 비판적인 시각이 확산됐음에도, 한반도에서는 가장 열렬한 평화주의자들조차 '국방무용론'이나 '군대해체론'을 언급하려 하지 않는다.

어떻게 보면, 당연한 일일 수도 있겠다. 그 1차적인 원인은 분단체제로서의 한계와 중국·일본 군사대국화의 문제가 될 것이고, 2차적인 원인으로는 애당초부터 '부국'과 함께 '강병'을 강조했던 한국 근대 엘리트의 근대화 프로젝트의 특성을 원인으로 들 수 있다. 상비군 5,000~7,000명으로 일본의 침략과 중국 등의 간섭을 물리치지 못한 조선왕조의 무력함에 대한 일제 시기의 망국민의 한

(恨)이야말로 이해할 수 있는 것이 아닌가? 그러한 분위기에서는 도산 안창호처럼 평화스러운 종교인도 상하이 시절 자신을 비롯한 모든 재외 애국 국민의 제1의무가 바로 군사교육이라고 늘 강조할 수밖에 없었다. 자연스러운 일이다. 그러나 남·북한의 건국 이후 일제 시기 독립운동식의 '낭만적인 군사주의', '투사적인 군사주의'의 시절은 지나갔다. 군대는 민족 신화를 이용하는 국가 권력의 통치·동원·훈육의 최고 수단이 됐다. 남한의 경우에는 초기에 군대를 만들고 운영한 대다수 권력 주체들이 독립운동과 하등 관계가 없는—아니면 박정희처럼 독립운동을 탄압하는 데서 '전과'를 올린—일제 앞잡이였다는 사실을 다시금 말할 필요가 있을까? 결국 나라의 양쪽 지배층이 한반도의 젊은 남성들에게 총을 들게 하고 무장시킴으로써 각자의 억압체제를 강고히 하는 상황에서는 나를 비롯하여 이 상태를 타개하려는 이들도 분단체제 안에서 평화운동의 태생적인 한계를 인정할 수밖에 없다.

유럽에서의 가장 반가운 발견 중 하나는, 한국에서는 거론조차 하기 어려운 '군대의 전면적인 부정'이 진지한 토론의 대상이 된다는 것이다. 시민 1,000명당 15명이 현역 군인이 되는 한국에 비해 1,000명당 5명이 재향·현역 군인인 스위스에서 2001년 12월 2일에 이색적인 국민투표가 시행됐다. 투표의 다섯 항목 중 두 가지는 매우 빠르게 세계적 뉴스토픽이 됐다. 하나는 세계 투기자본가들 사이에 한때 상당한 긴장을 불러일으키기도 했는데, 스위스 노총이 제안한 모든 자본·증권 거래에 대한 20%의 일률적 세금징수안이었다. 투기자본의 전횡을 막으려는 이 제안이 만약 국민투표에서 통과됐다면, 반세계화 운동의 중요한 요구사항이 관철되기 시작했다고 평가할 수도 있었을 것이다. 세계의 이목을 끈 두 번째 항목은 스위스 군대의 해산안이었다.

물론 주위의 인접 국가 중에서 이렇다 할 만한 가상 적(假想敵)이 전혀 보이지 않는 스위스에서야 가능하다고 남의 일로 취급하기 쉬운 소식이다. 그러나 영구중립국으로서 나토에 가입하지 않아 유사시에 외부로부터 보호받기 힘든 스위스에서 이와 같은 제안이 유권자 10만 명의 지지 서명을 받아 국민투표에까지 상정된 것이다. 더군다나 1989년에 이미 똑같은 군대해산안이 국민투표의 대상이 됐던 일까지 떠올린다면, 군대의 전면적인 부정이 스위스 국민토론의 주요 테마가 됐다는 사실을 알 수 있다.

군대가 있어도 가상 적에 대한 적개심을 주입하는 정신교육이나 체벌과 같은 병폐를 전혀 찾아볼 수 없는 스위스에서 왜 구태여 군대를 해산하자는 소리가 계속 들리는가? 예상 밖으로 군대의 해산을 요구하는 한 축은 다름 아닌 우파적 자유주의자들이다. 그들의 논리는 현재와 같은 자본주의 세계체제에서 맹주국의 군사력만으로도 주변부의 움직임을 충분히 견제할 수 있다는 사실로부터 출발한다. 미국과 그 동맹국들의 군사예산이 세계군비의 80% 이상을 차지하고, 미국이 60여 개국에서 주둔하고 있는, 극단적으로 일극적(一極的)인 현재의 세계에서 왜 하필이면 적대세력들의 침공에 대비해 그 아까운 돈을 낭비해야 하느냐는 것이 이 논리의 골자다.

물론 이 같은 논법을 뒷받침하는 것은 주변부 세력들이 침공자가 될 수 있는 반면에 핵심부 세력 사이의 갈등이 언제나 평화적·합법적으로 해결될 수 있다는 전제다. 그러나 좌파의 군 해산 논리는 돈타령과 미군의 위력에 대한 확신을 출발점으로 삼는 우파와는 다르다. 좌측에서 중점을 두는 것은 무엇보다도 징병제의 억압적인 성격이다. 군복무 자체보다도 스위스 재향군의 야단스러운 정규 훈련은 스위스 주민들에게 여간 부담스러운 것이 아니어서, 많은 스위스 시민들이 노골적으로 "재향군 훈련을 피하기 위해서 외국에서 거주하려 한다"고 말한다. 훈련 기피자들을 단속하는 스위스 경찰의 태도도 전설적이다. 합법적으로 외국에 나가 살다 회의 참석차 스위스에 입국했다가 호텔에서 엉뚱하게 '훈련 기피죄'로 붙잡혀 간(우연히 스위스에서의 회의 날짜와 옛적 재향군 훈련기간이 같았다) 스위스 기업가 이야기는 국제적으로 유명한 일화가 됐다. 또한 스위스 시민의 집집마다 자동총을 보관하고 있는 스위스 생활의 풍속도는 무기를 흉기로 보는 좌익 평화주의자들에게는 살벌해 보일 수밖에 없을 것이다.

스위스를 유럽의 주요 국가 가운데 '군대 없는 국가'의 선구자로 만들 수 있었던 '군대해산안'에 대한 투표는 이번에도 부결로 끝나고 말았다. 1989년에 36%의 유권자들이 군대 해산을 지지한 데 비해 이번에는 지지율이 21%에 그쳤는데, 미국의 아프간 침략이 만들어낸 전세계적인 광적 분위기에서 시들고 있었던 안보의식이 다시 일어났다고 봐야 할 것이다. 그러나 부결됐다고 해서 국민투표 자체를 허사로 보면 안 된다. 군대해산안이 강력하게 제기된 바람에 군비 축소 효과가 상당히 있었기 때문이다.

노르웨이에서 군대 해산 아이디어는 냉전 종식 이후 지금까지 늘 정치계의 화젯거리다. 냉전시대에는 '소련 침공의 위험'이라는 명분이 있어 지지를 받아온 노르웨이군은 소련 몰락 이후 소련의 침공 위협을 덜게 되었다. 물론 "구소련 지역의 정치적인 불투명성과 예측 불가성, 사회적 혼란의 위험성" 등으로 당분간 군대의 수명을 늘릴 수 있겠지만, 푸틴의 보수적인·친서구적인 관료자본주의적 체제가 점차 강화됨에 따라 큰 설득력을 잃게 될 것으로 보인다. 연레 여론조사 결과에 따르면 1990년대 내내 군대를 해산해 노르웨이를 아이슬란드처럼 '군대 없는 북방의 국가'로 만들자는 유권자는 대략 17%에 달했다. 우파 정치인들은, 군대를 해산시키는 대신 나토 기부금을 늘려 안보 분야에서 나토에 의존하자는 의견을 내놓기도 했다. 노르웨이군의 기존 전략이 어차피 "침공을 며칠 동안 저지하며 나토 구원군 도착을 대기함"을 골자로 하고 있다는 사실로 보면, 그렇게 놀라운 발상은 아니다.

이에 반하여 노르웨이 9개 당 중 4위를 차지하고 있는 사회주의 좌익당은 나토를 비판적으로 보고, 스칸디나비아 국가 사이의 군사 협력의 강화와 국군 해산, 그 이후의 공동 '스칸디나비아 병력'의 창립과 구소련에 대한 적극적인 원조와 지원을 통한 전쟁발발 위험의 봉쇄를 제시하고 있다. 방향이 서로 다르지만, 일국 국방이라는 것이 요즘 세계에서 무용하다는 의식이 상통한다. 군 해산에 대한 적극적인 토론의 결과로 정부는 2005년까지 2만 5,000명이던 병력을 5,000명으로 감축하는 대대적인 군축을 하기로 했다. 또한 최장기인 1년의 군 복무를 선택하는 사람일 경우에는 평시의 재향군 훈련을 일체 면제해 주고(참고로 기혼자의 군 복무 1년간 총수당은 약 2,320만 원) 4개월의 단기간 복무를 선택하면 재향군 훈련의 의무를 예전대로 부여하겠다는 것인데, 군 복무 기간이 4개월까지 줄었다고도 말할 수 있겠다.

지금 한반도의 상황에서는 비현실적인 군 해산…… 그러나 통일이 되고 한반도의 영구 중립화가 가능해진다면 군 해산—해산이 아니라도 교육·복지 분야를 충실히 할 수 있는 만큼의 획기적인 군축—의 가능성도 보일 수 있지 않을까? 아직 단꿈처럼 들리는 이야기지만, 지난 50년 동안 군에서 희생된 수만 명의 생명과 군비로

낭비해 버린 막대한 국부(國富)를 생각한다면, 우리가 궁극적으로
지향해야 할 이상적인 미래의 모습이기도 하다.

폭력을 거부하는 마음은
인간의 동심이자 본심이다
— '양심적 병역 거부'를 둘러싼 오태양과의 편지

"당신도 당해봐야 한다"는 사람들에게 고함

안녕하십니까, 오태양 님!

몇 주일 전 서울에서 택시를 탄 적이 있는데, 그때 님의 목소리를 들었습니다. 라디오에서 님의 결단에 대해 이야기하면서 님과 인터뷰한 내용을 잠깐 들려준 것입니다. 님에게 군대 대신 무엇을 하고 싶은지 물어보자, 님이 "독거 노인 등 약자에 대한 봉사를 계속 하고 싶다"고 대답한 것으로 기억합니다. 택시에서 내리는 바람에 님의 이야기를 끝까지 듣지 못해 정말 아쉽다는 생각이 들었습니다.

제가 사는 노르웨이에서는 님처럼 총을 들고 싶어하지 않는 사람들에게 고등학교 폭력 방지 상담요원이나 북한처럼 아이들이 굶주리는 곳에 음식을 보내주는 적십자사 직원으로 일할 수 있도록 대체복무 기회를 줍니다. 그런데 노르웨이보다 학교폭력도 심하고 북한도 훨씬 가까운 남한에서 왜 대체복무라는 형식으로 이와 같은 일들을 할 수 없다는 것입니까? 한국만큼 사회문제가 많고 사회봉사자가 필요한 나라에서 가장 성실하게 봉사할 수 있는 사람들을 감옥으로 보내는 것은 사회로서 자해(自害)행위가 아닌가요?

군이나 경찰·검찰 관계자들이 안간힘을 다해서 양심적 병역 거부를 방해하는 것이야 쉽게 이해할 수 있는 현상이 아닌가 싶습니다. 군에서 폭력과 공포의 '문화'(사람을 모욕하고 때리는 것을 '문화'라고 부르고 싶지는 않지만, 대신 쓸 만한 단어가 없습니다)를 배운 사람들 위에 군림하는 것만큼 그들에게 편하고 좋은 것은 없을 테니까요.

정말 억울한 것은 '피해자'라고밖에 부를 수 없는 일반 남성 병역 대상자들이 양심적 병역 거부와 병역 기피를 동일시하여 "힘드니까 피한다며" 매도하는 것입니다. 그렇다면 그들은 무엇을 '힘들다'고 이야기하는 것일까요? 물론 오지에서 막사생활을 하는 것도, 훈련을 받는 것도 힘든 일입니다. 그러나 그들이 '힘들다'고 이야기하는 것이 과연 그 '물리적인 어려움'일까요? 아마도 아닐 겁니다.

그들이 실제로 이야기하고 싶은 것은 바로 "우리도 당했거나 당해야 할 폭력과 비인간적인 대우를 왜 당신만 피하려고 하느냐"는 것입니다. "우리도 맞을 만큼 맞았는데, 당신 몸만 귀하냐"는 저의를 쉽게 느낄 수 있는, 그런 이야기를 들을 때마다 세상이 말 그대로 억울하게 느껴집니다. 군에서 폭력적인 분위기를 조장하고 유지하는 군 지도부 대신 왜 모든 종류의 폭력을 거부하려는 사람들을 탓합니까. 병역 거부와 같은 행동으로 표출되는, 군을 비판적으로 바라보는 시각이 강해져야 군 안에서부터 자정작용(自淨作用)이 일어날 수 있다는 것을 이해하지 못하는 것입니까?

252

병역 거부자를 '겁쟁이'로 보는 이들에게 꼭 부탁드리고 싶은 것이 있습니다. 폭력이라는 현상에 대한 사회적 거부반응이 강할수록 당신의 아들들이 군에서 '힘든 것'을 덜 느끼게 된다는 진리를 제발 이해해 달라는 것입니다. 경찰이 오태양 님을 구속하려는 것도 공익을 빌미로 한 자해행위지만, 오태양 님을 매도하는 사람들의 행위도 자해행위일 뿐입니다.

오태양 님, 불교적인 동기에서 병역 거부를 결정한 것으로 알고 있습니다. 이와 관련하여 같은 불자로서 말씀드리고 싶은 것이 있습니다. 지금까지 우리 한국 불교계에서 불자들과 국가의 제도적 폭력(군대)의 관계에 대해 깊이 있게 고민하지 않은 것은 진정 수치스러운 일이라는 것입니다. "군대가 가는 쪽은 쳐다보지도 말라"고 말씀하신 석가모니불, 종족이나 이념과 관계없이 일체 중생을 구제·구원하시는 관세음보살과 아미타불 등 불·보살을 염(念)하고 믿는 우리에게 어떻게 총을 겨눌 '적군'이 있겠습니까? 자신과 똑같이 무명(無明)의 고해(苦海)에서 헤매고 있는 중생을 자신과 하나 되는 존재로 보고 늘 사랑하고 부처로 여겨야 할 불자라면, 다른 폭력집단(즉, 국가)이 통치하는 다른 지역 출신이라고 해서, 다른 색깔의 옷을 입고 다른 생각을 하게끔 세뇌를 당했다고 해서 어떻게 중생을 파괴의 대상, '적'으로 망상(妄想)할 수 있겠습니까?

부처도 마찬가지겠지만, 부처의 깨달음을 믿고 우리 안의 부처를 따르는 우리에게는 김정일도 이철승도 세세생생 수행을 통해 악업을 소멸시키고 차차 피안(彼岸)으로 갈, 우리와 같은 동료 중생일 뿐입니다. 그들이 서로 상대방을 '적'으로 망상하고, 한 땅을 두 나라로 망상하고, 우리와 같은 사람을 '비겁자'로 망상한다 해도, 그것은 이미 그들의 망상이지 우리의 망상이 아닙니다. 우리에게는 김정일도, 그 밑에서 애락(哀樂)을 같이 나누는 2,000만 중생들도 다 똑같이 언젠가 부처가 될 존재이고, 이미 부처가 된 존재들입니다.

그들에게 총을 겨누는 것은 불교에서 가장 무서운 죄로 취급하는 "부처를 죽이는 죄"입니다. 아니, 꼭 불교를 믿어야 중생을 죽이는 것이 곧 부처를 죽이는 것이라는 단순한 진리를 알 수 있는 겁니까? 하나님께서 사람을 자신의 모습대로 창조하셨다고 가르치는 기독교를 믿어도 본질적으로 같은 결론에 도달할 수밖에 없습니다.

오태양 님의 뜻과 내 뜻, 이 점에서 오해하지 마시기 바랍니다. 우리가 불교적인—또는 보편적인 종교적—논리를 바탕으로 즉각 군대를 해산하자고, 모든 국민이 거국적으로 병역을 거부하자고 주장하는 것은 절대 아닙니다. 지옥에서 지옥불을 끄라고 염라대왕에게 큰소리칠 수 없듯이, 자본주의와 군국주의가 이미 지옥으로 만들어버린 우리 인간세상에서 한 나라만 '죽음의 공장(군대)'을 없앤다는 것은 불가능에 가까운 일이기 때문입니다.

그러나 같은 지옥살이를 하고 있다 해도, 과거의 악업 때문에 지옥에 떨어진 중생들이 모두 서로 다르다는 현실도 인정해야 하지 않겠습니까? 아무리 시켜도 노래를 부를 수 없는 음치, 아무리 강권해도 술을 먹을 수 없는 '체질적인 금주파'도 있다는 사실을 인정한다면, 남들이 아무리 압력을 가해도 다른 생명을 미워하지도 빼앗지도 못하는 '기형아'들이 존재한다는 사실도 인정해야 하지 않을까요? 소아마비를 앓아 휠체어에 의존하는 사람을 달리기 선수로 만들 수 없듯이, 생명에 대한 연민이 강해 닭고기도 먹지 못하는 사람을 살생 전문가(군인)로 만들 수 없다는 것은 자명합니다.

그리고 국가가 폭력을 싫어하는 아이에게 "패싸움을 같이 하지

않으면 왕따시키겠다”고 외치는 학교의 악동과 질적으로 달라지자
면, 이와 같은 ‘기형아’들의 ‘체질적인 이질성’을 인정하고 비폭력
적인 방법으로 사회에 기여할 방도를 열어주어야 합니다. 상관이
“저것이 적군”이라고 아무리 이야기해도 군복을 입은 또 한 명의
부처밖에 보지 못하는 ‘기형아’들의 ‘다름’을 인정해 주는 것은 동
성연애자나 채식주의자 같은 소수자들의 ‘다름’을 인정하는 것과
절대 다르지 않습니다. ‘다름’을 인정하지 않는다면, 총을 들고 38
선을 지킬 의미도 없습니다. 남한도 북한과 똑같이 획일주의 사회
가 될 수밖에 없기 때문입니다.

　존경하는 오태양 님.

　더 자세히 쓰고 싶지만, 며칠 후면 경찰에 불려가야 할 님이 이
서한을 읽으실 여유가 있을는지 의문입니다. 불려가시면 고초가 시
작되겠지만, 님께 이 고(苦)를 낙(樂)으로 느낄 능력이 있다는 것을
믿습니다. 님에게 고통을 줄 관료들의 무명(無明)을 깨치기 위해 늘
기도하는 님의 모습이 보이는 듯합니다. 멀지 않은 미래에 님의 뜻
을 따르는 불자들이 많이 생기리라 믿습니다.

　지금 우리에게 남아 있는 것은 님의 일이 어떻게 되는지 유심히
지켜보면서 같이 기도하는 것입니다. 이 사회에서 제도적 폭력을
‘의무 사항’에서 적어도 ‘선택 사항’으로 바꾸기 위해서. 같은 부처
이자 중생인 같은 동포에게 총부리를 겨누고 싶지 않은 사람들이
그 대신 무의탁 노인들의 똥오줌을 치워줄 수 있는 사회를 만들기
위해서. 필요악일 뿐인 ‘공인된 폭력집단’, 국가가 시키는 일은 다
선(善)이라는 섬뜩한 망상을 없애기 위해서. 그리고 먼 미래에 우리
가 다른 몸을 받아 다시 태어나서 역사책에서 “계급사회의 야만
적·제도적 폭력의 전통”에 대해서 읽다가 “오호, 우리 조상들이

정말 이상하고 어리석었구나! 인간이 서로서로 죽이는 일이 어떻게 생길 수 있었지?" 하며 놀라면서 이야기할 수 있기 위해서……

비폭력의 삶을 실현하는 길

노자 님께

비스듬한 산동네 고개 너머로 달빛 기우는 4월의 밤에 이 글을 띄웁니다. 제가 글을 쓰는 이곳, '자비의 집'과 '희망학교'는 가난과 무관심으로 비탈진 인생을 살아가는 무의탁 노인과 빈곤층 아동들에게 작은 희망이라도 나누어주고자 노력하는 불교계 사회복지 시설입니다.

2001년 12월 17일에 양심적 병역 거부를 선언하고 나서 군사훈련 대신 스스로 선택한 사회봉사가 어느덧 다섯 달째로 접어들고 있습니다. 그야말로 '어느덧' 말이에요. 실은 지난 2월에 보내주신 편지글을 받고서 꼭 답신을 하리라 마음먹었는데, 곧바로 사전 구속 영장이 청구되는 등 구속 여부를 가늠하기 어려울 만큼 상황이 급박하게 돌아가 도저히 쓸 여력이 없었습니다. 그래서 마음으로 받고, 답신은 나중에 감옥에서 해야겠다고 생각하고 있었는데 이렇게 기회가 닿았습니다.

구속을 앞두고 노자 님께서 "우리가 할 수 있는 일은 유심히 지켜보면서 함께 기도하는 것"이라고 '정신적 유대감'을 표해 주시고, 저에게 "지금의 이 고(苦)를 낙(樂)으로 느낄 능력이 있음을 믿는다"는 불교적(혹은 종교적) 구도관을 덧붙여주신 것이 제게 큰 격려와 용기가 되었던 기억이 납니다. 기약 없는 재판 일정과 선고를 앞두고는 있지만, 저는 님의 기원 덕분에 사회봉사 활동을 하며 지금까지의 제 삶에서 가장 평온하고 보람 있는 나날을 보내고 있습니다.

지금도 그 순간을 생각하면 가슴이 뜨거워집니다만, 감옥에 갇혀 청춘을 짓밟히고 있는 집총 거부자들의 삶의 고백을 접하고 제가 왜 그토록 통절한 눈물을 흘렸는지 뚜렷이 알 수는 없습니다. 하지만 그들의 꺾인 인생에 대한 '개인적 연민'이 종교적 편견과 불합리한 사회제도에 대한 부끄러움과 분노로 이어지고, 그것이 다시 입대를 앞둔 내 삶에 대한 '성찰과 결단'으로 자리잡는 데는 그리 오랜 시간이 걸리지 않은 듯합니다. 저도 지난 시절 그들을 '이단자'로 핍박해 왔다는 사회적 책임의식과 '군사훈련 참여'에 대한 종교인으로서의 태도 결정이 절박한 생의 화두로 다가왔기 때문입니다. 그렇기에 그 전에는 상상도 하지 못한 병역 거부를 실천에 옮길 수 있었던 것 같습니다. 고민의 계기는 다소 즉자적이었으나, 그 과정은 총체적 자기 성찰이었고, 결단은 그 당시 선택할 수 있었던 종류만큼이나 간명한 것이었습니다.

종교적 신념과 인생관에 따라 살아가기 위해 군사훈련 대신 감옥을 선택하는 것이 외형상으로는 '고난의 길'일는지 모르겠으나, 내면의 홍역을 충분히 거친 저에게는 그것이 '자기 진정성을 실현하는 길'이었기에 결코 후회스럽거나 두렵지 않았습니다. 그렇기에 법명과 오계 수계를 받으면서, 병역 거부를 결단하면서, 비폭력의 삶과 사회 변화를 서원하면서, 생의 과제를 안고 집으로 돌아가면서 하염없이 흘린 눈물이 저에게는 거듭남을 기뻐하는 환희의 눈물로 다가왔습니다.

인간은 진정 자기 내면의 소리와 거짓 없이 마주할 때 자기 정화를 통한 무한한 자긍심과 행복을 맛볼 수 있다고 믿습니다. 그 믿음이 병역 거부자에 대한 신랄한 비난과 예고된 감옥살이 앞에서도 제 마음중심을 올곧이 세워주었습니다.

존재의 변화는 인식의 변화로, 인식의 변화는 삶의 변화로 이어지는 듯합니다. 저에게 있어 '군사훈련' 거부는 단지 총을 들지 않겠다는 상징성을 넘어 제 삶을 비폭력의 양식으로 일구어가겠다는, 짐짓 단호한 결단에서 비롯되었습니다. 그러나 저는 그 결단이 몰고올 내 존재와 사회적 관계의 변화가 결코 순탄하지만은 않을 것임도 알고 있었습니다. '비폭력의 삶'은 외부의 장애만이 아니라 내면의 갈등이라는 더욱 거센 도전에 직면할 것이며, 세련된 언사와 선언이 아니라 일상에서 구체적으로 실천할 때에만 실현하고 완성할 수 있기 때문입니다.

사실 병역 거부는 '비폭력의 인생 실험'을 시작한 제가 거쳐야 할 하나의 여정이자 무수한 도전 중 일부분에 지나지 않을 것입니다. 그렇기에 병역 거부는 고민의 끝이 아니라 새로운 실험의 시작이었으며, 그 실험은 여전히 진행 중이며, 앞으로도 지속될 것이고, 어쩌면 이 생애에 끝나지 않고 다음 생으로 이어질지도 모를 기나긴 여정이라 하겠습니다.

병역 거부를 결심한 이후 제 시선은 한층 더 내면으로, 일상의 관계망으로 향함과 아울러 인간을 넘어 생명세계로 확장되기 시작했습니다. 짐작은 하고 있었지만, 이 세계는 놀랍도록 '폭력—그것이 부정한 폭력이든 정당한 폭력이든—의 질서와 문화'에 잠식되어 있었습니다. 그리고 그것이 단지 제도와 문화로서만이 아니라 '개인의(저의) 생활방식과 가치관'에 뿌리 깊게 '내재화'되어 있음을 발견하게 되었습니다. 그리고 제가 그 폭력의 제도를 정당화하고, 폭력의 문화를 즐기고 있음을 발견하고는 까무러치지 않을 수 없었

지요. 얼마간 혹독한 자기 부정과 점검의 시간을 거치고서야 진정
이 되었습니다. 폭력의 태엽을 감으며 폭력에 길든 제 자신을 끊임
없이 재생하고 있었던 것입니다.

제 삶에서 발견한 일상적인 폭력의 유형은 크게는 세 가지였습니
다. 첫째는 개인적인 차원으로 일상에서 탐하고, 화내고, 어리석은
마음(탐·진·치)을 쉴 새 없이 일으키는 것, 둘째는 대인관계, 특히
남녀관계에서 제도적이고 문화적인 위계와 차별을 정당화하고 향
유하고 있다는 것, 셋째는 내 목숨을 유지하기 위해 혹은 즐기기 위
해 다른 생명체를 과도하게 훼손하고 있다는 것이었습니다.

인식의 변화는 생활의 변화를 동반한다는 진리를 경험을 통해 알
고 있는 저는 지금 제 낡은 가치관과 생활방식에서 기인하는 다종
다양한 폭력의 습성을 제거하고 관계를 재조정하기 위한 일련의 실
험을 진행하고 있습니다. 아침기도와 명상, 한끼 굶기와 채식, 일련
의 성교육 등은 병역 거부를 결심한 이후 한층 더 절실해진 '비폭력
의 훈련과 체화 과정'의 한 부분이지만, 정작 중요한 것은 '인간관
계의 비폭력화'라고 생각합니다.

요즘 저에게 가장 큰 가르침을 주는 스승은 저를 비난하고 매도
하는 비판자들이며, '욕설과 위계'가 일상화된 희망학교의 아이들
입니다. 물론 여전히 저는 일상과 관계에서 사뭇 폭력적입니다. 짧
게는 생명을 받은 후 30여 년, 길게는 인류 역사 수천 년에 걸쳐 대
물림된 폭력의 습성(업장)을 소멸하는 일이 어찌 쉬운 일이겠습니
까. 하지만 설령 그 실험을 하다가 넘어지고 실수투성이가 되더라
도 "넘어진 자, 그 땅을 짚고 일어서듯이" 결코 포기하지 않을 수
있는 것은 '비폭력의 길'을 통한 개인적·사회적 자기 정화와 구원
의 가능성을 믿기 때문일 것입니다.

노자 님!

님께서는 양심적 병역 거부자에게 가해지는 처벌과 비판은 개인적 · 사회적 자해행위일 뿐이라고 말씀하셨습니다. 만약 그것이 사실이라면, 우리 인류는 무려 수천 년에 이르는 자해의 역사를 가지고 있다는 뜻일 겁니다. 우리는 예수를 십자가에 못박았고, 부처를 모함하였으며, 간디와 킹 목사를 암살했음은 물론, 달라이 라마를 비현실적이라며 매도하는 자해를 저질러왔으니까요. 더군다나 세계 구석구석에서 여전히 숱한 양심적 병역 거부자들이 비겁자, 매국노로 매도당하고 있으니까요.

하지만 역설적이게도 자해행위로부터 그들을 구하고, 이 사회를 정화해 가는 역할을 다분히 그 '비현실적이며 비겁한 이들' 이 맡아왔음을 상기해 볼 필요가 있습니다. 미국의 양심적 병역 거부자들이 노예제 폐지와 인종차별 반대운동의 주요 메신저가 되었으며, 최근 이스라엘 군인들의 병역 거부가 전쟁의 부도덕성을 전세계에 알리는 촉매제 역할을 하고 있지 않습니까? 만약 기독교와 불교를 비롯한 종교의 역사에서 근본 평화주의자들이 국가권력과 결탁한 종교권력의 전쟁 참여나 옹호에 저항하지 않았다면, 오늘날 종교와 평화를 연관지어 생각하지 못했을 것입니다. 지난 60여 년간 짓밟히고 매도당한, 한국의 1만여 양심적 병역 거부자들의 존재를 통해 '불가침의 군대와 신성한 병역의무' 에 대한 '사회적 성찰과 각성' 이 서서히 확산되고 있음을 지금 목격하고 있지 않습니까?

도대체 무엇이 우리 사회를, 생명 가진 존재로서 소중한 개개인을 자해의 구렁텅이로 몰아넣고 있는 것일까요? 왜 일단의 기독교인들은 하나님과 성경의 말씀을 좇아 살상 연습을 거부하는 이들을 "감옥에 넣어라!", "이단이여, 심판받으리!" 하며 공개적으로 비난해 마지않을까요? 성도(成道) 이후 단 한 차례도 폭력을 사용하신 적이 없는 부처님의 삶과 법을 따르는 이들이 왜 평범한 불자의 "살인 연습을 하지 않겠다"는 서약에 대해 일제가 태평양전쟁에 동원하기 위해 주입한 '호국불교론'을 내세우며 비판하거나 무관심으로 일관하는 것일까요? 자신도 "죽기보다 가기 싫었지만" "어쩔 수 없이 갔고" "죽도록 맞기도 하고 패기도 하였으며" "다시 가라면 억만금을 준다 해도 가지 않겠노라"는 황폐한 군대 경험을 가지고 있으면서 왜 병역 거부자들을 매도하는 데 앞장서는 것일까요? 도대체 무엇이!

지난 63년간 죽어갔거나 살아 있어도 상처투성이인 양심적 병역 거부자들의 고난과 희생이 그나마 값을 얻기 위해서, 우리가 진정 해야 할 일은 그들의 구제를 넘어 앞선 질문들에 스스로 대답을 찾는 것은 아닐까 합니다. 개인적인 저의 바람 또한 그렇습니다. 저는 감옥에 가더라도 양심적 병역 거부자들이 제기한 문제를 놓고 사회적으로 진지한 토론이 벌어진다면 그것으로 만족할 것입니다. 비폭력에 대한 사회적 합의과정을 통해 병역 거부자들의 진의(眞意)를 이해할 수 있을 테니까요. 서로 상대방의 삶을 이해한다면 화해는 가능합니다. 그리고 상호 인정을 통해 공존을 이루어갈 수 있을 것입니다.

가야 할 길이 먼 듯합니다. 양심적 병역 거부자에게 대체복무라는 방안을 마련해 주기 위해 넘어야 할 산이 태산이라면, 비폭력의 실천을 일상화하기 위해 넘어야 할 폭력의 산은 수미산과도 같이 여겨집니다. 단적으로 저를 향해 "이순신 장군의 검으로 목을 쳐야 할 파렴치한"이라고 매도하는 이들을 보면 슬프기 그지없습니다. 저를 비롯해 병역 거부자를 비난하는 강도가 드세면 드셀수록, 그

이면에 깔려 있는 군생활에 대한 피해의식과 보상심리 또한 깊다는 것을 알기 때문입니다. 그들도 강제적이고 합법적인 폭력 시스템의 희생자들일진대 왜 우리가 서로 비난하고 적대시해야 하는 것입니까?

국난 수호를 위해 왜적 수백 명을 직접 살해한 사명대사를 국사(國師)로 추종해 마지않지만, 사명당이 평생을 두고 살생의 업에 따른 번뇌로 괴로워했음을 안다면 과연 사명당의 호국충정에 빗대어 병역 거부의 부당성을 불가(佛家)의 당연지사처럼 주장하는 것이 얼마나 한 인간의 내면적 고뇌를 유린하는 어리석음을 범하는 것인지 알 수도 있을 것입니다. 님의 말씀대로 그는 "부처를 죽이는 죄"를 범했으니 말입니다.

사람들이 저에게 묻습니다. "만약 강도가 네 가족을 강간하려 한다 해도 폭력을 쓰지 않겠는가?"라고 말입니다. 저는 "그가 왜?"라고 의구심을 표합니다. 이렇듯 가상으로 극단적인 상황을 설정해 놓은 채 병역 거부자의 양심을 심판하기 위해 고안한 질문을 강요하는 것 자체가 폭력은 아닐는지요?

또 묻습니다. "분단된 상황에서 너무 이기적인 행위 아닌가?" 하고 말입니다. 그렇다면 제가 한반도가 통일될 때까지, 군사적 위협이 사라질 때까지 병역 거부를 혹은 비폭력을 유보해야 하는 것일까요? 지금은 군사적 위협이 엄존하니 잠시 총을 들었다가 평화로워지면 그땐 총을 내려놓을까요? 비폭력은 '바로 지금, 이곳에서' 시작하는 것이지 상황에 따라 유보할 수 있는 것이 아닙니다. 전쟁 상황에서 죽음을 각오하면서까지 병역 거부를 굽히지 않은 병역 거부자들의 존재가 이를 증명합니다.

또 묻습니다. "만약 대체복무 제도를 도입해 병역 거부가 확산되면 사회적으로 문제가 되지 않겠는가?"라고 말입니다. "물론이죠!"
라고 대답할 것입니다. 만약 그렇게만 된다면, 이 땅의 대다수 젊은
이들이 총 들기를 거부하고 군사훈련 대신 사회봉사를 선택한다면,
우리 사회는 그만큼 '평화의 문화가 확산되는', 이전에는 상상하기
어려웠던 '행복한 고민'을 해야 할 것이기 때문입니다. 양심적 병
역 거부자가 많아지는 것을 우려하는 심리는 도대체 무엇일까요?

또 묻습니다. "네 양심이 진실한 것인지 어떻게 판단하겠느냐?"
고 말입니다. 저는 "물론 본질적으로 불가능합니다. 하지만 제 삶을
지켜봐 주세요!"라고 힘주어 말할 것입니다.

밤이 많이 늦었습니다. 며칠 전 새로운 생명이 탄생했다고 들었
습니다. 진심으로 축하드립니다. 언젠가는 우리의 아이들이 커서
이렇게 물을 날이 오겠죠. "양심적 병역 거부자가 뭐예요?"라고 말
입니다. 그럴 때 "응, 바로 아버지란다"라고 말할 수 있을까요? 혹
은 전쟁박물관에서 "전쟁이 뭐죠?"라고 묻는 날이 올 수 있을까요?
그날을 위해 이 길을 갑니다. 함께 가는 길벗의 인연 맺음을 다시
한 번 감사드립니다. 내내 평온하시고 날마다 좋은 날 되시기를 기
원합니다.

자비의 집에서,
오태양 두 손 모음.

동심이 가리키는 방향으로 한 걸음 나아가는 것

오태양 님, 그 동안 안녕하셨습니까?
〈오마이뉴스〉에 발표한 제 첫 서신을 쓰면서 아마 답신을 쓰실

여유가 없으실 거라 짐작했습니다. 구속영장 심사를 앞두고 계신 상황이라, 저도 신념을 지키느라 감옥에 가실 분을 바래다 드리는 심정으로 편지를 썼습니다. 그 전에 얼마나 많은 한국의 젊은이들이 국가적 폭력이라는 '어른 악동'들의 질 낮은 '놀이'에 참여하기를 거부하고 자의로 감옥행을 택했는지 알고 있었기 때문입니다. 첫 서신을 쓰면서도 그분들에게 죄송한 마음을 금할 수가 없었습니다.

저도 오태양 님의 기본적인 테제에 전적으로 동의합니다. 병역거부가 자신과 바깥세상을 비폭력화하는 길의 전부는 결코 아닙니다. 한 부분일 뿐입니다. 내세에는 한 개인의 의식 속에 자리잡은 '폭력'이라는 이름의 업장을 소멸하는 일이 가능할 수 있을지 모르겠지만, 어쨌든 지금 이 인간세—우리 지구—에서 이미 제도화·사회화된 '폭력'을 제거한다는 것은 그야말로 보살의 도력과 원력을 요구하는 일입니다.

물질의 생산과 소비를 중심으로 하는 사람 무리(자본주의 사회)의 '폭력'이 어찌 군대라는 가장 끔찍한 형태에만 그치겠습니까. 권투 경기를 흥미롭게(무엇이 흥미인지 도저히 모르겠지만……) 볼 때나, 아랫사람에게 협박투로 이야기할 때나, 상사에게 아양을 떨 때나, "저 놈 새끼"를 내뱉을 때나 우리는 사회화·제도화된 폭력이라는 커다란 시스템 속으로 빠져 들어갑니다. 그 시스템 전체에 비하면 '군대'라는 것은 작아 보이지요.

그러나 우리가 그 시스템에 사로잡혀 있는 것을 '환경 탓'으로 돌리는 순간, 우리는 '우리 속의 악마'에게 손을 드는 셈입니다. 권투라는 있을 수 없는 일을 있게 만든 '보편화된 사회의 업장'은 결국 각 개체들의 개별적인 업장을 바탕으로 생긴 것이니까요. 권투를 보는 순간 "안 돼요!"라고 외치는 그 초발심으로 돌아가야 전 지구적 무명이 없어지기 시작할 테니까요.

제가 폭력에 예민하게 반응하기 시작한 것은 어렸을 때부터였습니다. 군국주의적 색채가 강한 소련 시대라, 저녁마다 텔레비전 화면에서 '애국적인 전쟁영화'를 볼 수 있었습니다. 짐작하시겠지만, 내용은 대개 제2차 세계대전 때 소련 병사들이 보여준 '애국적 열정'과 '담력'과 '무공'이었지요. 그 영화들은 할리우드 영화만큼 폭력을 세밀하고 과장되게 보여주지는 않았지만, 소련 병사들이 독일 군인의 목을 칼로 찌르거나 독일 초소병을 갑작스레 살해하는 등 끔찍한 장면이 꽤 많았습니다. 어린 저는 그런 장면이 나올 때마다 눈물이 나 텔레비전을 볼 수 없었습니다. 배우의 고통과 죽음이 '진짜'가 아니라는 것을 아직 모르던 나이라 '그 아저씨(독일 군인)'가 너무 아플 것 같아 울고 싶었기 때문입니다.

그러고 보면 폭력을 거부하려는 마음은 아무래도 인간의 동심이자 본심인 듯합니다. 그 옛날 맹자도 성인(지혜로운 사람)을 동심을 되찾은 사람으로 규정하지 않았습니까? 그렇다면 이런 비폭력적인 본심을 철저하게 파괴하는 사회가 우리를 어느 방향으로 인도하겠습니까?

한국도 그렇겠지만, 제가 다닌 소련 학교에서도 '패싸움'이라는 것이 가끔 일어났습니다. 통제사회라 심한 싸움도 아니었지만, 아이들 사회에서는 큰일이 아닐 수 없었습니다. 그러다 보니 싸움을 잘하는 순서대로 아이들 사이에 일종의 비공식적인 위계서열이 생겼는데, 바로 그 재미에 매우 적극적으로 싸움에 뛰어드는 일파가 있었습니다. 평소에는 그 '싸움꾼'들도 상당히 합리적이고 평화스러운 아이였습니다. 그런데 다른 아이들 앞에서는 늘 힘을 과시하려고 했습니다. 사회가 그만큼 아동에게 서열 향상의 욕망을 강하게 심어준 탓이지요.

그런데 재미있는 것은 '패싸움'에 '강제 동원'이라는 것이 없었다는 점입니다. 대부분 자진해서 '참전'했지만, 저처럼 절대로 싸우지 않으려는 아이들은 그냥 방치됐습니다. 물론 '싸울 줄도 모르는 놈'은 그만큼 인기나 서열이 떨어졌지만, 그걸 각오하고 내린 결정이라 별로 후회스럽지는 않았습니다. 같이 싸우는 대신, 싸움질 잘하는 '열성파'의 공부를 도와주는 등 인기를 얻을 수 있는 '대체 수단'이 있었기에 치명적인 손실은 아니었습니다. 말하자면 아이들 사회에서도 일종의 '대체 복무'를 인정했던 셈입니다. 그런데 국가가 그걸 인정하지 못하니, 아이들보다 못하다고 봐야 합니까?

고등학교 시절인 1980년 후반 들어 아프가니스탄을 사막화한 소련 침략군의 만행이 하나하나 폭로되기 시작했습니다. 폭력이 언제나 그렇듯이, 그 파괴의 광기도 양면적이었습니다. 아프가니스탄에서 마을을 점령하고 닥치는 대로 '원주민'을 도륙하고 돌아온 병사들 중에는 몸이 성한 사람은 있어도 정신적으로 건강한 사람은 거의 없었습니다. 그러다 보니 악몽에 못 이겨 폭음과 마약 중독, 범죄와 자살 등에 빠지는 일이 다반사였지요. 사실 1980년대 초까지 마약 복용을 '타락한 서양 사회의 퇴풍(頹風)'으로만 알고 있던 소련에 마약을 도입한 것은 바로 아프가니스탄 참전 군인들이었습니다.

한편 그들을 죽임과 죽음의 늪으로 몰아낸 소련이 과연 아프가니스탄의 사막화로 득을 봤습니까? 오히려 전쟁으로 예산을 낭비하고 패배의 불명예를 안게 된 터라, 더 빨리 몰락하고 말았습니다. 그걸 보면서, 저는 군사주의적 제국주의의 발악성과 허무성에 대해서 많이 고민하게 되었습니다. 대대적인 살육을 벌였다가 망한 소련에서 살육으로 득을 본 계층은 출세가 빨라지고 횡령의 기회가 많아진 고급 장교와 군산복합체뿐이었기 때문입니다.

사회학자의 말대로 근대적인 산업국가는 '전쟁'이 만들지만, 역시 종종 '독이 뚫린' 폭력행위 때문에 패망하기도 합니다. 수없이 많은 사람을 살인자로 만들면서 말이지요. 그 과정을 지켜보면서, 저는 결국 가장 비폭력적인 종교로 느껴지는 불교에 귀의하게 됐고, 폭력과 어떤 형태로든 절대 인연(악연)을 맺지 않겠다고 다짐했습니다. 정신을 잃은 주인—제국주의적 행태를 보이는 국가—이 엉뚱한 곳에 제멋대로 박아대는 한 개의 '못', 한 개의 '인간 나사'가 되기는 싫었기 때문입니다.

어떻게 보면, 제 세대는 소련의 붕괴로 인해 안정된 삶이 파괴되는 불행과 함께, 한 가지 행운을 만난 셈입니다. 소련 말기의 발악적인 아프가니스탄 침략, 소련의 패망, 옐친 정권의 체첸 침공과 같은 일련의 사건을 지켜본 사람이면, 군대나 국가의 신성함을 믿을 수 없을 것입니다. 군대와 국가의 발악성, 퇴보성, 약탈성 등을 워낙 많이 봤을 테니까요.

그러나 한반도에서는 분단이 계속된 탓에 '군'이 여전히 '신성불가침한' 위치〔일제시대 때 '국체(천황제)'가 차지하고 있던 자리〕를 차지하고 있습니다. 권위주의적인 사회에서 '군'의 폭력을 거부하는 분들은 일제시대 때 천황의 사진에 절하기를 거부했던 일부 기독교인과 독립운동가 못지않게 힘든 일을 하고 있는 겁니다. 그러나 '신성불가침한' 군대의 속된—너무나 속된—본질을 보여주는 지금과 같은 힘든 과정이 없다면, 우리 아이들이 과연 "아빠, 군대가 뭐야? 아저씨들이 왜 이상한 옷을 입고 서로 때려? 그게 무슨 놀이야?"라는 질문을 계속할 수밖에 없을 것입니다.

　무한히 인내하며 동심이 가리키는 방향으로 한 걸음 한 걸음 나아가야겠습니다.

먼 오슬로에서,
박노자 합장.

'연어의 꿈'과 작은 출발

　노자 님께

　그 동안 잘 지내셨는지요? 보내주신 서신은 잘 받아 가슴에 새겼습니다. 님이 계신 오슬로의 날씨와 캠퍼스의 분위기는 어떤지요? 서울은 그간 두세 차례 봄비가 내리더니 날마다 따사로운 햇살 잔치에 세상이 성큼 하늘과 바다 빛을 닮아갑니다. 그래서일까요? 대학마다 대동제를 준비하는 분주함으로 생명력을 더해가는 5월 들어 "양심적 병역 거부자에게 감옥 대신 사회봉사를!"이라는 호소를 훌쩍 넘어 "군 복무 제도 개선과 징병제 철폐"라는 사뭇 급진적인 캠페인이 진행된다는 소식이 들립니다.

　아침나절 명상 후에 쏟아지는 첫 햇살을 온몸으로 받으며 생각하곤 합니다. 이 햇살이 천지간에 차별 없이 베풀어지듯이 '총을 들지 않았다는 이유'로 창살에 매여 있는 이들에게도 정의와 관용의 햇살이 비치면 좋겠다고 말입니다.

　폭력에 대한 노자 님의 어릴 적 기억처럼 "비폭력화의 길은 동심이 가리키는 방향으로 한 걸음 나아가는 것"이라는 데 동의합니다. 공교롭게도 오늘이 '어린이 날'입니다. 오늘 하루만이라도 우리 아

268

이들이 가정과 학교와 텔레비전과 사회의 다종다양한 폭력 질서와
문화에서 해방될 수 있기를 기원해 봅니다.

　사회적 폭력에 대한 노자 님의 첫 기억이 소련 병사였다면, 제가
사회적 폭력을 처음 경험한 것은 1980년 5월 광주에서였습니다. 당
시 여섯 살배기 아이로 광주에 살고 있던 저는 총검을 메고 거리를
활보하는 군인 아저씨들을 아버지의 어깨 위에 올라 앉아 바라보았
고, 그 장면을 마치 흑백 공포영화처럼 또렷이 기억하고 있습니다.
어렴풋하지만, 부모님께서는 군인들한테 가까이 가거나 말을 걸지
말라고 단단히 이르셨지요. 우리 또래 아이들 사이에서 "군인들이
딸기우유에 피를 넣었다"는 뜬금없는 소문이 '만득이 시리즈' 처럼
유행하던 때였습니다. 그것의 진실 여부를 떠나서 "군인들이 사람
을 죽인다"는 소문만으로도 어린 저에게 군인들은 '공포의 대상' 이
었고, 간혹 '군인들에게 쫓기는 꿈' 으로 재생되곤 하였습니다. 마
치 억지로 봐야 하는 '공포영화' 처럼 말이죠. 대학생이 되고 나서
야 저는 그날의 기억이 부정한 군부세력과 반공 이데올로기에 세뇌
당한 군인들이 계획적으로 자행한 '집단학살' 의 한 장면이었음을
알게 되었고, 비로소 그 '공포영화' 의 악몽에서 벗어나 '살아 있는
역사이야기' 로 마주할 수 있게 되었지요.

　그런데 애석하게도 여섯 살배기 아이에게 각인된 집단적이고 합
법화된 폭력은 매일같이 얼굴을 맞대고 살아가는 아버지에게서 다
른 형태로 재생되었습니다. 개인적인 가정사를 드러내는 것이 부끄
럽기는 하지만, 아버지는 인생의 좌절을 술로 달래셨고, 반평생 쌓
인 울분은 결국 힘없는 어머니와 누나들에게 돌아오곤 하였습니다.
나중에서야 알게 되었지만, 이것은 '나와 우리집' 만의 비극이 아니
라 상당히 일반화된 '가정사' 였습니다.

집에서 벗어나 제가 갈 곳은 학교뿐이었지요. 적어도 선생님들이 계셨으니까요. 하지만 놀랍게도 학교에서는 더욱 공공연하고 체계적으로 '체벌과 손·발찌검과 단체기합'이 이루어졌습니다. 차라리 집이 더 나았습니다. 왜냐하면 집에서는 일방적으로 때리고 맞는 관계에 "교육상 어쩔 수 없다"느니 "인간 만들기 위해서"라는 '명분'을 붙이거나, 수십 쌍의 눈이 지켜보는 앞에서 '공개적인 태형'을 가하지는 않았기 때문이었죠.

아직도 생생합니다만, 선생님이 던진 슬리퍼에 뺨을 맞은 기억, 뙤약볕 아래에서 '애국조회'를 서다 '차렷자세'를 견디다 못해 쓰러진 여학생을 향해 인내심이 없다고 꾸짖던 교장 선생님과 지각한 학생들에게 '원산폭격'과 '깍지 끼고 엎드려뻗쳐'를 시킨 뒤 발로 차서 도미노처럼 넘어뜨리기도 하고, 전직 권투선수였음을 자랑 삼아 학생 얼굴을 샌드백 대용으로 때리곤 하던 학생주임 선생님의 모습, 완전무장을 하고(가득 채운 책가방과 도시락통과 신발주머니까지 모두 들고) 운동장을 돌며 "사나이로 태어나서~"를 불러야 했던 기억이 유독 저만의 추억일까요? 사실 모범생 축에 들던 저로서는 그런 상황을 지켜보는 것조차 끔찍스러웠습니다. 그러니 그런 폭력을 직접 당하는 당사자들의 심정은 어떠했을까요? 꿈에 그리던 낭만과 해방의 공간, 대학에 입학해서 가장 먼저 치른 것이 '남자 대면식'이었습니다. 물론 사발식과 군기교육은 필수 코스였지요.

돌이켜보건대 도대체 이 갖가지 기막힌 '프로그램'들은 어디서 고안하고 시작한 것일까요? '가정의 질서를 명분 삼아 자행되는 손찌검', '인성 교육을 핑계 삼아 합리화되는 체벌', '선후배 간의 우애를 다진다는 명분으로 강요되는 상명하복'은 어떤 근거로 누가 정당성을 부여한 것일까요?

그러나 부끄럽게도 저 역시 '가해자'는 아니었다 할지라도 '공범자'였습니다. 부당한 폭력 앞에서 '침묵'했다는 이유에서가 아니라, 각인된 폭력을 어느새 내면화해 다른 시공간에서 재생하거나 향유하는 제 자신을 보았기 때문입니다. "욕을 하지 않으면 왕따를 당한다"는 요즈음의 슬픈 현실처럼, 저 또한 비주류와 소수자로 낙인 찍히는 '저항의 길'보다는 주류와 다수의 울타리에서 안주하기 위해 '침묵의 동조' 혹은 '간접적 협력'의 길을 택했음을 고백하지 않을 수 없습니다.

하지만 불교 귀의를 통해 이 세계의 삼라만상이 인드라의 그물망처럼 중중첩첩으로 연관되어 있음을 알게 되고, 결국 사회적 폭력이라는 업장이 개인화되는 것은 시간문제일 뿐이라는 것을 알게 되고, 폭력에 길든 개인의 생각과 언행이 집단화·제도화되는 재생 순환성을 가지고 있음을 알게 되면서 차차 '물결을 거슬러오르는 연어의 꿈'을 발심(發心)하기 시작한 것 같습니다. 만약 우리가 용기를 내어 재생·순환의 폭력고리를 끊어내고 새로 잇기를 원한다면, 과연 어디에서부터 시작하는 것이 가장 손쉬우면서도 지속성을 담보하는 길일까요? 바로 우리네 '삶의 어떤 부분'에서부터 시작하는 '작은 출발'은 어떨는지요?

우리가 '숨은 그림 찾기' 놀이를 할 때처럼 주변의 낯익은 장면들을 약간은 다른 각도에서 좀더 세심하게 살펴보려 한다면 '새로운 자각'은 충분히 가능합니다. 사춘기 시절 하루가 다르게 변하는 자신의 몸을 호기심 가득한 눈으로 이리저리 살피듯이, 주변 상황과 일상의 관계에 반응하는 자신의 마음 변화(내면의 소리)에 조금만 정성을 쏟는다면 '작은 변화'는 바로 시작될 것입니다.

물질적 쾌락에 만족하지 못한 로마인들이 콜로세움 경기장에서

'죽여야 사는' 살인경기를 즐겼듯이, 우리도 사각의 인간 우리에서 죽지 않을 정도로만 패는 권투시합을 보며 열광하고 있지는 않습니까? 군사 강대국의 최첨단 신형 전투기들이 가난하고 힘없는 나라의 민간인들을 '융단폭격' 해 일순간에 쓸어버리듯이, 전쟁과 학살을 비디오와 피시 게임과 장난감을 통해 일상생활에서 오락으로 재현해 가며 현실과 가상의 경계를 허물고 있지는 않습니까?

짐승들도 먹지 않는 뭇생명을 부러 죽이는 법이 없습니다. 그런데 왜 우리는 오락 삼아 낚시를 즐기고, 수천 리를 날아온 철새들을 표적 삼아 사격연습을 하고, 생명을 잉태하기 위해 죽을 힘을 다해 태어난 곳으로 거슬러 올라가는 연어들을 몽둥이로 때려잡는 '대회'를 '온가족'이 즐기는 것입니까? 한 번쯤 길을 가다가 새장 속의 새들이며 수족관의 물고기들을 단 10분만이라도 물끄러미 바라본다면 '생사여탈을 오락 삼는' 우리의 생각이 달라질 수도 있을 듯합니다. 태평양전쟁 시절 일본 군인들이 우리의 누이들을 '위안 삼아' 집단 강간하고, 뒤이어 미군들의 성적 욕망을 채우기 위해 기지촌을 지은 전통을, 입영을 앞둔 이 땅의 젊은이들이 통과의례처럼 '총각딱지 떼는 일'로 자랑스럽게 이어가고 있지는 않습니까?

노자 님!

얼마 전에 저는 '아무것도 아닌' '매우' 슬픈 일을 두 가지 경험했습니다. 한 현역 군인이 상사의 구타에 못 이겨 분신자살을 시도했는데, 해당 군부대가 사회적 파장을 우려하여 은폐하려다 언론에 공개되고 만 것입니다. 얼마나 많은 젊은이가 군대에서 그렇게 '은폐된' 채 죽어갔습니까? 하지만 정작 안타까웠던 건 그의 행위를 두고 우리 사회, 특히 군대에 입영할 젊은이들이 나와는 상관없는 일로 치부하거나, "또 한 명 죽었구나……"라고 당연시하거나, "그걸 못 참아서……"라며 지극히 운명적이고 냉소적인 반응을 보인다는 것이었습니다. 그렇게 매년 100여 명이 군대에서 스스로 목숨을 끊고 있고, 1,500여 명이 탈영을 하고, 5,000여 명이 정신병을 얻는다고 합니다. 하지만 저는 분신 자살한 현역 군인을 비롯하여 '군부적응자'들이 어쩌면 폭력으로 통제된 체제에서 인간으로서 극히 정상적인 저항을 한 것이라 생각합니다.

다른 한 가지는 제가 사회봉사를 하고 있는 희망학교에서 경험한 일입니다. 평소 사이가 좋지 않던 학생들이 편가르기를 하는 바람에 결국 야외 체육수업이 무산되고 말았습니다. 그때 한 여학생이 "왜 선생님은 때리지 않아요?" 하고 묻길래 "선생님을 그만두더라도 때리지는 않을 것"이라고 대답했더니, "우리는 때려야 말을 들어요. 학교에서 선생님들은 그러는데 왜 선생님은 안 그러세요?" 하고 의아해 하는 것이었습니다. 저는 그 말을 들으며 하마터면 눈물을 흘릴 뻔했습니다. 우리 아이들이 '성찰과 대화'를 통한 '변화'보다는 '권위와 폭력'에 굴종하는 데, '규율과 체벌', '타의적 강제'를 통한 '변화'에 익숙해져 있음을 단적으로 보았기 때문입니다. '때리고 맞는' 질서와 문화가 가정에서건, 학교에서건, 텔레비전에서건 일찍부터 우리 사회의 일반적인 '생활방식과 인간관계'로 '체화'되는 것 같았기 때문입니다.

노자 님!

돌이켜보건대 폭력에 대한 제 기억은 스물일곱 전 생애에 걸쳐 있는 듯합니다. 그것은 마치 '뫼비우스의 띠'처럼 끝없이 순환하며, '사방팔방의 그물'처럼 도저히 헤어나올 수 없는 인간세계의 숙명과 업장처럼 느껴지기도 합니다. 하지만 저는 한 개인의 짧은 인생 속에서 사회적 폭력의 업장이 어떻게 한 인간의 폭력성을 내면화하며, 나의 '탐·진·치' 삼독심(三毒心)이 어떻게 사회문화와 인간관계를 폭력적으로 이끄는 데 기여하는지 알 듯도 합니다. 이렇듯 폭력의 사회화·개인화가 표리부동의 관계에 있는데, 어떻게 '개인의 평화'에만 안주할 수 있으며, '사회적 평화'만으로 개인의 구원과 일상의 평화가 실현될 수 있겠습니까? 어쩌면 저의 양심적 병역 거부는 스물일곱 짧은 생에 태산처럼 지은 '살생과 폭력의 업보'에 대한 극히 작은 '참회와 보살행'의 발원일 수도 있겠습니다.

노자 님께서도 아시다시피 부처님의 가르침은 '불살생(不殺生)'에 머무르지 않고 '방생(放生)'의 적극성을 함의하며, "거짓말하지 말라"에서 더 나아가 "불의 앞에서 침묵하지 말며, 진실을 말하라"는 사회성을 띤다고 생각합니다. 또 모두가 연관되어 있는 인드라의 세계에서는 "나의 행복은 타인의 고통 위에서 쌓아지는 것"이기에 역설적으로 "타인의 고통을 더는 일이 나의 행복에 이르는 길"이 되기 때문일 것입니다. 그렇기에 노자 님께서 "인간세상에 제도화·사회화된 폭력을 제거하는 것은 보살의 원력과 도력을 요구한다"고 하셨듯이, 이제는 '살생과 폭력'이 '정상적인 세계'에서 '비폭력과 이타행'이 존중받는 조금은 '낯설고 이상한 세계'를 꿈꾸어 봄직도 할 듯합니다. 이러한 때에 "지옥중생이 단 한 사람이라도 남아 있는 한 성불하지 않겠다"고 하신 지장보살의 원력은 우리의 삶과 사회와 생태계에 만연한 살생과 폭력의 업장 소멸을 염원하는 우리에게 좋은 '초발심'의 모델이 될 수 있지 않겠습니까?

'아름답고 조화로운 삶'은 우리 살아가는 자리에서 시작해야 합니다. 하기에 평화를 향한 우리의 출발은 항상 '지금, 여기!'가 되어야 하지 않을는지요.

타인을 향해 총을 들지 않겠다는 사람들에게 외로이 죽어가거나 고통받고 있는 이들을 위해 봉사하고 헌신할 기회를 제공하는 것은 '자타일시 성불도', 즉 '자기 실현과 사회 변화의 동시적 추구'라는 상생의 방식임을 확신합니다. 그 평범한 진리를 우리 사회가 하루 속히 깨우쳐가기를 기원해 봅니다.

자비의 집에서,
오태양 두손 모음.

꿈에서 깨어나와 진짜 세상을 볼 수 있기를

오태양 님, 안녕하십니까?

노르웨이에도 오래간만에 반가운 햇살이 보입니다. 고등학교 졸업철이라 알록달록한 옷을 입고 팔짱을 낀 채 활짝 웃는 얼굴로 쌍쌍이 어울려 다니는 학생들의 모습이 곳곳에서 보입니다. 학창시절의 마지막 날들을 즐겁게 보내려는, 그들의 거침없고 자유로운 행동을 보면 묘한 질투 같은 것이 느껴지기도 합니다.

그들에게는 '체벌'이라는 말도, '규율'이라는 말도 아무런 의미가 없습니다. 단지 '다른 인간과의 상호 존중'을 배울 뿐입니다. 초등학교에서도 수업을 앞두고 시끄럽게 떠드는 아이들에게 선생님이 가만히들 있으라고 명령을 하거나 무서운 시선으로 바라보는 법이 없습니다. 그냥 아이들이 정신을 차릴 때까지 기다려줄 뿐입니다. 처음부터 '겁이 나서 억지로 하는 행동'이 아니라 '자기 책임'을 배워서인지, 대학에 들어가면 거의 다들 모범적으로 행동합니다. 저도 학생들이 소란스럽게 해 강의하는 데 어려움을 겪은 일이 한 번도 없습니다.

저는 노르웨이를 이상시(理想視)하고 싶지 않습니다. 여기에도 '왕따' 현상을 비롯하여 저로서는 도저히 납득이 가지 않는 낚시와 사냥, 전쟁 게임을 즐기는 사람들이 있으니까요. 그러나 전체적으로 볼 때, 이쪽의 '폭력성'이 훨씬 덜한 것만은 분명합니다. 조상으로 알려진 바이킹에 대해서도 노르웨이 아이들은 "약탈을 일삼던 가혹행위 주범"이라고 배웁니다. '자랑스러운 우리 과거'를 들먹이지 않습니다. 바이킹들이 한때 점령했던 프랑스의 일부와 이탈리아의 시칠리아 섬을 잃었다고 해서, 실지(失地)의 비극 운운하는 사람도 없고요…….

아무튼 가장 중요한 것은 공(公)을 대표하는 국가가 폭력을 장려하거나 묵인하지 않는 것입니다. 즉, 이곳에서는 학교·경찰·군대에서 자그마한 폭력행위라도 일어나면 공분(公憤)을 일으킬 만한 '사건', '이슈', '예외'가 됩니다. 다만, 저를 비롯하여 주위의 많은 노르웨이 동지들이 부끄럽게 여기는 것은, 노르웨이 군부대가 미국의 아프간 침략에 참여하고 있다는 사실입니다. 그 부끄러운 친미 추행과 이스라엘의 학살행위는 현재 저희 캠퍼스에서 가장 큰 이슈입니다.

그러나 노르웨이가 이처럼 그나마 '숨쉴 수 있는' 곳이 될 수 있었던 배경은 과연 무엇입니까? 바로 오태양 님이 말씀하신 적극적인 '방생'의 원(願)과 행(行)이 아닌가 싶습니다. 19세기 초에 국가의 폭력성에 항의해서 미국으로 집단 이주한 퀘이커 단체를 비롯하여 19세기 말부터 체벌 폐지와 시위를 폭력적으로 진압하던 관행의 척결 등을 요구한 노동운동가, 가부장제의 폭력성을 고발한 입센 같은 작가까지, 아니 1970년대에 베트남 전쟁을 집요하게 반대한 지식인까지 노르웨이 민중·진보 운동의 표어는 늘 '폭력성 제거'

였습니다.

운동 차원만 그랬습니까? 100년 전부터 경찰의 폭력진압에 꾸준히 항의한 숱한 시민들과 체벌을 가하려는 보수적인 선생님들에게 항의한 학생들, 베트남 침략에 항의하여 미국 상품을 절대로 사지 않으려고 했던 '의식 있는 소비자'들은 다 방생의 염이 가진 사람들이었습니다. 지금 이곳이 그나마 숨쉴 수 있는 곳이 된 것은 하나의 전통을 이룬 그들 덕분입니다.

우리 한국의 상황을 돌이켜보면, 우선 언어 사용 관행부터 바꾸어야 할 듯합니다. 사연이 어떻든 간에, 일단 남을 죽인 사람들의 행위를 '의거(義擧)'로 부르는 것이 지금의 관행 아닙니까? 그러나 말씀하신 '방생'의 의미로 보면, 차라리 체벌을 가하는 선생님을 말리려다 자신도 체벌을 당한 학생의 행(行)이 바로 '의거'로 불러야 할 것입니다. '왕따' 당할 위험을 무릅쓰고 욕하지 않는 학생, 폭력을 당하면서도 '성 경험 고백' 강요를 끝까지 뿌리치는 군인, 중국과 인도네시아 노동자의 고혈을 짜는 '나이키' 사의 제품을 사지 않는 소비자…… . 이 모든 사람들의 '의거'는 결코 작지 않습니다.

'성불'이라는 것이 사실 다른 의미가 있겠습니까? 다른 중생— 그것이 옆에 앉아 있는 학생이든 멀리 있는 중국 노동자든 간에— 이 나와 같은 줄 알고, 그의 고(苦)를 자신의 몸으로 막을 원을 세워 행으로 옮기면, 그 순간 꿈에서 깨 진짜 세상을 보는 것, 그것이 곧 '성불' 아니겠습니까.

늘 평화를 누리시기를 바랍니다.

박노자 합장.

좌파의 과거와 미래에 대한 단상

—노르웨이, 유럽, 세계…

'좌파'란 무엇인가

좌파의 미래에 대한 글을 쓰려고 하니 "'좌파'라는 것을 과연 어떻게 정의해야 하는가?" 하는 의문이 먼저 머릿속에 떠오른다. 프랑스 혁명(1789년) 시절의 의회에서 더 급진적인 의원들이 왼쪽에 앉았다는 우연한 사실에서 연유한 '좌파'라는 말〔봉건시대의 의식(儀式) 생활에서 우측이 좌측보다 더 권위 있는 것으로 생각해서 의도적으로 좌측 의석을 회피한 귀족 출신 의원들의 정신세계와 관련이 있다는 설도 있다〕을 과연 어떻게 정의해야 하는가? 그리고 시공간적으로 서로 멀리 떨어져 있고, 이념적으로나 실천적으로 공통점 못지않게 차이점도 많은, 서로 상당히 이질적인 개인과 단체들을 '좌파'라는 말 한마디로 같이 묶어서 이야기할 수 있게끔 만들어주는 것은 과연 무엇인가?

예컨대, 150년 전에 영국 침략자들이 인도를 "수천 년 동안 계속된 역사적인 잠에서 깨워 진지한 역사의 무대로 끌고 나왔다"는 등 유럽인들의 세계 지배를 일면 긍정시(肯定視)한 마르크스[1]와, 비(非)서구에 대한 침략을 세계 자본주의의 '원죄'로 생각하는 1980~1990년대의 대다수 좌파 사학자들을 왜 하나로 묶어 좌파시(左派視)하는가?

노르웨이만 하더라도 150년 전에 마르쿠스 트라네(Marcus Thrane, 1817~1890)라는 최초의 사회주의 운동가가 처음으로 노조와 현재 노동당의 모체가 된 '노동자 정당'을 만들었을 때, 가난한 소작인의 아들들만이 아니라 모든 국민이 신분이나 호주머니 사정과 무관하게 가는 '진정한 의미의 시민개병제'를 만들자는 표어를 내걸었다.[2] 그때 노르웨이에서는 현재의 한국처럼 빠져나갈 방법이 없는 사람만 군대에 가는 현실 때문에 평민들의 불만이 대단했다. 그러나 신분이나 빈부와 무관한 '진정한 국민개병제'를 도입한 지 오래된 지금은 군역의 평등한 분담을 통한 공공선(公共善)의 실현보다 병역 거부를 통한 개인적 양심과 자유의 실현이 노르웨이 좌파 젊은이들의 이상이 됐다. 그렇다면 150년 전의 사회적 정의감과 오늘날의 자유주의적·개인주의적 평화주의를 하나로 묶는 '좌파성'은 무엇인가?

콜롬비아의 정글에서 부정부패밖에 모르는 정권과 대지주, 마약 밀수 재벌들의 사병(私兵)에 맞서 사투를 벌이는 게릴라들과, 대개 채식주의를 지키는 등 사람을 죽이는 것은 물론이고 동물의 생명까

---

1) K. Marx, "The British Rule in India", *Marx & Engels Collected Works*, Progress Publishers, Moscow, 1975, Vol. 12, pp. 125~134.
2) 그의 인생과 운동에 대한 간단한 정보는 노르웨이 노동당의 공식 사이트에서 찾아볼 수 있다. http://www.dna.no/internett/org/bio/bio-historie/ce1550.html.

지도 존중하려는 오늘의 노르웨이 급진적 사회주의자들 사이에 그들의 차이점을 뛰어넘는 공통점은 무엇인가? 더군다나 노르웨이 좌익 중 골수 평화주의자와 생명 존중론자들이 비록 원리원칙상 콜롬비아 게릴라들의 투쟁방법을 지지하지는 않아도, 그들의 폭력 선택을 '불가피한 것' 으로 생각하고 그들을 가혹하게 탄압하는 친미 반(反)독재정권과 그 배후에 있는 미국을 통렬히 성토하는 것[3]을 과연 무엇을 기반으로 하는 어떤 방식의 연대로 봐야 하는가?

'한국' 이라는 시공간적으로 극히 좁은 틀만 가지고 이야기해도, 1940년대 후반 지리산에서 빨치산 활동을 벌인 남로당 열성 활동가와 오늘날의 민주노동당이나 사회당 활동가들 사이에는 상상을 초월하는 간극이 존재한다. 그들에게 모종의 상호 계승성—그들도 분명히 의식하는—을 부여하는 그 '좌파적 본질' 은 과연 무엇인가?

또 하나의 공통분모 '현실 순응과 안주'

그들 사이의 공통분모가 '기존 현실과 질서에 대한 부정과 비판, 개선 · 개혁 · 혁명 의지' 라고 하면 '모범답안' 이 될는지도 모른다.[4] 그러나 약 200년 전에 유럽의 자본주의 · 민족주의 · 군국주의

---

3) 그러한 논지의 글을 『드레디예 베르덴』(1999년 제4호)라는 노르웨이 좌익이 발행하는 잡지에서 읽을 수 있다. http://solidaritetshuset.org/x/9904/usa_vs_col.html

4) 인터넷 마르크스주의 백과사전(Encyclopaedia of Marxism)이 지적하듯이, '좌파의 사상과 요구' 는 구체적인 내용이 시대적 · 역사적 상황에 크게 좌우되기 때문에 일률적으로 정의하기 어렵다. 예컨대, 1980년대 말기에 소련 체제의 해체

와 동시에 태어나 이들을 견제하는 역할을 맡은 좌파의 역사를 자세히 들여다보면, 한 가지 놀랍고도 안타까운 사실을 쉽게 발견하게 된다. 좌파에게 꼭 필요한 '현실에 대한 부정'이 실제로는 언제나 모자랐다는 사실이다. 관념적으로는 '개선·개혁·혁명'에 뜻을 두고 있었지만, 자세히 들여다보면 좌파의 역사적 현실은 시대마다 항복, 타협, 야합, 우경화, 몰지각, 권력에의 안주, 이상 상실 등으로 점철되어 있다.

이야기해 두어야 할 것은, 여기에서 지적하고 있는 것이 '혁명적 좌파'와 구분되는 이른바 '점차적 개혁주의자나 개혁 좌파' 노선의 타협적 본질만은 아니라는 것이다. 비록 '개혁'이 아니라 '혁명'을 내세우는 좌파적 운동이라 해도, 일단 집권하게 되면 기존의 권력 엘리트 속으로 편입되거나 새로운 권력 엘리트를 창출하는 것이 보편적이기 때문이다. 노르웨이의 국영 석유회사 '스타트오일(Statoil)'이 유전을 개발 중인 아제르바이잔 공화국을 방문한 노르웨이 노동당의 당수이자 전직 국무총리인 옌스 스톨텐베리(Jens Stoltenberg)가 현지의 유전을 바라보면서 "노르웨이 차세대 노인들의 연금은 여기에서 나올 거야!"라고 외쳤다는 몇 년 전의 유명한 사건은, 이 아름답지 못한 변신을 적나라하게 보여주는 예다. 이론

(즉, 자본주의의 도입)를 투쟁의 목표로 세웠던 구소련의 '반대파(dissident)' 운동가들은 일부는 '좌파'를 자칭하기도 했지만, 당대 평론가들에 의해서 대개 구체적인 정치적 성향의 세밀한 구분 없이 종합적으로 '좌파'로 불리기도 했다. 즉, '기존의 억압적 체제로부터의 해방적 운동'이라는 사실이 일단 '좌파'의 명칭을 연상시킨 셈이다. 결국 좌파에 대해서 내릴 수 있는 가장 포괄적인 정의는 '시대 해방적이며 발전적인 경향을 주장하고 따르는 사람'이라는 것이다 (http://www.marxists.org/glossary/subject/political-systems.htm). '해방적'이라는 것은 결국 '현실에 대한 비판과 부정'을 내포한다.

상 제3세계에 대한 착취와 제3세계의 반인권적 독재를 반대하는 노동당의 당수가 대표적인 독재정권인 아제르바이잔과 손을 잡고 노르웨이의 국익을 위해 아제르바이잔의 자연자원을 약탈하려는 심저(心底)의 욕망을 드러내고 만 것이다.

앞에서 이야기한 것처럼, 마르크스도 이론적인 차원에서 제국주의의 '무력을 바탕으로 한 세계의 서구화＝문명화'[5]라는 담론을 완전히 지양하지 못했듯이, 미국과 오스트레일리아의 동시대 노동운동은 현실적인 차원에서 중국인 등 황인종에 대한 인종차별 정책의 입안자이자 열렬한 지지자였다. 제국주의를 견제해야 할 세력들이 이론적인 한계와 현실적인 이득(황인종의 배제는 백인 노동력의 상대적 가치를 높였다) 추구라는 한계에 부딪혀 정반대의 역할을 한 대표적인 사례다.

초기에도 이처럼 타협과 체제 순응으로 점철되어 있었지만, 1890년대에 독일의 사회주의 이론가 에두아르트 베른슈타인(Eduard

---

5) 예컨대, 「중국과 유럽에서의 혁명 Revolution in China and in Europe」(*New York Daily Tribune*, June 14, 1853)라는 신문기사에서, 마르크스는 영·중의 제1차 아편전쟁과 아편 무역의 효과를 다음과 같이 평가했다. "영국의 무기 앞에서 청조(淸朝)의 권위가 산산조각으로 깨졌고, 중화(中華)의 영구함에 대한 미신적인 믿음이 파괴되고 말았으며, 문명세계로부터의 야만적이며 밀폐된 고립이 침해를 당했고, 캘리포니아와 오스트레일리아의 황금의 매혹 밑에서 이미 그토록 빨리 진행된 (서구와의) 관계를 틀 수 있었다. 동시에 청조 제국의 피인 은화(銀貨)가 영국령 동인도(東印度)로 유출되기 시작했다. (…) 아편이 중국인들에 대한 '주권(主權)'을 확보한 만큼, 황제와 그의 현학적인 관료들의 주권은 박탈되고 말았다. 전(全) 중국인들이 그들의 세습적인 우둔함으로부터 깨어나기 전에, 역사가 그들로 하여금 만취하게끔 만든 듯한 모양이다."(http://www.marxists.org/archive/marx/works/1853/06/14.htm). 결과적으로, 마르크스는 '야만적인 고립'에 빠진 '세습적으로 우둔한' 중국인들에 대한 영국 침략과 아편 강매의 '역사적인 필요성'을 역설한 셈이다.

Bernstein, 1850~1932)이 "목적은 아무것도 아니다. (목적을 지향해서) 운동하는 것이 다다"라는 명언(?)을 내놓은 뒤에는 서구 '제도권 좌파'의 역사를 차라리 '순응과 타협을 넘어 권력에 안주한' 역사로 규정해도 무방할 만큼 '비판과 부정'이라는 이상과 체제와의 동질화라는 현실 사이의 간극이 커졌다.

타협 지향이라는 차원에서 보면, 제1차 세계대전을 앞두고 각국 의회에서 전쟁비용 지출을 찬성함으로써 영국과 프랑스, 독일 등 주요 '열강' 정부들이 1914년에서 1918년 사이에 벌어진 반인륜적 대량 살육극에 공동으로 책임을 지게 만든 당시 각국의 '의회 사회주의자'와, 미군의 아프간 침략에 협조를 약속하고 파병을 지지한 2001년 가을의 독일 사민당과 녹색당, 프랑스 사회당, 영국과 노르웨이의 노동당 사이에는 별다른 질적인 차별성이 보이지 않는다. 두 경우 모두 살인적인 제국주의에 '큰절'을 하고 체제 안에서 자기 자리를 굳힌 것이다.

같은 맥락에서, 1933년부터 1940년까지 히틀러의 박해를 받던 유태인들을 '인종적 가치'가 '낮은' 데다가 '볼셰비즘에 경도된 분자'로 간주해 입국을 제한한(그리고 많은 유태인을 수용소로 끌려갈 가능성이 높은 독일로 돌려보낸) 스웨덴과 노르웨이의 초기 사회민주주의적 정권이나 망명 신청자에 대한 '강경노선'을 선언한 영국 노동당 총리 블레어(A. Blair)나, 비록 시기는 달라도 제도권 이데올로기인 인종주의에서 탈피하지 못하는 추한 모습을 보이기는 마찬가지다.

그러한 면에서 1980년대의 '혁명적'인 학생회장들이 1990년대 후반에 한나라당과 민주당의 공천을 받아 국회의원이 된 것을 한국적인 '기형'으로만 볼 수는 없다. 물론 진보정치 전개에 이렇다 할 만한 노력도 하지 않고 보수정당에 들어가 패거리적인 사적 관계 구조에 안주한 것은 말 그대로 준(準)주변부적 특징이겠지만, 좌파가 기존 체제와 타협해 온 사실 자체는 세계적으로 보편적인 현상이다. 그리고 서구의 '제도권 좌파'가 보여준 '기회주의'에 대한 비판에서 출발해 결국 집권까지 하게 된 구소련 등 동유럽 국가들의 볼셰비키형 '급진 좌파' 역시 집권 이후 서구 '의회사회주의자'들을 훨씬 능가하는 권력에의 집착을 보여왔다.

출발은 판이하게 달랐지만, 1970년대와 1980년대('현실 사회주의' 몰락 직전)의 동유럽 집권 공산당의 관료층과 서구의 제도권 노조나 사민당의 관료층 간에는 일상생활을 꾸려가는 양식이나 가치관 차원에서 차이점보다는 공통점이 많았을 것이다. '기존 현실에 대한 부정과 비판'을 공통분모로 삼아야 할 좌파가 현실 순응과 안주를 공통점으로 한다면 세상이 심각하게 전도(顚倒)됐다는 느낌이 들지 않는가?

'초발심'에 충실한 부단한 자정작용

그러나 좌파의 역사를 조감(鳥瞰)할 때, 타협 지향의 심도 못지않게 주의 깊게 보아야 할 것이 있다. 바로 몰지각·타협·순응에 대한 지속적인 반성과 자정작용(自淨作用), 극복이 그것이다. 현실에 안주한 '제도권 좌파'가 항상 있었지만, '현실의 비판과 부정'이라는 '초발심(初發心)'을 유지하면서 현실의 한계를 하나하나 뛰어넘는 '재야형 좌파'도 늘 있어왔다.

그 둘 사이에는 상호 자극의 관계가 있게 마련이다. 즉, '제도권 좌파'의 타락이 깊을수록 이에 실망하여 자정과 극복을 시도하는 '비제도권 좌파'의 에너지가 강해지고, '제도권'이 '극좌'로 비칭(卑稱)하는 '재야파'의 '일탈'이 본궤도에 오를수록 '제도권'의 보수성도 심화된다. 예컨대, 위에서 언급한 것처럼 1860~1880년대의 마르크스를 비롯하여 주요 좌파 이론가도, 미국과 오스트레일리아의 주요 노동조합들도 이론과 실천 양면에서 오리엔탈리즘과 서구·백인 우월주의의 한계를 넘지 못했으나, 제국주의적 '정복과 약탈'이 절정에 달한 1890년대에 좌파 일각에서 과거의 몰지각을 반성하고 살육과 약탈로 점철된 현실을 비판하려는 무드가 조성됐다. 스페인이 1895년도에 식민지였던 쿠바의 독립운동을 무력으로 탄압하자, 무정부주의 성향을 띤 스페인의 좌파 활동가들이 1897년 스페인 대통령을 살해하는 등 확고한 전쟁 반대 입장과 쿠바 독립운동과의 연대를 분명히 한 것이다.[6]

또 쿠바 독립운동 탄압이 빌미가 되어 일어난 미서 전쟁에서 승리를 거둔 미국이 필리핀을 비롯하여 구(舊)스페인 식민지를 재식민화하려는 방침을 굳히자, 미국 내의 좌파들은 '반제동맹(Anti-Imperialist League)'을 결성해 1898년부터 1899년까지 해외 침략과 인종주의적 억압에 반대하는 운동을 벌였다.[7] 사회문제와 노동문제에 별다른 관심을 보이지 않은 탓에 이 운동을 주도한 '반제동맹'을 정확한 의미의 '좌파'로 보기는 힘들지만, 1920년대에 일어

---

6) J. Casanovas, *Labour and Colonialism in Cuba in the Second Half of the Nineteenth Century*, Ph.D. Thesis, State University of New York at Stony Brook, 1994, p. 436.

7) "The Anti-Imperialist Movement, 1898~1921." in *Whose America? The War of 1898 and the Battle to Define the Nation*, ed. Virginia M. Bouvier(Westport, Conn.: Praeger, 2001), pp. 171~192.

난 공산주의 · 사회주의측의 반제운동에 '밑거름'이 된 것은 사실이다. 동시에, 1898년부터 영국과 프랑스 등지에서 벨기에의 식민지였던 콩고에서 벌어진 유럽인들의 만행을 비롯하여 아프리카 식민화의 폐단을 규탄하는 활발한 국제적 캠페인이 벌어지기도 했다.

1880년대 말까지는 좌파든 우파든 유럽 사회의 식민지 약탈이라는 대형 범죄에 침묵으로 일관했다. 그 침묵이 1890년대 들어 깨지고 말았다. 물론 그 시대에 전체 좌익 이론가와 운동가 중에서 반제 · 반인종주의 의식이 확고한 사람은 극소수에 불과했지만, 소수나마 비(非)서구 문제와 관련하여 몰지각한 초기 좌파의 구각(舊殼)을 벗어날 수 있었다는 것도 중요했다.

그러면 좌익 진영의 '반란자' 이야기가 과연 식민지 문제를 통한 자각이라는 에피소드에 국한되는 것일까?

1960년대와 1970년대에, 제도권에 편입된 '구(舊)좌파'의 무관심과 경멸 속에서 서구의 젊은 '신(新)좌파'가 베트남 전쟁과 환경파괴 등을 반대하는 격렬한 '거리운동'을 전개했을 때, '구좌파'에 해당하는 공산당이 지배하던 소련에서도 민주화와 노동자를 위한, 노동자에 의한 직장 운영, 해외 침략의 중단을 외치는 '지하 신좌파'의 운동이 일어났다. 동시대에 활동했으면서도 우파인 작가 솔제니친, 중도파인 사하로프 박사를 비롯하여 비(非)좌파 계통 '반대파(dissident)'들은 세계적인 명성을 얻었지만, 서방측이 별로 지원하지도 격려하지도 않은 '지하 신좌파' 운동은 비교적 많이 알려져 있지 않았다.

그러나 내가 분명히 기억하는 것은, 소련 체제가 서서히 붕괴하기 시작한 '페레스트로이카' 초기(1986~1989)에 '지하'에서 지상으로 올라온 '신좌파' 활동가들이 '현실사회주의'의 기만적 본질을 폭로하는 데 큰 역할을 했다는 것이다. 그들 중에서 스칸디나비아를 포함한 구미 지역에서 소장파 좌파 이론가로 잘 알려진 사람이 바로 보리스 카가를리츠키(Boris Kagarlitsky, 1958~)다. '현실사회주의' 속에서 진정한 사회주의의 부재에 대해서 이야기하다가 1982년에 투옥되기도 한 카가를리츠키의 목소리는, '페레스트로이카' 때 많은 이의 주목을 끌었다. 시장경제 도입 자체를 '필연'으로 받아들이면서도 줄곧 옐친 정권의 깡패적인 자본화 정책을 반대해온 카가를리츠키와 같은 일군의 이론가와 활동가들은 지금도 '노동보호(Zashchita)' 노총[8] 같은 단체를 중심으로 노동자 권익 보호와 경영 참여, 탈군국주의를 위한 어렵고도 위험한 투쟁을 계속하고 있다.

이렇듯 현실에 안주한 '구좌파'와 현실의 모순을 극복하기 위해 쉬지 않고 노력하는 '신좌파'의 차이점을 극명하게 보여준 예가 바로 사민당의 대표인 스웨덴 국무총리 고란 페르손(Goran Perrson)이 격렬하게 반제 · 반세계화 시위를 벌이던 무정부주의자와 투기자본 반대운동가 등에게 '엄중한 처벌'을 외친, 2001년 6월 스웨덴 예테보리에서 일어난 '좌 · 좌 대립' 장면이다.

위에서 말했듯이, 안주와 타협의 지속적인 극복, 부단한 자정작용이야말로 예나 지금이나 좌파의 공통분모다. 아주 간단하게 이야기하면, 좌파는 무수한 자기 극복을 통해 현실 개혁 아이디어를 발전시켜 온 주체다. 그러므로 좌파라 해도 극복해야 할 현실과 유착해 발전 기능을 상실하면, 필연적으로 등장할 또다른 '신좌파'에 의해 계급사회의 현실과 마찬가지로 부정과 극복의 대상이 되고 만

---

8) http://www.geocities.com/rosskommuna/zashchita.html.

다. '세대 갈등'을 통한 좌파의 부단한 발전이 없었으면, 사회주의적 성향의 지식인·노동 운동이 본격화된 지 거의 200년이 지난 지금 우리가 과연 '좌파'라는 단어에 계속 기대를 걸겠는가?

그렇다면 200년 동안이나 좌파의 신인(新人)들이 계속 되돌아가곤 하는 좌파의 '초발심'은 과연 무엇인가? 그때나 지금이나 계속 유효한 '좌파적 욕망'은 무엇이고, 그 동안 변모한 내용은 무엇인가?

'정통' 좌파의 '역할 고갈'은 아직 멀었다

19세기에 독일을 비롯한 유럽 주요 국가의 중도좌파가 내건 요구 사항을 요약한 것이 독일 사민당의 '에르푸르트 강령(Erfurt Program, 1891년)'이다.[9] 1889년 파리에서 독일 사민당의 주도로 유럽 사민 정당의 국제 연대기구인 제2인터내셔널을 결성할 때 대표를 보내 정식 참여한 노르웨이 노동당(1887년 결성)도 이 '에르푸르트 강령'을 주요 정책 지침서로 삼았다. 그 강령의 핵심적인 사항을 보면서, 과연 그때의 요구들이 오늘날 제대로 관철되고 있는지 생각해 보도록 하자.

'에르푸르트 강령' 첫머리에 노동자의 정치투쟁과 집권을 통한

---

9) '무산계급 독재'에 대한 언급이 없는 이 강령을, 엥겔스는 자세히 비판했다("A Critique of the Draft Social-Democratic Programme of 1891", *Marx & Engles Collected Works*, Vol. 27, pp. 217~235). 그러나 이 강령이 그 당시 유럽의 주요 사회민주당의 목적의식과 현실적인 요구를 대략 정확하게 반영한 것은 사실이다.

생산수단 공유화 필요성에 대한 설명이 나온 뒤, ‘사회주의 운동사’를 배운 고등학교 시절부터 내 뇌리에 새겨진 문장이 나온다.

노동계급의 이해관계는 자본주의적 생산양식이 지배하는 모든 국가에서 동일하다. 세계 시장을 위한 생산과 무역이 확장됨에 따라, 한 나라에서 노동자가 차지하는 지위는 다른 나라에서 노동자가 차지하는 지위에 더욱 좌우되게 된다. 따라서 노동계급의 해방은 모든 **문명** 국가의 노동자들이 동일하게 관여하는 공동의 일이다. 이를 인정하는 독일 사회민주당은 다른 모든 국가의 계급의식화된 노동자와 하나됨을 느끼며, 이를 선언한다.(강조는 필자)

‘문명’ 국가(서구·백인 계통의 국가)와 비(非)문명권을 자본가 못지않게 철저하게 차별하던 1890년대 말 이전 좌파의 ‘태생적인’ 오리엔탈리즘적 한계가 두드러지게 나타나지만, 특정 국가의 노동자만이 아니라 자본주의 세계 전체 노동자의 정당을 지향하던 초기 사민당들의 국제주의적·세계주의적·국제연대적 정체성을 그대로 느낄 수 있는 대목이다. 자본주의가 ‘문명’과 ‘비문명’의 차이 없이 전 지구를 지배하는 지금, 식민지에 이렇다 할 만한 공업도 노동계급도 없던 100여 년 전에 말한 “모든 문명국가의 노동자”는 ‘전세계 노동자’로 해석해도 무방할 듯하다.

그러나 과연 국경을 초월하는 노동자의 연대—특히 세계체제의 핵심부와 주변부 사이의 연대—가 100여 년이 지난 지금 많이 발전했는가? 물론 유럽 통합에 힘입어 적어도 유럽 안에서는 노동조합과 좌익 정당의 ‘호흡 맞추기’가 상당히 발전했다. 그렇지만 세계체제 핵심부의 두 축인 유럽과 북미(미국) 노동운동 사이의 연대는 아직 매우 미약할 뿐 아니라, 주요 문제에 대한 입장 차이도 크다. 예컨대, 온실가스 배출량 억제 문제만 해도 환경운동의 입장에 서 서 더 강한 억제책을 주장하는 유럽의 노동운동·좌익 정당과 달 리, 미국 노동운동의 주류는 억제책을 회의적으로 보는 보수적인 지배층의 시각에 오히려 더 가깝다. 정치세력화하지 못한 채 보수 정당들(특히 민주당)의 영향을 상당히 많이 받고 있는 미국의 주류 노동운동과, 정치운동(좌파 정당)과 불가분의 관계를 맺고 있는 유 럽 노동운동의 처지가 워낙 다르기 때문에, 가까운 미래에 의미 있 는 전반적 상호 협조를 기대하기는 쉽지 않을 것이다.

나아가, 구체적인 문제에서는 미국의 보수적인 노동운동과 유럽 의 진보단체가 거의 직접적인 갈등을 빚기도 한다. 예컨대, 최근에 베네수엘라의 '민중적 대통령' 차베스를 실각시키기 위한 쿠데타 가 일어났는데, 미국의 보수적 노총인 AFL-CIO는 대개 차베스를 비판적으로 지지하는 유럽의 좌익과 달리 이 쿠데타를 지원했다. 즉, 반차베스 투쟁의 선봉에 선 베네수엘라 석유공업의 '귀족적인' 노조를 지원한 것이다. 해외 침략과 관련하여 노동운동의 지지를 받아야 하는 미국 군부와 안보기관이 유럽과 미국 노동운동 사이의 이와 같은 갈등관계와 미국 노동운동의 정치적 보수성을 이용하리 란 것은 불 보듯 뻔한 일이다.

동일한 문화권 핵심부의 두 축을 이루는 노동운동 사이의 연대가 이 정도로 미약하다면, 주변부와의 연대는 말할 나위도 없다. 100 년 전에 중국 고력(苦力, 막노동자)를 배타했듯이, 지금 멕시코 노동 자의 대량 입국을 극구 반대하는 미국의 보수적인 노동조합의 사례 를 이야기하지 않아도, 가까운 사례로 건설 현장에 중국(조선족 동포 포함) 노동자가 대량 유입되는 것을 반대하고 외국인 노동자와 연대하여 투쟁하기를 꺼리는 대다수 한국 건설노동자의 예만 보아도 쉽게 알 수 있는 사실이다.

단기적인 집단적 이익(저임금 노동력의 유입에 따른 노임 저하 방지)만 고려하여 부르주아 국가의 제도권 교육과 언론 등이 조작하는 비합리적인 인종적·민족적 감정을 극복하지 못한다면, '에르푸르트 강령' 시절부터 좌파가 외쳐온 국제 연대의 이상을 스스로 포기하는 것이다. 결국 100년 전에 선포했지만 아직 제대로 달성하지 못한, 국제 연대라는 좌파의 이상은 앞으로도 등대의 불처럼 각국 좌파의 구심점이 되어야 할 것이다.

'에르푸르트 강령'은 '노동자들의 국제 연대'를 선언한 뒤 "사회민주당은 근로자에 대한 착취와 억압뿐만 아니라 모든 계급, 정당, 성(性), 인종에 대한 일체의 착취와 억압에 반대한다"고 선언했다. 그러면 '강령'을 채택한 이후 지금의 시점에서 볼 때, 이 아름다운 요구가 관철됐다고 말할 수 있을까? 세계 자본주의체제의 주변부—예컨대, 정당을 창당하는 것 자체가 불가능한 절대왕권 국가이자 중동에서 미국의 핵심 병참기지 노릇을 하는 사우디아라비아나, 50만 명에서 100만 명에 달하는 여성이 거의 노예에 가까운 상태에서 자기 성(性)을 매매해야 하는 미국의 또다른 현대판 '속국' 태국[10]—의 경우를 이야기하지 않더라도, '에르푸르트 강령'을 채택한 독일(현재 사민당 정부가 통치하고 있다)은 이 요구를 과연 제대로 관철하고 있을까? 100여 년 전과 같은, '계급'과 '정당'에 대한 억압과 착취는 거의 자취를 감추었다고 치더라도, 해마다 수만 명에 이르는 동유럽·아시아 출신 여성들이 거의 노예처럼 매매되어 매

---

10) http://www.globalmarch.org/worstformsreport/world/thailand.html.

춘을 강요받고, 지난 10년 동안 100여 명의 아시아·아프리카 출신들이 신나치의 공격으로 목숨을 잃은 오늘날의 독일에서 '성과 인종에 대한 억압과 착취'가 없다고 이야기하기는 어려울 것이다. 독일의 사무실 노동자들을 '착취'한다고 보기 어려운 아디다스 같은 다국적 대기업들이 그 대신 하루에 12~14시간씩 일하고 한 달에 한 번만 쉬는, 그러면서도 한 달에 60~80달러밖에 안 되는 '기아급여(starvation wage)'를 받는 중국 하청공장 노동자들의 고혈을 빤다는 사실—즉, 백인 노동자가 비교적 '호의호식' 하는 대가가 바로 비(非)백인 주변부 노동자의 만성적 빈곤이라는 사실—도 이미 널리 알려진 지 오래다.[11] 인종적 억압이 사라지기는커녕 자본주의적 '세계화'의 진척에 따라 계속 악질화되어 가는 셈이다.

'에르푸르트 강령'의 구체적인 요구사항 중 상당 부분—예컨대 평등한 투표권과 피선거권, 지방자치, 남녀의 법적인 평등, 모든 국민을 위한 평등한 무료 교육과 무료 의료 제도, '정치·사상범'으로 부당하게 몰린 사람들에 대한 보상, 임금의 현물지급 제도 완전 금지 등[12]—은 오늘날 독일과 같은 핵심부 국가뿐만 아니라 상당수 준주변부·주변부 국가에서도 어느 정도 관철됐거나 실천하는 도중에 있다. 물론 전형적인 준주변부 국가인 한국 같은 경우 '무료 교육이나 무료 의료'는 아직 꿈에서나 가능한 얘기일 뿐이다. 또 1970년대와 1980년대에 아무 죄도 없이 '빨갱이'로 몰린 사람들에게 정당한 보상을 시행하는 비교적 간단한 조치도 대단히 어렵게

---

11) 아디다스 하청공장들의 범죄적 착취행각에 대한 자료는 아래 사이트에 있다.
http://www.cleanclothes.org/companies/adidas.htm.

12) Bertrand Russell, *German Social Democracy*, London., Longmans, Green and Co., 1896, pp. 137~141.

실행되고 있다. 그러나 전체적인 대세로 봐서는 한국에서도 100여 년 전 독일의 사회민주주의자들이 요구한 '과거 청산'과 '사회안전망 구축'이 지금 당장은 아니더라도 앞으로 몇십 년 안에 부분적으로나마 이루어질 것으로 보인다.

그러나 100여 년 전에 제기한 또 하나의 요구, 즉 '모든 국제분쟁의 중재를 통한 (평화적) 해결'이 과연 관철되었는가? 빈 라덴을 또다른 이슬람 국가에서 이슬람식으로 재판하는 데 동의했던—즉, 일종의 '중재'를 받아들일 용의가 있었던—탈레반의 제의에는 별다른 관심을 기울이지도 않은 채 무고한 아프간 사람들이 희생당할 게 뻔한 전쟁을 일으킨 미국이 과연 '중재'와 '평화적 해결'을 존중하고 이에 관심을 기울이고 있을까?

또 '의약품 무료 제공'에 대한 요구는 어떤가. 서구에서 만든 값비싼 약을 사지 못해 죽어가는 사람들이 늘고 있는 제3세계는 둘째치더라도, 빈민층이 질 좋은 약을 사지 못하는 경우가 아직 종종 있는 독일에서조차 이 요구는 제대로 관철되지 못하고 있다. 노르웨이에서처럼 생활고를 겪고 있다는 사실이 확인 가능한 환자에게 국고로 약값을 지원하는 제도는 유럽에서도 아직 흔치 않다.

또다른 요구사항인 '사형제도의 전면 폐지'는 다행히 유럽에서만큼은 완전히 자리를 잡았다. 그러나 유럽과 긴밀한 관계를 유지하고 있는, 세계체제의 또다른 축인 미국에서는 아직까지도 사형제도가 남아 있다.

결론적으로 이야기하자면, '탈근대'니 '탈현대'니 하는 이야기가 자주 들리는 오늘날까지도 100년 전 근대적인 진보주의자들이 요구했던 가장 근본적인 사항들조차 제대로 실현하지 못한 것이 사실이다. '에르푸르트 강령'의 집필자들이 해결하고자 했던 근대적 자본주의적 사회의 주요 모순—여성에 대한 억압, 개인의 인명에 대한 국가의 경시, 제국주의적 전쟁—이 극복되지 않고 오히려 많은 측면에서 첨예화된 현시점에서 '정통 좌파'를 '구시대적인' 것으로 몰아 '장송(葬送)'할 수 있을까? 100년 전에 정의한 자기 역할조차 제대로 하지 못했다고 해서 '좌파'를 '시대착오적인' 것으로 보는 것은, 결국 지난 100년 동안 해결하지 못한 모순들을 미화하고 호도하는 것밖에 안 된다. 마찬가지로, 세계적인 차원에서는 물론이고 핵심부 차원에서조차 '정통' 좌파의 요구사항들이 대부분 관철되지 못한 현실에서 '좌와 우'를 뛰어넘어 '제3의 길'을 모색한다는 것은 위에서 이미 언급한 '현실 순응과 안주' 정도로 취급할 수밖에 없다. 역사의 종말처럼, '정통' 좌파의 '역할 고갈'도 아직은 멀고먼 것이다.

더 정당한 부의 재분배를 위하여

세계 인구의 20%(이른바 '황금의 10억 명')가 지구 자원의 80%를 이용하고 있는 현재의 후기 자본주의적 세계체제에서 안주와 타협을 거부하는, '현실 극복'의 원칙에 충실하려 노력하는 좌파의 급선무는 과연 무엇인가? 남북간 정의로운 부(富)의 재분배, 즉 세계적 부의 균등화가 가장 쉽게 들을 수 있는 답이겠다. 좌파에게 식민지 약탈의 결과인 극심한 '남북간 부의 불평등'을 극복하여 핵심부라는 울타리 밖에서 굶어죽고 병들어 죽는 수십만 아이들의 목숨을 구하는 일보다 더 급한 일이 과연 있겠는가?

그러나 문제는 현재 많은 좌파적 단체가 주장하는 '빈국들의 외채 탕감'과 '자본 거래에 대한 세금 징수'가 '남·북 평등화' 사업을 추진하는 데서 시작에 지나지 않는다는 것이다. 현재 대다수 준주변부·주변부 국가들의 외채—최소한 전체 국가예산의 20~30% 정도 되는—를 부분적으로라도 탕감하면, 일단 이들 국가에게 복지·교육 같은 '민생' 관련 예산을 늘릴 수 있는 기회를 부여하는 셈이 된다. 하지만 진짜 문제는 이른바 '빈국'들에서 실권을 잡고 있는 극히 비민주적이고 반민중적인 관료·군부·재벌들의 과두 파벌들(oligarchic cliques)이 과연 이 기회를 진정 복지예산을 늘리는 데 쓸 것인가 하는 점이다.

가령 절차적인 민주주의가 비교적 많이 발전한 세계체제의 '중진국가'인 한국만 해도, 운영 부실로 의료보험 재정이 고갈되고[13] 재벌과 은행에 뿌린 이른바 '공적 자금'을 상당 부분 회수하지 못한 구제금융(IMF) 위기 기간에도 군비(軍費)만 꾸준히 늘지 않았는가. '국민 복지'라는 미명하에 기초 생활보호 대상자들에게 한 달에 한 번 지급하는 15~20만 원은 '주식회사 한국'의 '대주주'들이 사회적 약자를 어떻게 대하고 있는지 극명하게 보여준다.

만약 외채를 정말 탕감해 준다 해도, 절약된 돈이 군비나 재벌경제 지원 비용이 아닌 복지예산으로 들어갈지, 그 예산을 민중의 이익을 위해서 사용할지, 결과적으로 빈민층 구제 효과가 클지에 대해서는 의문을 떨쳐버리기 어렵다. 외채가 계속 늘어나기만 하는 구조적인 원인들—무엇보다도 재벌경제의 낮은 효율성과 재정적·기술적 의존성과 예속성—을 제거하지 않는 한, 한 번 탕감한 외채

---

13) 자세한 내용은 2001년 8월 20일자 〈매일경제〉 사회면에 실린 기사 '의보수가 인상… 1인당 8만 원 추가 부담' 참조.

가 조만간 다시 늘어나리라는 것도 기억해야 할 일이다. 더군다나 미국 등에 예속돼 있는, 절차적 민주주의조차 아직 착근(着根)되지 않은 수많은 주변부 국가에서 탕감으로 생긴 '추가 예산'을 토착관료와 매판자본이 나누어 먹지 않으리라는 보장이 어디에 있는가.

　결과적으로, 주변부 국가의 진정한 민주화, 군축과 복지예산 증가를 단행할 만한, 대중의 이해관계를 대변하는 진보세력의 정치세력화와 집권이야말로 현재 '비타협적인' 좌파의 주요 화두인 '남북 간 부의 균등화'를 보장하는 주요 관건이라고 말할 수 있다. 다시 말해, 주변부 좌파의 정치세력화와 집권은 핵심부 좌파가 갈망하는 '세계적 부의 재분배'를 이룩하는 밑바탕이다.

　그러나 체제순응적인 핵심부의 사회민주당이 집권하는 것보다 주변부 좌파가 '친미예속 독재'들의 폭력과 기만의 벽을 뚫고 나름의 정치적 역할을 하기가 백 배 어렵다는 것이 현대사의 교훈이기도 한다. 오랜 독재의 역사와 전근대적 가족주의와 소집단주의(패거리주의)의 유산이 만들어낸 '연줄 사회'라는 풍토 탓에 대중 전체의 이해관계를 대변하려는 진정한 좌파가 딛고 설 계급의식이 제대로 발달하지 못했기 때문이다.

　이와 같은 문맥에서, 외부적 상황 변화 등으로 반(半)봉건적 '연줄 사회'에서 좌파가 집권에 성공한다 해도, 집권한 좌파의 상부(上部)가 전근대적인 통치문화에 그대로 사로잡혀 기존의 과두 파벌과 융합하거나 그들을 단순히 대체할 가능성이 많은 것도 무시할 수 없는 현실이다. 전근대적인 '왕조체제'로, 단순한 군부독재로 전락한 시리아와 북한, 미얀마 등의 '변질된 좌파 정권'을 보면, 집권만이 능사가 아니라는 것을 쉽게 깨달을 수 있다. 위에서 이야기한 핵심부의 '체제순응적 좌파'가 부르주아 문화에 그대로 동화되는 것과 북한·시리아·미얀마 등의 좌파가 그 지역의 지배적인 문화인 봉건적 통치문화에 동화되는 것에는 구조적인 공통점도 없지 않은 듯하다.

또 한편으로는 1973년 CIA가 칠레의 아옌데 정부를 전복하기 위해 쿠데타를 직접 지휘한 사례에서 보듯, 핵심부 제국주의 세력의 직접적인 군사 개입 가능성과 제국주의가 조작하고 지속시키는 각종 국제분쟁의 폭발력이 '국가'나 '민족'이 아니라 '대중'과 '민중'을 대표하고 국제적 연대의 원칙에 충실한 진정한 좌파의 정치 세력화를 방해하고 있다. 실제로 각자 종교적·국가적 소속감을 부단히 주입하고 있는 인도와 파키스탄의 장기적인 분쟁으로 인해 양쪽 좌파의 지지기반이 상당 부분 붕괴되고 말았다. 좌파라 해도 '전국민적 동원' 분위기 속에서 군사주의를 비판하는 목소리를 내기는 어렵다.

마찬가지로, 분단 상황을 극복하지 못한 한반도에서 각자 '민족적·국가적' 대표성을 주장하는 양쪽 억압체제에 전면적으로 도전할 만한 진보세력이 아직 성장하지 못한 것도, 성장하기가 극히 어려운 것도 사실이다. 즉, '비타협적' 좌파의 주요 목표인 '더 균등한 분배'를 이루기 위해서는 반드시 선결해야 할 '주변부의 진보화'가 여러 내외적 요인으로 말미암아 극히 어려운 상황에 처해 있는 것이다.

그러나 그렇다고 해서 좌파의 미래가 어둡기만 한 것은 아니다. 아직까지는 거시적인 투쟁에서 승리를 쟁취하는 것이 요원하다 해도, 갖가지 미시적 투쟁에서 제국주의의 본질을 진실 그대로 보여주고, '비타협적'인 좌파의 위치를 굳힐 기회들이 얼마든지 있다. 예를 들어 나토의 유고슬라비아 침략과 아프간 침략을 독일의 주요 정당 중 유일하게 전면적으로 반대·규탄한 민주사회주의당(PDS, 동독 '노동자의 사회민주당'의 후신)이 독일 반전세력의 구심점으로 자리를 굳히고 저변을 크게 확대한 사실을 보라.

또 현재 노르웨이에서는 보수화된 노동당보다 미국의 아프가니스탄 침략을 훨씬 더 통렬히 비판한 사회주의 좌익당(SV)이 근래 당세를 크게 넓혀 좌파 진영의 당당한 제2세력으로 떠오르는 등 노동당과 자웅을 겨룰 만한 세력으로 성장했다. '에르푸르트 강령'에서 이미 제시한 바 있는 '중재를 통한 국제분쟁의 평화적 해결' 원칙에 충실한 태도가 결국 정치적인 세력 강화를 가능하게 만든 것이다.

마찬가지로, 미국의 부시 정권이 최근 대북 초강경 방침 채택, 전쟁 획책 행위('악의 축'과 같은 도발적인 망언 등) 등을 통해 한반도에서 위기를 조성하고 있는데, 이는 남한 민중세력의 강한 대응을 불러일으킬 수도 있다. 만약 보수정당들이 한반도의 전체적인 파괴를 초래할 수도 있는 미국의 침략적인 방침에 동조하거나 무기력하게 대응하는 등 한반도 주민의 생명을 보호할 의지가 없다는 것이 드러난다면, 민중세력(좌파세력)은 대대적인 반전운동을 전개함으로써 민족 생존의 보장과 사회적 정의 구현이라는 두 과제의 동시 해결을 모색할 수 있을 것이다.

좌우는 있어도 위아래는 없다

© 박노자 2002

초판 1쇄 발행 2002년 6월 21일
초판 21쇄 발행 2018년 11월 19일

지은이 박노자
펴낸이 이상훈
편집인 김수영
본부장 정진항
기획편집 고우리
마케팅 조재성 천용호 박신영 조은별 노유리
경영지원 이해돈 정혜진 이송이

펴낸곳 한겨레출판(주) www.hanibook.co.kr
주소 서울시 마포구 공덕동 116-25 한겨레신문사 4층
전화 02-6383-1602~3
팩스 02-6383-1610
대표메일 book@hanibook.co.kr

ISBN 978-89-8431-072-8 03810